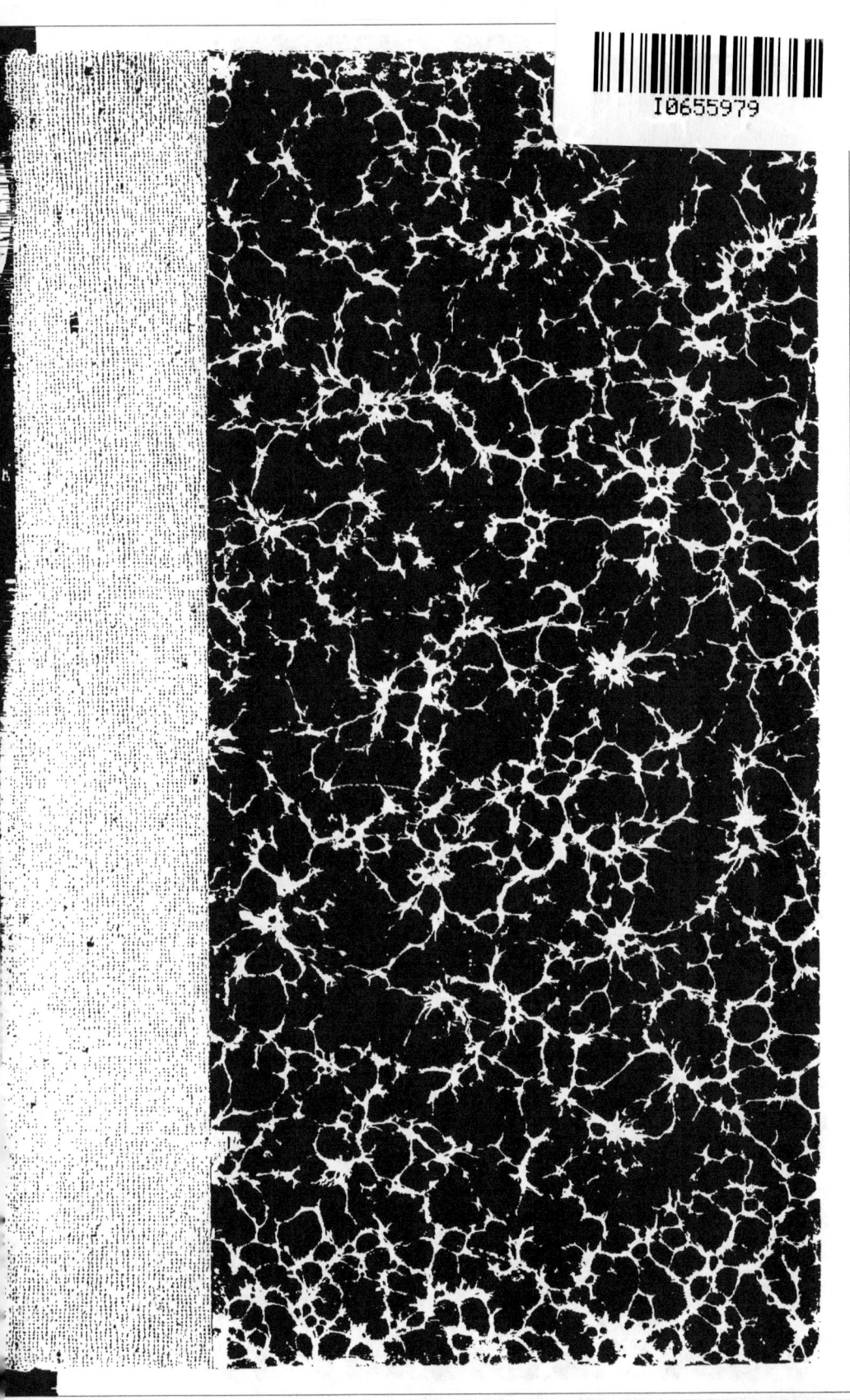

I0655979

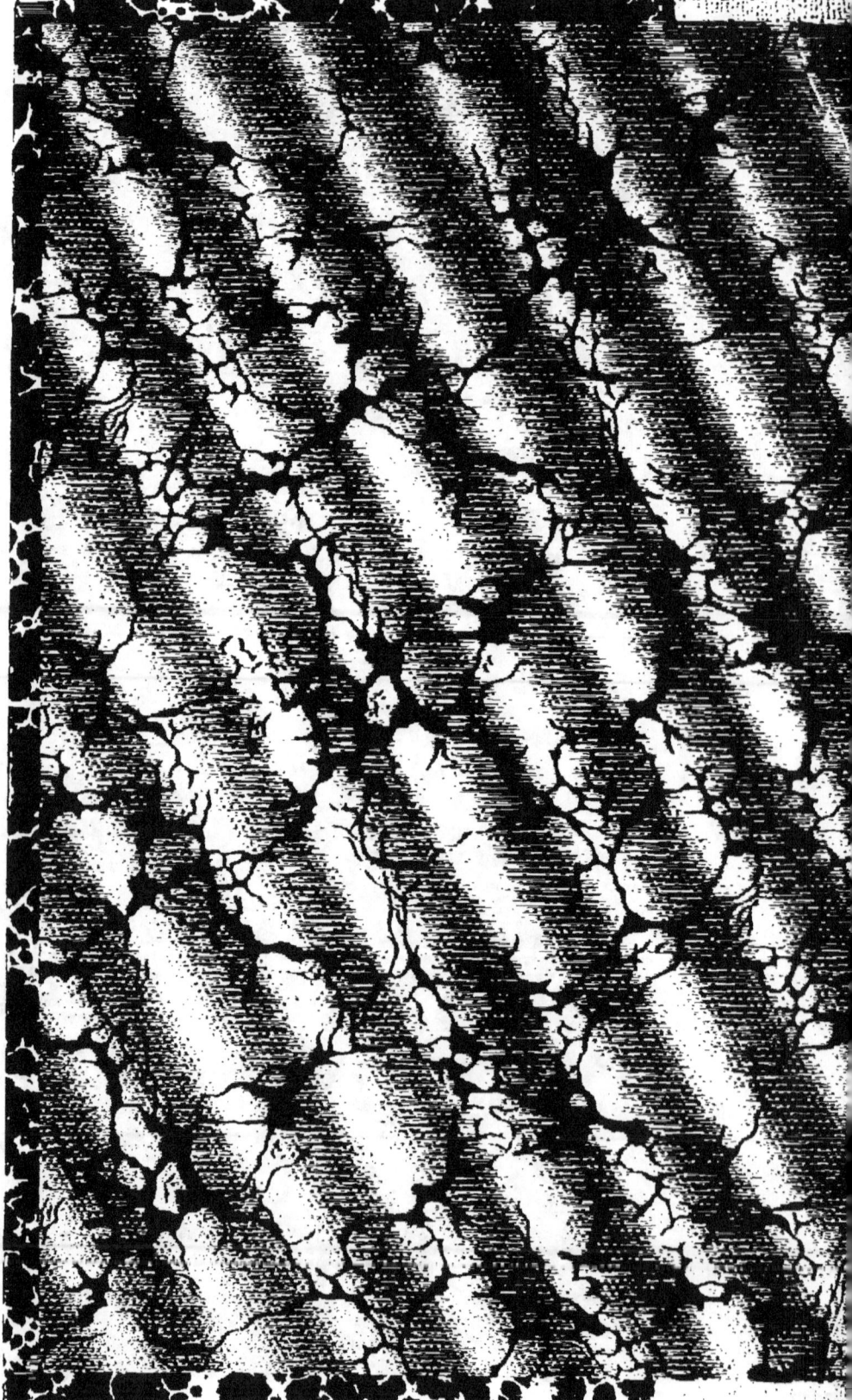

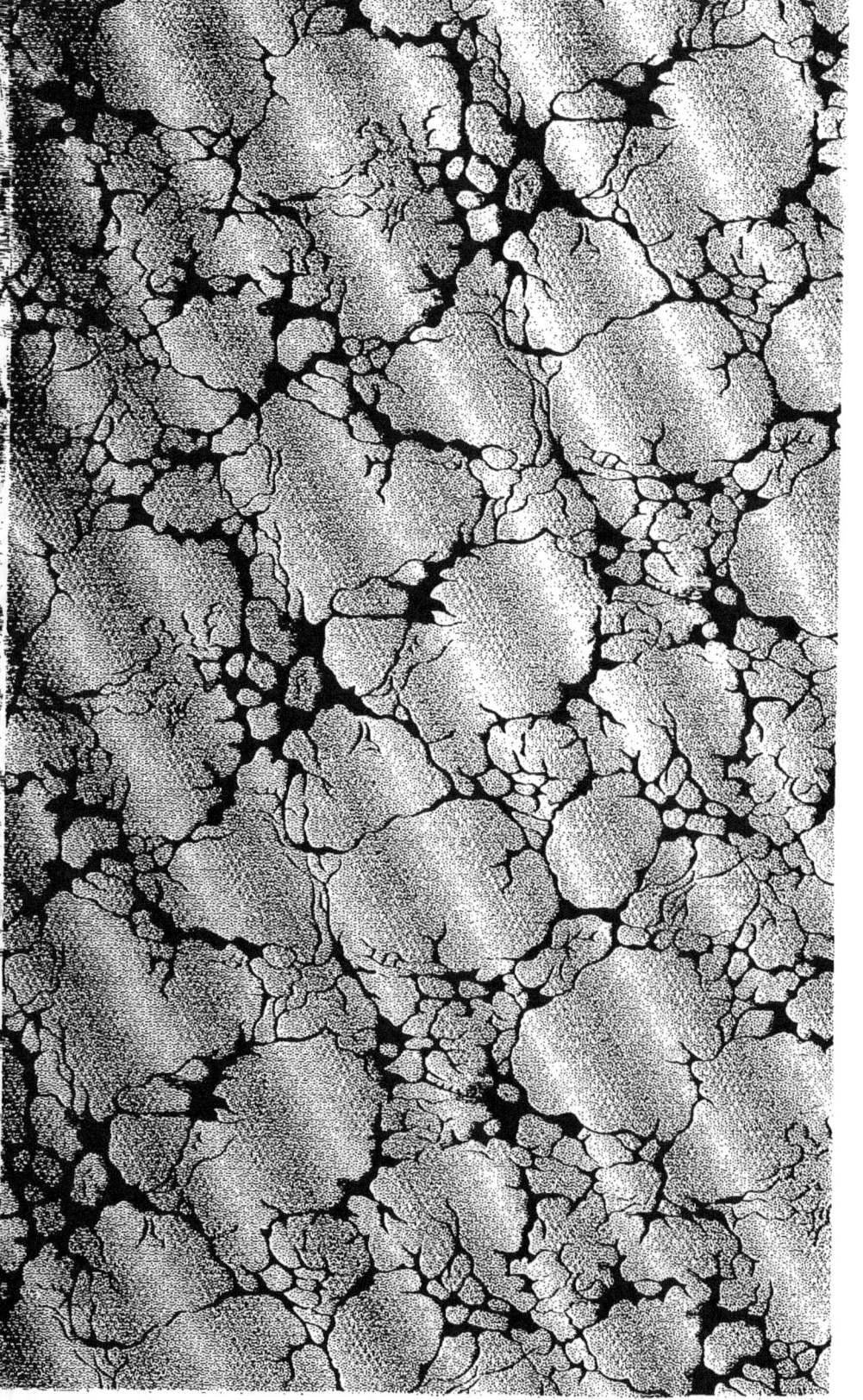

LA

PRINCESSE SOPHIA

6540

AUTRES ROMANS

D'ADOLPHE BELOT

Collection grand in-18 jésus à 3 francs le volume.

ROMANS ÉCRITS EN COLLABORATION

AVEC M. ERNEST DAUDET :

AVEC M. DAUTIN :

ADOLPHE BELOT

LA PRINCESSE

SOPHIA

DEUXIÈME ÉDITION

PARIS

E. DENTU, ÉDITEUR
LIBRAIRE DE LA SOCIÉTÉ DES GENS DE LETTRES
PALAIS-ROYAL, 15-17-19, GALERIE D'ORLÉANS

—

1883

Droits de traduction et de reproduction réservés

LA

PRINCESSE SOPHIA

I

Sur l'Océan, près des côtes de France, à l'embouchure de la Charente, un navire de l'État est à l'ancre. C'est la frégate *la Saône* qui, après avoir fait longtemps partie de l'escadre de la Méditerranée, transporte maintenant en Calédonie des troupes d'infanterie de marine et des condamnés des deux sexes.

Le ciel est pur, la mer à peine agitée par une

* L'épisode qui précède a pour titre : *REINE DE BEAUTÉ*

1

faible brise de nord-est. Un grand mouvement règne à bord. Sur le pont et dans la batterie, on se presse, on exécute à la hâte des ordres, on fait quelques derniers arrimages.

Dans l'après-midi, trois vastes chalands, attachés par des câbles à un remorqueur, quittent l'île d'Aix et se dirigent vers le navire. Ils contiennent trois cents forçats et soixante femmes environ, que les maisons centrales, celle de Clermont particulièrement, expédient en Nouvelle-Calédonie.

Sur la frégate, l'infanterie de marine a pris les armes. Les surveillants chargés spécialement de la garde des forçats attendent leurs prisonniers. Le commandant, entouré de quelques officiers, se promène sur la dunette.

Les chalands ont accosté la frégate par tribord. Le chaland qui est en tête s'approche de l'échelle, et les forçats, en silence, montent l'un après l'autre sur le pont.

Au haut de l'échelle, à la coupée, se tient le surveillant principal. Il examine chaque condamné, le dévisage et lui indique du geste l'escalier qui conduit dans l'entrepont.

Malgré le ciel bleu, le soleil qui argente les flots,

toute cette mise en scène est lugubre. On dirait que ces vivants descendent dans un cercueil.

Dès qu'ils entrent dans la batterie, d'autres surveillants qui les attendent, les dirigent aussitôt vers de grandes cages armées de grilles, les cages à forçats, rangées le long de la muraille du navire, les *bagnes*, suivant l'expression consacrée. Un grand espace vide où se promènent les sentinelles, les gardiens, les officiers, sépare les cages de bâbord des cages de tribord. Les sabords sont fermés ; on ne les ouvrira que plus tard pour donner de l'air, lorsqu'on aura perdu de vue les côtes. Il fait sombre, il fait triste dans cette galerie funèbre.

Vêtus d'une blouse et d'un pantalon gris, coiffés d'un grand bonnet en laine marron, la plupart de ces hommes sont abattus, consternés, mornes. Il n'y a qu'un instant, lorsqu'ils quittaient l'île d'Aix et qu'on les poussait dans les chalands, ils chantaient, ils riaient, heureux de partir, de changer d'air : « En route pour les colonies ! » criaient-ils en agitant leurs bonnets, comme ils avaient crié à la Roquette. Maintenant, ils comprennent que ce long voyage de six mille lieues sera pénible, terrible, mortel à plusieurs. Ils jettent des regards inquiets autour d'eux ; ces canons braqués sur leurs cages à l'extrémité de la batterie les intimident, les épouvantent et leur font perdre même l'espérance de la révolte. Quelques-uns pensent aussi, non pas à la patrie dont ils vont s'éloigner peut-être pour toujours... ces misérables n'ont point le sentiment de la patrie... mais ils songent au coin de terre qu'ils ont aimé dans leur enfance, à la ville qui se dresse là-bas, et où ils ont vécu, à la femme, à la maîtresse pour laquelle ils ont volé, tué.

Quelques vieux *chevaux de retour*, anciens habitués de Brest, de Toulon, et qui ont même fait déjà le voyage de Cayenne, conservent cependant un sourire narquois sur leurs lèvres flétries. Ils semblent se moquer des précautions prises contre eux. Ils se montrent du doigt plusieurs surveillants, qui ont fait partie autrefois de la chiourme, de vieilles connaissances. Ils jettent aussi des regards obliques sur la cage des femmes. Quelques-unes d'entre elles, malgré leurs cheveux courts, leur petit bonnet, leur affreuse toilette, paraissent jeunes et jolies Dans une longue traversée, habitués à toutes les roueries, ils trouveront bien moyen sinon de les rejoindre, du moins d'entretenir avec elles quelques intelligences.

Un grand bruit se fait sur le pont. Des ordres rapides s'exécutent. Les chaînes d'ancre grincent, crient et retombent sourdement sur le bois du navire. Bientôt la frégate s'ébranle. Un roulis encore léger la secoue.

Alors un des surveillants s'avance près d'une des cages et crie : « Le numéro 213. » Un homme étendu par terre, appuyé contre la muraille du navire, se lève et dit :

— Me voilà.

C'est Jean Bérard.

II

Le surveillant fit sortir son prisonnier de la cage et lui dit :

— Marchez devant moi, dans cette direction.

Il lui montrait en même temps un des escaliers qui conduisent de la batterie sur le pont du navire.

Quelques secondes après, Bérard respirait le grand air, sous le ciel, en pleine clarté. Aussitôt, il promena un long regard autour de lui. A l'avant, la mer, toujours la mer, l'inconnu, l'infini. A l'arrière, la terre, la côte déjà lointaine, à demi effacée, la France, Il s'éloignait d'elle sans attendrissement, sans regret. Il n'y laissait personne qui lui fût cher : depuis longtemps sa fille n'était-elle pas partie comme il partait aujourd'hui lui-même?

Elle l'attendait là-bas, là-bas, au delà de ces mers ; et cette immensité qui s'étendait devant lui, au lieu de l'effrayer, charmait sa vue, exaltait son imagination surexcitée par la souffrance. Il lui semblait voir apparaître, aux limites de l'horizon, sa Jeanne, sa fille adorée, sa divine Reine de Beauté, éclairée, illuminée, dorée par les feux du soleil couchant, rayonnante, resplendissante.

— Ne bougez plus et attendez tête nue, lui dit le surveillant.

L'officier de quart, en voyant ces deux hommes, s'avança :

— Que faites-vous ici ?

— Le commandant a donné l'ordre de lui amener ce condamné, dit le surveillant.

— C'est juste. On m'a prévenu.

Il appela un timonnier et lui donna des instructions.

Un instant après, Bérard se trouvait dans le carré, en présence de M. C.., le commandant de la *Saône*, un capitaine de vaisseau de quarante-cinq à quarante-huit ans, grand, d'aspect très froid, d'une sévérité rigoureuse à son bord, mais aussi d'une grande justice.

— Qu'on laisse cet homme ici avec moi, fit-il. On l'attendra sur le pont.

Dès qu'il fut seul avec Bérard, le commandant lui dit :

— Vous vous appelez Jean Bérard ?

— Oui, monsieur..

— C'est bien vous qui avez été condamné aux travaux forcés à perpétuité pour avoir assassiné le prince russe Lavisine ?

— Non, monsieur.

— Comment, non, monsieur ? Il existe donc deux Jean Bérard à bord ? On a fait erreur en vous conduisant ici.

— Je ne crois pas, commandant... Mais vous me dites que j'ai été condamné pour avoir assassiné le prince Lavisine, et j'ai dû répondre : non. J'ai été condamné parce que la justice a cru que j'avais assassiné le prince. Ce n'est pas la même chose.

— Pour moi, c'est la même chose, fit observer le commandant.

— Je le sais, monsieur. Mais, par respect de moi-même, j'avais le devoir de protester.

M. C... le regarda plus attentivement qu'il n'avait fait jusqu'alors. Il était surpris de sa voix calme et ferme en même temps, de son aspect, de son attitude, de l'expression de son visage. Son examen terminé, il reprit :

— Le ministre de la marine a bien voulu me faire l'honneur de m'écrire lui-même à votre sujet... Voici sa lettre... Je n'ai aucune raison pour vous en cacher le contenu... Il me dit que des considérations particulières ont empêché de faire droit aux sollicitations pressantes dont vous étiez l'objet... On a dû, en vous dirigeant sur Nouméa, satisfaire des exigences diplomatiques... Mais, pour d'autres motifs, par suite de l'intérêt exceptionnel que vous porte un homme influent, on désire que vous soyez traité le mieux possible à mon bord... Tel est le sens de cette lettre... Je veux tenir compte des recommandations du ministre ; c'est pourquoi je vous ai fait appeler.

Bérard s'inclina sans répondre.

— La traversée que nous allons faire et que nous commençons depuis une heure à peine, reprit le commandant, sera longue, pénible, pour les officiers, l'équipage, les troupes qui sont sur ce navire, pour tous enfin. Mais elle sera terrible, je ne me le dissimule pas, pour les condamnés que j'ai mission de transporter en Calédonie. Ils vivront, en grand nombre, dans un espace restreint et seront traités avec une extrême sévérité. C'est indispensable. Il se trouve au milieu d'eux des exaltés, des indociles, des indomptables, des forcenés même, sur lesquels l'indulgence, la douceur n'auraient aucune prise. Elles n'amèneraient qu'un relâchement de discipline, et la discipline est de première nécessité en mer, sur un bâtiment de guerre, dans les conditions où se trouve celui-ci...

J'ai résolu de vous épargner la dure existence que le devoir, la sécurité de mon équipage m'obligent à imposer aux condamnés... Vous ne retournerez pas dans la batterie. On vous trouvera un coin à l'avant où vous pourrez vivre seul, comme si vous étiez en cellule, dans une prison... Vous êtes instruit. Je vous confierai quelques travaux pour vous occuper... Bref, je recommanderai de se montrer indulgent à votre égard... Etes-vous satisfait ? Avez-vous une grâce particulière à me demander ?

— Oui, monsieur, dit Bérard, puisque vous le permettez.

— Laquelle ?

— Je voudrais retourner dans l'entrepont, subir ma condamnation dans toute sa rigueur, n'être l'objet d'aucune des faveurs que je vous suis reconnaissant, du fond du cœur, croyez-le bien, de m'avoir proposées.

III

Le commandant de la *Saône*, tout étonné, regardait Bérard. Il croyait avoir mal entendu. Comment ! ce condamné, auquel on daignait offrir des avantages si précieux dans sa position, les refusait ! Cet homme bien élevé, cet homme de science, voulait vivre en contact avec ces ignorants, ces gens grossiers, ces misérables de la pire espèce, ces criminels ! Il n'était pas effrayé de cette terrible promiscuité ! Lorsqu'on lui offrait l'isolement, le grand air, les vastes horizons, le ciel, le soleil, il demandait à vivre dans l'ombre, dans les ténèbres, à redescendre dans l'enfer ! Il voulait souffrir au milieu de ces damnés ! Pourquoi ? M. C..., dont la curiosité était excitée, désira connaître le motif de ce refus.

— J'en ai plusieurs, répondit Bérard. Mais je crains...

— Vous pouvez tout dire. Je ne vous trahirai pas.

— J'en suis convaincu, monsieur. J'ai peur seulement de n'être pas compris.

— Eh bien, vous ne serez pas compris. Expliquez-vous d'abord.

Debout devant le commandant assis, son béret à la main, tenant droite sa grande taille, Bérard disait :

— Le premier motif qui me fait demander de n'être l'objet d'aucune faveur spéciale tient à un sentiment de crainte... Je vois mon intérêt personnel et, prudemment, je sacrifie le présent à l'avenir... En effet, là-bas, en Calédonie, je ne trouverai peut-être pas, auprès des maîtres du bagne, une bienveillance égale à celle que vous voulez bien me montrer, monsieur... On peut, dès mon arrivée à l'île Nou, me replacer au milieu de mes pareils, me condamner à vivre de leur vie, m'infliger la promiscuité que, dans votre générosité, vous vouliez bien m'épargner aujourd'hui... Alors, ils se rappelleraient l'exception faite pour moi seul sur ce navire, les faveurs dont j'aurai joui et me les feraient payer cher. Au milieu de ces hommes, condamnés à toutes les privations, à toutes les tentations, couvent, fermentent, grouillent à toute heure, à tout moment, la jalousie, l'envie, la haine... L'existence devient intolérable pour le malheureux qui éveille, active ces sentiments. Sur lui retombent toutes les rebuffades, toutes les colères. Il n'a pas un instant de repos. On lui rend les insultes, les brutalités, les coups des surveillants. On se venge sur lui de toutes les misères endurées... J'ai peur, monsieur, oui, j'ai peur de l'existence qui me serait réservée. Elle pourrait durer dix ans, vingt ans, toujours... Ne suis-je pas condamné à perpétuité?

Le commandant, les yeux fixés sur Bérard, l'avait écouté attentivement.

— Je vous comprends, fit-il, et vous avez peut-être raison. Mais vous disiez avoir plusieurs motifs pour refuser les faveurs que je voulais vous accorder? Quels sont les autres?

— Je n'en ai plus qu'un seul, monsieur, et il est bien difficile à définir.

— Essayez.

— Dans la longue oisiveté de la prison, continua Bérard, j'ai beaucoup réfléchi... Mon esprit, mon imagination se sont enfiévrés. C'est une conséquence de l'isolement, et j'en suis arrivé à me dire que si le hasard, la destinée avaient fait tout à coup de moi un accusé, puis un condamné, un prisonnier, un forçat, c'est qu'il m'était peut-être échu une mission à remplir auprès de certains hommes... Oui, plus instruit, plus intelligent, meilleur que tous ces gens devenus mes compagnons, je puis essayer de les sortir de leur abaissement, de les arracher à leur abjection... Je ne prétends pas leur faire des discours, des sermons, devenir le prédicateur du bagne; je veux seulement prêcher l'exemple, et, par ma conduite, ma résignation, les rendre moins haineux, moins implacables, lutter contre leur dureté, leur bestialité... On se moquera de moi d'abord; que m'importe! Tout homme qui essaye de faire le bien doit s'exposer aux moqueries... Je sais ce qui m'attend... Mais si j'arrive à sauver un seul de ces hommes, à lui inspirer quelques sentiments humains, eh bien, monsieur, je ne regretterai pas les tortures que je vais endurer de mon plein gré, malgré votre bienveillance, malgré vous.

Le commandant se leva et, l'expression du visage moins froide, d'une voix où perçait une légère émotion, il dit simplement :

— C'est bien, faites comme vous l'entendrez... S'il vous arrivait de changer d'avis, vous n'auriez qu'à demander à m'entretenir... Je vous conserverai mes bonnes dispositions à votre égard.

Il fit aussitôt appeler le surveillant et lui rendit son prisonnier.

En passant sur le pont, comme il l'avait fait précédemment, Bérard promena son regard autour de lui. On n'apercevait plus la côte, la mer s'étendait à l'infini, le soleil venait de disparaître et tout l'horizon était empourpré. Alors, il crut encore apercevoir là-bas, dans une grande traînée lumineuse, dans un nuage de pourpre et d'or, sa Jeanne chérie, sa Reine de Beauté.

— Descends plus vite ! lui dit le surveillant.

Il obéit et bientôt se replongea dans le gouffre.

IV

Parmi les prisonniers dont Bérard avait déjà subi le contact pendant sa détention à l'ile d'Aix, se trouvait un nommé Fortier, condamné, lui aussi, aux travaux forcés à perpétuité pour assassinat. C'était un homme d'une trentaine d'années, pâle, à l'œil ardent, aux lèvres épaisses, rouges, qui, entr'ouvertes, laissaient voir des dents blanches, fines, un peu pointues, des dents de loup. Sous d'autres vêtements, avec des cheveux plus longs, et sa moustache qui devait être noire, épaisse, avant qu'on l'eût coupée, il aurait pu passer pour un joli garçon, un beau mâle. Il était de taille moyenne, plutôt maigre que gras. Mais ses muscles, qui faisaient saillie au moindre mouvement de ses bras et de ses jarrets, ses épaules carrées, larges, son cou robuste, indiquaient une force peu commune, un de ces hommes tout en nerfs, en acier. Fortier s'était senti depuis longtemps attiré vers Bérard, et celui-ci, après l'avoir étudié quelque temps, avait consenti à s'entretenir avec lui. Ces deux hommes se complétaient l'un par l'autre : ici, la force seulement corporelle ; de ce côté, la force intelligente, morale.

Leurs compagnons eux-mêmes les admiraient en connaisseurs, en artistes, et les tenaient pour des assassins supérieurs, sortant du vulgaire : Fortier avait donné soixante-deux coups de couteau à sa victime. Il lui avait labouré la poitrine et fait un trou si profond dans la région du cœur, qu'au moment de l'autopsie, on n'avait pu retrouver cet organe. « Dans sa rage, l'assassin l'a peut-être mangé, » dit le médecin légiste.

Le nombre des coups de couteau justifiait seulement la condamnation aux travaux forcés à perpétuité, car rien n'indiquait que l'assassinat eût été suivi de vol. L'accusation l'attribuait à un sentiment de jalousie féroce, bestiale, contre un rival préféré sans doute. La lumière, du reste, ne s'était jamais faite à ce sujet : Fortier avait toujours refusé de s'expliquer.

De son côté, Bérard s'était attiré l'estime de ses collègues pour s'être servi d'une bombe de dynamite et avoir tué un prince connu, riche à millions. C'était pour ces hommes un titre de noblesse; ils faisaient de cette bombe un parchemin. Quant à se dire que Bérard était innocent, comme il l'avait soutenu devant le jury, ils n'y songeaient pas. Son innocence les auraient gênés et désillusionnés sur son compte. Ils pensaient qu'il avait simplement joué devant le jury le vieux jeu de l'innocent persécuté où ils excellaient. A les entendre, en effet, toutes les personnes volées, violées, empoisonnées, assassinées par eux étaient les seuls coupables; ils avaient été leurs victimes.

— Que voulait-on de vous? demanda Fortier en se glissant près de Bérard, dès que celui-ci eut repris sa place dans la cage.

Ces deux hommes, par exception, ne se tutoyaient jamais.

— Le commandant, répondit Bérard, m'a fait appeler pour me dire que je lui étais recommandé d'une façon particulière, et pour me proposer de vivre là-haut sur le pont en demi-liberté.

— Vous avez accepté?

— Non, j'ai refusé.

— Pourquoi ?

— Parce que vous avez besoin de moi ici.

— Ah ! c'est à cause de moi !... Je vous remercie, dit Fortier, dont les yeux brillèrent... En effet, j'ai besoin de vous... Je n'ai jamais eu plus besoin de vous... Le découragement m'a pris depuis mon arrivée sur ce navire, dans cette cage, où nous avons tous l'air de bêtes fauves... Je me demandais quand vous êtes revenu si je n'allais pas prendre mon élan, et me briser la tête contre ces barreaux de fer.

— Vraiment ?

— Oui... Toutes les misères qui nous sont réservées m'effraient... Regardez donc... Quel entassement effroyable ! Cinquante hommes dans cette cage qui devrait à peine en contenir vingt. Nous ne pouvons même pas dormir, c'est-à-dire oublier... Et quelle chaleur déjà ! Un de nous pour respirer vient d'entrebâiller un sabord. On l'a envoyé au cachot, à fond de cale. Quel début !... Il fait beau, en ce moment. Que deviendrons-nous, par les gros temps, lorsque nous roulerons tous les uns sur les autres ?... Et, sur les côtes d'Afrique, lorsqu'il n'y aura plus d'air ?... Et les punitions... les injures, les coups, la maladie... Ah! on n'a pas le droit de faire souffrir ainsi des êtres humains... Nous sommes condamnés aux travaux forcés et non pas à la torture. Torture de toutes les heures, de tous les instants... On peut nous tuer d'un coup, mais non pas nous martyriser... Lorsque j'ai tué, moi, j'ai frappé mon ennemi tout de suite au cœur. C'est contre un cadavre que je me suis ensuite acharné... C'était de la fureur, de la rage, de la bestialité, soit! Ce n'était pas de la cruauté.

— Calmez-vous! lui dit Bérard. Calmez-vous! On peut vous entendre.

— Que m'importe!

— Alors, calmez-vous à cause de moi, pour moi qui viens partager vos misères.

Sombre, tout frémissant, Fortier se rejeta dans un coin de la cage et garda le silence.

V

A cinq heures, les habitants de la batterie firent
leur premier repas : on remit à chacun d'eux un
pain de munition, un biscuit et on leur apporta
dans de grands baquets une soupe au riz. C'est
l'ordinaire des dîners, cinq fois sur sept. Deux jours
par semaine, une soupe, qui a la prétention d'être
grasse, remplace la soupe maigre et on y ajoute
deux cent cinquante grammes de viande fraîche ou
conservée. Le déjeuner, qui a lieu à onze heures,
se compose d'une bouillie de haricots nains, de
biscuit et de pain dans la même proportion qu'au
dîner et d'un quart de gros vin. En attendant l'heure
de ce déjeuner, les forçats ont droit aussi, le matin,
à une jatte de café noir. On les divise, pour ces
repas, en escouades de dix hommes, ce qu'on ap-

pelle un *plat*, nom beaucoup trop pompeux, car le plat, nous l'avons dit, est un baquet. Chaque escouade a son chef de plat chargé de veiller à ce qu'on ne mange pas trop malproprement et à empêcher les gloutons d'absorber la part de leurs voisins.

Ce premier dîner fut des plus accidentés à bord de la *Saône*. La frégate, au large maintenant, commençait à rouler, et ces hommes qui, pour la plupart, n'avaient jamais mis les pieds sur un navire, s'entrechoquaient, se heurtaient, étaient obligés de s'appuyer les uns contre les autres.

A ce repas frugal et tourmenté succéda la distribution des hamacs et des couvertures ; puis le silence fut ordonné et les forçats, dont la moitié se coucha dans les hamacs, dont l'autre moitié s'étendit sur le parquet, essayèrent de s'endormir.

La nuit fut courte du reste. A quatre heures du matin, les clairons sonnèrent le branle-bas. Les surveillants accoururent et firent procéder immédiatement au lavage des cages. Chaque homme reçut l'ordre de retrousser son pantalon jusqu'à mi-jambe et de se mettre bras et pieds nus. Puis les uns furent chargés de manœuvrer les pompes, tandis

que les autres, munis de lances, inondèrent le parquet et le frottèrent avec des balais et des fauberts.

Lorsque tout fut en état la sonnerie : « aux
armes » annonça l'inspection. Elle devait être faite
ce jour-là, qui était un jeudi, par le commandant.
Il parut bientôt, suivi du commandant en second,
du capitaine d'armes, d'un enseigne de vaisseau,
du médecin-major, de l'aumônier et d'un quartier-
maître. Le surveillant en chef, à la tête des autres
surveillants, l'attendait au bas de l'escalier. Tous
les forçats, debout, la tête nue, étaient rangés sur
leux rangs, le long des barreaux.

Ils avaient été prévenus qu'il leur était permis
d'adresser leurs réclamations au commandant. Il
en reçut plusieurs, les accueillit froidement, mais
donna des instructions aux gardiens. Devant une
des cages, il s'arrêta un instant et parut chercher
des yeux quelqu'un. C'était Bérard. Il le reconnut,
attendit que ce condamné s'avançât pour lui parler,
et, après avoir constaté qu'il n'en manifestait pas le
désir, il continua son inspection bientôt terminée.

Le bruit se répandit alors, dans la batterie, qu'on
allait procéder à la nomination des chefs de cage.
Cet emploi des plus subalternes et des moins hono-

rifiques, a cependant une grande importance dans
un tel milieu : le chef de cage commande les corvées, veille à la distribution des vivres, nomme
les chefs de plat, signale les malades, fait observer
les règlements, maintient l'ordre, rappelle au silence et empêche les querelles. Il doit avoir assez
d'influence sur ses compagnons pour se faire obéir.
Mais, malheur à lui si on n'exécute pas ses ordres!
Toutes les responsabilités lui incombent ; il assume
toutes les fautes. C'est sur lui que pleuvent tous
les châtiments.

Fortier s'était approché de Bérard.

— On veut vous nommer chef de cage, lui dit-
il.

— Qu'est-ce que cela? demanda Bérard.

Fortier le lui expliqua.

— Je ne veux pas, je ne veux pas ! s'écria Bérard.

— Prenez garde. On n'a pas le droit ici de
refuser certains services. Ce serait pour vous la
cale ou le cachot, et je ne vous verrais pas de
longtemps... Il faut que je vous voie cependant,
que je vous sente près de moi, que vous me pro-
tégiez contre moi-même, que vous m'empêchiez
de faire un mauvais coup... Ah ! si vous saviez ce

qui m'arrive, ce que j'ai découvert ce matin, pendant que le commandant passait l'inspection de nos cages et de celle des femmes. C'est à en devenir fou !

— Qu'y a-t-il donc ?

— Je vous dirai cela plus tard, plus tard.

Ils furent interrompus. Pendant qu'ils parlaient, leurs compagnons s'étaient rassemblés dans un coin, puis trois d'entre eux, se détachant du groupe, venaient de rejoindre Bérard.

— Je suis chargé par les camarades, dit l'un d'eux, de te prier d'accepter les fonctions de chef de cage... On essayera de t'obéir et de ne pas te faire la vie trop dure.

— Vous ne m'en voudrez pas de vous commander ?

— Non, puisqu'on t'en prie.

— Soit ! j'accepte.

Une nouvelle sonnerie annonça le déjeuner.

Bérard entra immédiatement en fonctions.

VI

Pendant deux jours, Fortier n'essaya pas de se rapprocher de son compagnon. Silencieux, il se tint assis près des barreaux de sa cage. Il paraissait s'intéresser au mouvement qui se faisait dans le couloir, au va-et-vient des surveillants, des hommes de corvée. Mais si on l'avait observé on se serait aperçu que son regard se fixait de préférence sur une cage, plus petite que les autres, située en face de lui, à sa gauche, vers l'extrémité de la batterie. C'était un des deux bagnes où se trouvaient enfermées les femmes condamnées à la réclusion dans les maisons centrales, et qui avaient obtenu de finir leur peine en Calédonie.

De grands volets se rabattaient sur cette cage et

empêchaient de voir ses habitantes, précaution fort
sage, très humaine, qui n'a pas toujours été prise
sur les transports. Olivier Pain, dans son livre in-
titulé : *Henri Rochefort*, dit ces mots : « En face
de la cage de Rochefort se trouvait celle où Louise
Michel était enfermée avec vingt et une citoyennes
déportées comme elle. Si la déportation était terrible pour les hommes, elle était intolérable pour
les femmes, obligées de vaquer aux moindres détails de leur toilette sous les regards incessants des
surveillants. » Ce fut une exception. Sur la plupart
des transports, la cage des femmes est clôturée par
des volets ou de simples planches, qui mettent les
prisonnières à l'abri des regards indiscrets, mais
ont aussi le grand inconvénient d'intercepter l'air,
de rendre la chaleur plus difficile à supporter dès
que le navire atteint les tropiques.

Bérard s'inquiéta de Fortier. Il suivit la direction
de son regard et s'étonna de le voir toujours fixé sur
ces volets. Il se rappela, en même temps, les paroles
prononcées par son compagnon. Alors, obéissant
à une sorte d'intérêt, de sympathie inconsciente
pour cet homme, il se rapprocha de lui et essaya
de provoquer des confidences. Il craignait de le

laisser vivre dans l'isolement de ses pensées. En le voyant morne, abattu, il redoutait la folie, si fréquente parmi les prisonniers.

Fortier résista d'abord aux avances de Bérard.

— Je ne veux point parler, disait-il. J'ai peur de mes souvenirs.

— Vous vous souvenez en silence, seul à seul avec vous-même. Ne vaudrait-il pas mieux vous souvenir avec moi ?

— Oui, peut-être, peut-être, dit tout à coup Fortier en se levant. Mais comment parler ? On nous entendra. Lorsque je vous dirai certaines choses, je ne serai pas assez maître de moi pour contenir ma voix.

— Si. Je vous rappellerai que vous devez parler à voix basse... Puis, dans ce coin, on ne nous entendra pas. La plupart de nos camarades sont, là-haut, sur le pont. Notre cage est moins pleine que d'habitude. Nous pouvons nous isoler... Tenez, près de la grille du fond, celle qui nous sépare de la muraille du navire.

En même temps, il l'entrainait du côté qu'il lui désignait. Fortier, après avoir hésité encore un instant, commença d'une voix sombre :

— Vous ne connaissez que mon crime. Vous ne savez pas comment, pourquoi je l'ai commis. Je vais vous le dire... Avant d'être un assassin, j'ai été un honnête homme, un bon ouvrier. Peintre d'enseignes d'abord, je suis arrivé peu à peu à être employé par les décorateurs de théâtre. Je faisais les fonds, les ciels et je m'en tirais assez bien. Je gagnais à ce métier, dix, quinze, vingt francs par jour. J'étais très heureux... Pour mon malheur, une femme est venue se loger dans la maison que j'habitais, à Montmartre, sur le même palier que moi. Elle se donnait pour une ouvrière en dentelles et passait pour une fille sage. Comment arrivai-je à la connaître ? Je ne sais plus... Bientôt, elle me reçut chez elle, le soir, ma journée finie, et j'en devins éperdument amoureux, fou... Elle était si jolie, si belle ! Imaginez-vous...

Tout à coup il s'arrêta, prêta l'oreille à divers bruits, regarda dans la direction du couloir qui séparait les cages de babord de celles de tribord, et, prenant le bras de Bérard, le serrant avec force, lui dit d'une voix émue :

— Les camarades reviennent... C'est au tour des femmes de se promener sur le pont. Je sais qu'elles

2.

doivent y monter aujourd'hui. Venez, venez! Vous
allez la voir passer, elle, elle!... Je n'aurai pas
besoin de vous faire son portrait.

VII

Fortier ne s'était pas trompé : la promenade des
femmes, retardée depuis le départ, pour différents
motifs, devait avoir lieu ce jour-là. Vers trois
heures de l'après-midi, un surveillant chef vint prévenir les sœurs de Saint-Joseph de Cluny, et celles-
ci s'empressèrent de faire sortir les prisonnières
de leur bagne. Ces sœurs, au nombre de trois ou
quatre, remplacent les gardiens auprès des femmes
transportées et doivent seules communiquer avec
elles, maintenir l'ordre dans ce troupeau presque
toujours indiscipliné et insoumis. C'est le règlement

du bord. Mais, lorsqu'il s'agit de mettre une femme
aux fers... on est, dans certaines circonstances,
obligé de les y mettre... et qu'elle se défend et
devient furieuse, les sœurs sont souvent obligées
d'appeler les surveillants à leur aide.

Pour atteindre l'escalier qui conduisait au pont,
les condamnées devaient, un instant, longer le
bagne où se trouvaient Bérard et Fortier. Ce dernier, debout, le front appuyé entre les barreaux
attendait leur passage. A le voir ainsi, l'œil ardent,
dressé en quelque sorte dans sa cage, on aurait pu le
prendre pour quelque fauve qui, de loin, a flairé son
dompteur, le voit arriver et frémit à son approche.

Elles défilaient une à une, guidées par la reli-
gieuse qui marchait à leur tête. Toutes étaient
jeunes ou à peu près. Ces femmes, destinées à
épouser en Calédonie soit des condamnés en cours
de peine, soit des libérés qui ont obtenu une concession de terre, ne peuvent pas être âgées de plus
de trente-cinq ans. Quelques-unes étaient jolies,
malgré leur toilette qui, certes, ne les avantageait
pas : une robe d'indienne de couleur sombre mal
taillée, choisie dans le tas, trop grande, trop étroite
ou trop large ; un fichu à grands carreaux, croisé

sur la poitrine et noué derrière le dos ; sur la tête, un mouchoir à carreaux, comme le fichu, cachant les cheveux et ressemblant à une marmotte ; aux pieds, de gros souliers sans forme.

Tout à coup, Fortier, lâchant le barreau que sa main étreignait, saisit le bras de Bérard et dit d'une voix basse, contenue et vibrante d'émotion :

— La voilà !... la voilà !... Elle va passer devant nous.

Bérard regarda. Celle qu'on lui désignait était une grande et belle fille de vingt-cinq ans environ, aux épaules larges, bien tombantes, à la poitrine forte et droite cependant. Sous la robe collante, ses hanches accusées, sa croupe superbe, jaillissaient. Elle avait des sourcils très arqués, les yeux bien fendus, d'un noir sombre, le nez droit, d'un dessin très pur, la bouche un peu grande avec des lèvres rouges, épaisses, un teint pâle, d'un pâle chaud. Si elle était robuste comme une fille de campagne, grâce à la finesse des lignes, à l'harmonie des contours, elle tenait de la fille de race.

De loin, elle avait aperçu Fortier et marchait le plus lentement possible, l'enveloppant de son regard chaud, lui souriant de ses lèvres humides, de ses dents blanches. Elle rejetait sa tête en arrière et cambrait sa taille pour faire saillir davantage sa ferme poitrine. Ses narines se dilataient, sa bouche s'entr'ouvrait comme si elle cherchait, comme si elle aspirait un baiser.

Lui, de ses mains crispées, tordait ses barreaux. On aurait dit qu'il voulait y passer sa tête pour la voir de plus près, passer son corps pour la rejoindre et l'étreindre.

— Marcelle Hébert, marchez donc plus vite! lui cria une des sœurs.

Elle eut l'air de ne pas avoir entendu et marcha toujours, du même pas, lent, cadencé.

Maintenant, il avait les yeux fixés sur sa nuque puissante, traversée par une ligne poilue qui allait se perdre dans le dos.

Au moment de monter la première marche de l'escalier et de disparaître, elle se retourna pour lui envoyer un dernier baiser à travers l'espace.

Il resta debout quelque temps, immobile, regardant toujours la place où elle lui était apparue, essayant de la voir encore par le souvenir ; puis, tout à coup, il se retourna vers Bérard et lui dit sourdement:

— Vous l'avez vue! Vous l'avez vue! N'est-ce pas qu'elle est belle? C'est pour elle que j'ai tué... C'est pour elle, c'est à cause d'elle que je suis ici... Je vais tout vous dire... Je veux parler d'elle jusqu'à ce qu'elle revienne.

Brusquement, il entraîna de nouveau Bérard à l'extrémité de la cage, du côté de la muraille du navire, et, lui faisant un rempart de son corps pour le séparer de ses compagnons, il allait lui faire ses confidences lorsqu'une voix cria:

— Tas de vermines! Allez-vous bientôt vous taire? On fait plus de bruit dans cette cage que dans toutes les autres réunies... Gredins, misérables, tas de pourritures! »

VIII

Celui qui venait d'imposer silence aux prisonniers en ces termes injurieux et avec cette brutalité était un surveillant-chef. En Calédonie le personnel de la chiourme — les forçats se servent toujours, entre eux, de cette expression — se compose d'un surveillant principal résidant au dépôt de l'ile Nou, de plusieurs surveillants-chefs et de surveillants militaires de trois classes. On trouve généralement sur les transports des échantillons de tous ces individus. Ils viennent de faire un congé en France, retournent en Calédonie et dès leur embarquement, ils reprennent leur service à bord comme s'ils étaient arrivés à l'ile Nou.

Ce service, ils le font la plupart du temps l'injure à la bouche, le poing levé, le revolver au côté.

La dureté est de tradition au bagne. Comment en
serait-il autrement? Ce personnel de la chiourme
se recrute d'ordinaire parmi d'anciens sous-offi-
ciers, de simples soldats, dont la conduite, au régiment, laissait souvent à désirer et qu'il a bien
fallu choisir: leurs camarades, mieux notés, se
refusant à remplir de telles fonctions, à faire un
tel service. Ces hommes de nature grossière,
brutaux pour la plupart, souvent vicieux, ne
connaissent qu'un moyen de se faire obéir: la
menace, menace d'un châtiment corporel, menace
d'une punition. Il ne leur vient jamais à l'idée de
présenter au condamné l'appât d'une récompense.
Celui-ci, soumis à tous les caprices, à tous les
arbitraires, puni même lorsqu'il se conduit bien,
trouve intérêt à se mal conduire. Il vole surtout
pour manger parce qu'il est nourri d'une façon in-
suffisante et que les fournisseurs de l'administration
volent souvent eux-mêmes sur la qualité et la quan-
tité des vivres. Seulement ces fournisseurs s'enri-
chissent, tandis que les forçats, pour un délit qui
entraînerait en France quinze jours de prison se
voient condamner à dix, vingt, quarante ans même
de travaux forcés; les conseils de guerre, en Calé-

donie, ayant pour principe d'appliquer le maximum.
Cependant, nous devons le reconnaître, le nouveau
gouverneur M. Pallu de la Barrière, paraît comprendre la justice et l'humanité autrement qu'on
ne les a comprises jusqu'à ce jour et prépare de
grandes réformes.

Charles Robin, le surveillant-chef, qui venait·
d'apparaître, était un assez beau garçon d'une trentaine d'années, blond, sanguin, robuste, ancien
sergent au 3ᵉ régiment d'infanterie de marine. On
le disait de complexion amoureuse et on lui prê-
tait quelques succès dans la société féminine de
Nouméa, succès faciles : les bonnes mœurs ne
paraissent pas s'être réfugiées dans cette partie du
globe.

Après avoir passé devant la cage et jeté ses injures et ses menaces, il monta sur le pont. Peut-
être s'y trouvait-il attiré par les condamnées qui
s'y promenaient alors.

Dès qu'il eut disparu, Fortier, enfiévré depuis
qu'il avait vu Marcelle Hébert, aussi ardent à parler d'elle, maintenant qu'il s'était montré réservé
pendant deux jours, reprit son entretien avec
Bérard :

« Je vous ai dit, fit-il d'une voix sourde, qu'elle demeurait dans ma maison, sur mon palier, et que j'en étais devenu amoureux... Je la prenais pour une fille sage, vivant de son travail comme je vivais du mien, et je lui proposai de l'épouser... Elle refusa... Cependant, je paraissais lui plaire. On aurait dit qu'elle m'aimait... Oui, je pouvais m'y tromper. A cette époque déjà, elle me regardait comme elle m'a regardé tout à l'heure... L'avez-vous vue? Je la vois, moi... Je la vois toujours... Elle a voulu me rappeler mes souvenirs d'autrefois, me brûler le sang, me rendre fou.

Quand elle me regardait ainsi, j'essayais de la prendre dans mes bras, d'approcher mes lèvres de sa bouche entr'ouverte. Elle ne voulait pas, elle se défendait, elle me repoussait, elle me menaçait de ne plus me recevoir, de quitter la maison, de disparaître pour toujours si je lui faisais violence... Alors j'avais peur et je m'éloignais d'elle; je lui obéissais.

Trois mois se passèrent de cette façon. Trois mois pendant lesquels nous échangeâmes de chaudes paroles, des regards, des serrements de main... Un soir, elle me dit : « Je ne puis plus vous recevoir

dans ma chambre. On parle de nous dans la maison.
Je tiens à ma réputation d'honnête fille. »

Comme je paraissais désolé, désespéré, elle ajouta :
« Rassurez-vous. Vous n'en serez pas plus malheureux, au contraire. Une dame pour laquelle
j'ai autrefois travaillé, et qui m'a prise en affection,
est allée passer l'hiver à Nice et m'a priée de veiller pendant son absence, sur son appartement, de
l'ouvrir, de le mettre en ordre... Dorénavant, je
passerai mes après-midi chez elle, au lieu de travailler ici, dans cette petite chambre... J'ai la clef
de ce logement situé rue de Provence. Il est très
bien meublé, très élégant. Vous viendrez m'y rejoindre trois fois par semaine à six heures du soir...
Cela vous va-t-il? Voulez-vous? »

Je crois bien que cela m'allait! Je crois bien que
je voulais! C'était un rendez-vous qu'elle me donnait... Ah! si l'idée lui en était venue, c'est qu'elle
m'aimait, c'est qu'elle était décidée à m'appartenir
enfin... Elle avait résisté jusque-là, sans doute par
crainte d'être surprise avec moi dans sa chambre
mal close, dans cette maison où on l'espionnait...
Maintenant... Ah! j'étais le plus heureux des
hommes.

IX

« J'attendis avec impatience le jour du premier rendez-vous, continua Fortier. Enfin, il arriva... Je m'étais fait beau. J'avais très bon air, je vous assure. On pouvait me prendre pour un monsieur, un vrai monsieur.

Je passe devant la concierge, comme il était convenu, sans rien demander... Je monte jusqu'au troisième étage... Je sonne... Une seconde s'écoule... Elle vient m'ouvrir elle-même, referme vivement la porte, me fait traverser une petite antichambre et m'introduit dans un salon... un boudoir plutôt... Peu de meubles, mais des tapis, d'épaisses portières, des rideaux à moitié fermés, un grand divan... Ah! il me semble que je suis encore dans cette pièce où j'ai été parfois si heureux, où j'ai tant souffert aussi ! »

Il s'arrêta tout frémissant, reprit haleine, puis, toujours debout, tournant le dos à ses compagnons, faisant face à Bérard, il se replongea dans ses souvenirs.

« Non seulement Marcelle Hébert disposait, comme si elle en était la maitresse, de l'appartement qu'on lui avait confié, mais elle me parut disposer aussi des vêtements de la propriétaire du lieu... Pour me recevoir, elle avait quitté sa toilette d'ouvrière, la petite robe de mérinos que je lui avais toujours connue, et elle portait un grand peignoir en soie ponceau, des bas de soie noire, des mules de satin. Transformée de la sorte, elle était splendide avec ses cheveux à moitié défaits, son peignoir entr'ouvert sur la poitrine... Quelle poitrine ! Du marbre vivant, du marbre chaud.

Me voyez-vous, moi modeste ouvrier, habitant d'une chambrette, ignorant du luxe des riches, des appétits qu'il éveille... Me voyez-vous, transplanté tout à coup dans ce boudoir, tout pénétré de parfums nouveaux pour moi... aux côtés de cette belle fille, que je désirais furieusement et qui m'apparaissait plus superbe que jamais dans ce cadre luxueux !

Assise près de moi sur le divan du boudoir, la tête renversée sur un coussin, elle me regardait de ses grands yeux mourants et semblait me dire : « Je t'aime ! viens ! »

Je n'osais pas... Je tremblais... J'avais peur qu'elle me repoussât comme autrefois. Je préférais continuer à vivre dans mon incertitude, avec mon espoir.

Cependant, tout à coup, je me glissai par terre, je m'agenouillai devant elle, je l'enlaçai de mes bras et je lui dis... Ah ! ce que disent tous ceux qui adorent une femme et la désirent de toutes leurs forces... Des paroles sans suite et qui reviennent toujours... Des phrases courtes, hachées, qu'on ne peut finir... Des mots qui ressemblent à des cris.

Je devais être éloquent, car elle m'encourageait de ses regards... Elle semblait dire : « C'est cela ! C'est ainsi qu'il faut parler ! C'est ainsi que je te veux ! »

Ces encouragements me donnèrent de l'audace... J'approchai mes lèvres des siennes. Cette fois, elle ne se défendit pas, elle n'essaya pas de me re-

pousser. Seulement, après mon premier baiser, elle
se leva comme si elle craignait de rester à la place
où elle se trouvait, comme si elle y était exposée à
trop de dangers, et elle fit quelques pas dans le
salon... Je crus qu'elle allait s'éloigner, disparaître... Non. Elle restait debout, en face de la
grande portière qui séparait le boudoir d'une pièce
voisine.

Elle m'appelait encore du regard. Je la rejoi-
gnis. Elle se renversa dans mes bras et reçut
encore mes baisers. Je crus qu'elle était à moi, bien
à moi, qu'elle allait se donner tout entière, et je
voulus l'entraîner à la place qu'elle venait de
quitter. Elle me repoussa de toutes ses forces en
criant : « Non, non... Je ne veux pas... Je ne
veux pas. »

. Je parvins à la rejoindre. Elle se défendit avec
une énergie extraordinaire... Vous l'avez vue. Elle
est forte, allez! Aussi forte que moi, plus forte,
parce que j'avais peur de lui faire mal, de l'effrayer
par ma brutalité, de la perdre pour toujours. Je
me disais : A notre prochain rendez-vous, elle sera
moins rebelle, plus soumise. J'ai fait un grand
pas aujourd'hui. Demain, j'en ferai un autre.

Demain est arrivé. A ce lendemain, ont succédé d'autres lendemains, et toujours la même scène s'est reproduite. Je l'ai trouvée aussi tendre au début, aussi troublante, aussi enfiévrante. Son regard, ses lèvres m'ont fait les mêmes promesses, elle ne les a pas tenues. Elle a écouté les mêmes discours et n'a rien répondu. Elle m'a laissé prendre les mêmes baisers, mais rien que des baisers! Ah! quelle torture, quel martyre, et, en même temps, quelle jouissance d'être ainsi torturé!

Cependant j'ai trop souffert et je l'ai fuie... Le théâtre des Célestins, à Lyon, demandait des peintres décorateurs. Je me suis fait envoyer là-bas... J'espérais l'oublier, ou plutôt, j'espérais qu'à mon retour, elle serait moins cruelle.

X

« Je reviens au bout de quelques jours. Je rentre dans mon logement de Montmartre. Je demande de ses nouvelles. On m'apprend qu'elle a été arrêtée la veille.

« Pourquoi? De quel crime l'accuse-t-on? »

Les habitants de la maison, les voisins ne le savaient pas. Un commissaire de police, accompagné de son secrétaire et d'un inspecteur, était arrivé brusquement chez Marcelle Hébert, et, à la suite d'un interrogatoire et d'une perquisition, l'avait emmenée.

Je n'y comprenais rien et j'étais désespéré. Cette séparation de quelques jours m'avait affolé. J'oubliais toutes les souffrances passées, toutes les tortures qu'on me réservait peut-être encore, pour songer seulement à la joie de revoir Marcelle, de la presser dans mes bras, d'être martyrisé de nouveau par son abandon incomplet, par nos amours inassouvies.

Pendant deux jours, j'allai rôder sur le quai de l'Horloge, dans la cour où se trouvent les bureaux de la Permanence et l'entrée du Dépôt.

Un matin, je la vis sortir de la prison et monter dans une des voitures de la préfecture de police. On la conduisait à Saint-Lazare.

L'affaire devenait sérieuse. Mais de quoi s'agissait-il?

3.

Bientôt les journaux me renseignèrent. Voici quelle était leur version, que je ne voulus pas croire d'abord et contre laquelle je protestai :

Au lieu d'être une ouvrière et une fille sage, comme elle l'affirmait, Marcelle Hébert était une femme entretenue, connue dans le monde galant sous le nom de Julienne River. Elle habitait le boulevard Haussmann et menait grand train.

Par suite de quel caprice, de quelle bizarrerie était-elle venue se réfugier à Montmartre, vivre dans une petite chambre et travailler ? On croyait le savoir : pour augmenter ses ressources, pour arriver le plus rapidement possible à la fortune, non seulement elle exploitait sa beauté, mais encore elle flattait les vices, la corruption d'un de ses amants. Elle jouait auprès de lui le rôle d'une des maîtresses de Louis XV, créatrice du Parc-aux-Cerfs : elle cherchait dans Paris de toutes jeunes filles, les attirait dans divers lieux et les livrait aux caprices du maître, un maître dont les journaux ne donnaient pas le nom, affirmant même que l'instruction ne le connaissait pas encore.

La transformation de Julienne River paraissait s'expliquer naturellement : elle avait repris son ancien nom, son nom de famille, ses habitudes et son premier métier avant sa chute, afin de vivre dans un milieu d'ouvrières, d'être en contact avec les plus jeunes et les plus jolies et de pouvoir les corrompre plus facilement. A la suite de plaintes portées contre elle par les parents de jeunes filles âgées de moins de seize ans, le parquet avait ordonné une enquête et des recherches, bientôt suivies d'une arrestation. Les renseignements s'arrêtaient là. Je devais attendre le procès pour être éclairé d'une façon plus complète.

Il ne m'apprit rien de nouveau, et cependant je le suivis ardemment, le premier à l'audience, dans l'enceinte réservée au public. Appuyé contre la balustrade, debout, je ne quittais pas des yeux l'accusée. Tout ce que j'avais appris sur elle, toutes les infamies que le procès confirmait — et qu'elle était obligée d'avouer du reste, car ses victimes la reconnaissaient sans hésitation — rien de tout cela ne pouvait me détacher de cette femme, m'empêcher de la désirer furieusement.

Pourquoi n'en aurait-il pas été ainsi? Mon amour était tout sensuel, tout bestial. Le cœur n'avait jamais parlé. Je désirais, je n'aimais pas. Et celle

que je désirais m'apparaissait toujours aussi belle,
aussi voluptueuse, aussi troublante... Du banc des
accusés, elle m'avait aperçu dans la salle, et, de
temps à autre, elle me jetait un de ses regards, un
de ses sourires qui remuent encore tout mon être.

On n'avait pas trouvé... peut-être n'avait-on pas
voulu trouver... le principal accusé, l'individu pour
le compte duquel Marcelle Hébert s'était compro-
mise, s'était perdue. Énergiquement, devant la
cour, devant le jury, elle refusa de le nommer
comme elle avait refusé à l'instruction. Mais le code
est précis : « Quiconque aura, par fraude ou par
violence, enlevé des mineurs, les aura détournés
ou déplacés, soustraits en un mot à la direction des
personnes auxquelles ils étaient soumis, subira la
peine de la réclusion. Si la personne ainsi dé-
tournée est une fille au-dessous de seize ans ac-
complis, la peine sera celle des travaux forcés à
temps. »

L'accusée, durant le procès, ne donna aucune
marque de repentir, indisposa au contraire le jury
par son attitude, son obstination à refuser d'éclairer
la justice. Convaincue cependant d'avoir livré à un
inconnu plusieurs victimes, de l'avoir aidé dans

son attentat, elle fut condamnée à cinq ans de travaux forcés.

Voilà ce qui était clair. Mais la clarté ne s'était
pas faite sur les choses qui me concernaient. Pourquoi, dans quel but, Marcelle, qui pouvait choisir
ses amants, avait-elle voulu se faire aimer d'un
ouvrier comme moi ? Si elle obéissait à un de ces
caprices familiers aux femmes de son espèce, pourquoi laisser ce caprice inachevé ? Pourquoi m'avoir
fait souffrir si longtemps, m'avoir torturé ? Autrefois, je me disais : « C'est une fille sage. Elle se
défend jusqu'à la dernière extrémité. Elle a peur
du dénouement. » Aujourd'hui, je ne pouvais plus
me donner cette raison : le procès n'établissait-il
pas qu'elle était depuis longtemps une courtisane,
plus disposée à l'abandon qu'à la résistance ?

Je devais être bientôt fixé.

XI

« Après sa condamnation, je n'eus plus qu'une pensée : la voir, lui parler, apprendre d'elle certaines choses qui me paraissaient obscures, savoir pourquoi elle m'avait si longtemps torturé.

On l'avait reconduite à Saint-Lazare, en attendant qu'elle fût transférée dans une maison centrale. C'est dans ces maisons que, par une dérogation à la loi, les femmes expient non seulement la peine de la réclusion, mais aussi celle des travaux forcés.

Comment, à quel titre pouvais-je espérer être admis dans le parloir de Saint-Lazare ? Je n'étais ni le mari, ni le frère, ni le parent de Marcelle Hébert... En effet, la préfecture de police repoussa ma demande.

Mais, bientôt, j'appris que Marcelle venait d'être dirigée sur la maison centrale de femmes, située à Clermont, dans le département de l'Oise. Elle tombait maintenant sous la dépendance du ministère de l'intérieur, et je pouvais tenter de nouvelles démarches. Plus expérimenté cette fois, comprenant que, livré à mes seules forces, je ne réussirais pas, je parvins à me faire recommander par mon patron à un chef du bureau de l'administration pénitentiaire. Il ferma les yeux sur l'irrégularité de ma situation et me donna l'autorisation d'être reçu au parloir de Clermont.

J'arrivai dans cette ville, anxieux, tourmenté. Marcelle consentirait-elle à me voir? Les condamnés sont libres de se soustraire aux visites qui leur déplaisent ou qu'ils redoutent.

Elle ne s'opposa pas à la mienne et se laissa conduire auprès de moi.

Quand nous pûmes nous parler, elle me remercia de ne l'avoir pas oubliée, parut touchée du souvenir que je lui gardais et me dit : « Tu vaux mieux que l'autre... celui pour lequel je suis enfermée dans cette maison. » Mais, lorsque je l'interrogeai sur la personne qu'elle appelait « l'autre », elle ne

voulut rien répondre. « Attends, attends ! faisait-
elle. Un jour viendra peut-être où je parlerai.
Alors j'aurai besoin de toi, je compterai sur toi
comme tu pourras compter sur moi. » Et, à travers
la grille qui nous séparait, elle me regardait comme
elle sait me regarder quand elle veut m'affoler.

Je retournai, de loin en loin, à Clermont. J'avais
peur de me montrer trop souvent dans la maison
centrale, d'être remarqué, signalé, de me voir refuser ces permis de parloir qui, malgré leur rareté,
faisaient ma joie.

Une année s'écoula. La réclusion, l'isolement, au
lieu de l'apaiser, la rendaient dans les derniers
temps, nerveuse, inquiète, agitée. Mais je pensai
que des causes étrangères à sa détention, des causes
extérieures pour ainsi dire, devaient avoir surtout
une influence sur son esprit.

Je ne me trompais pas. Je ne l'avais pas vue depuis six semaines. Un jour, elle arrive au parloir,
le teint plus coloré que d'habitude, l'œil brillant,
la lèvre frémissante. Elle s'approche le plus près
possible de la grille placée entre nous et, d'une voix
basse, contenue, mais irritée, rauque, elle me dit :
« Il m'a complètement abandonnée... Il n'a tenu

aucune de ses promesses... Il devait, disait-il, obtenir ma grâce ou tout au moins, en attendant, me
faire jouir de certaines faveurs spéciales qui m'auraient rendu la réclusion moins pénible... Eh bien,
il n'a rien fait, de peur de se compromettre... Il n'est
même pas venu m'apporter quelques consolations,
me dire d'espérer... Je suis condamnée maintenant...
Il n'a plus rien à craindre... On ne recommencera
pas le procès... et si je le dénonçais, il est assez
puissant pour qu'on ne tienne pas compte de ma
dénonciation... Cependant, si j'avais voulu le perdre,
le faire arrêter, condamner comme moi, il me suffisait de le nommer dans l'instruction, pendant le
procès... Je n'ai pas voulu... Il m'avait dit : « Si je
suis perdu avec toi, je ne pourrai pas te sauver
plus tard, et je te jure de te sauver. » J'avais eu
aussi pitié de lui... et il n'a pas pitié de moi. »

Elle s'arrêta, murmura quelques mots insigni-
fiants, sans portée, pendant qu'une sœur de la Sagesse, qui nous surveillait, s'approchait de nous.
Puis, lorsque la sœur se fut éloignée, elle reprit
vivement :

« Oui, j'ai eu pitié de lui... Il avait été mon
premier amant... un de mes rares amants, quoi qu'on

ait dit... A seize ans, j'étais déjà une belle fille...
Il m'avait débauchée et je l'avais aimé comme le
premier homme qui nous apprend l'amour... Je l'aimais pour ses grands airs, sa distinction et aussi
pour ses vices... Oui, il m'avait prise toute jeune
pour me façonner, me pétrir à son image, à sa façon... Le succès était complet. Je l'égalais... Il
n'avait jamais fait vibrer la moindre corde de mon
cœur. Il ne s'était attaché qu'à pervertir mon esprit,
à développer, à irriter mes sens.

Longtemps il se contenta de mon amour. Parbleu, j'étais assez jeune, assez jolie pour cela, et il
ne pouvait trouver une maîtresse aussi accomplie.
Mais j'étais trop accomplie peut-être. Il se fatigua
de moi, ou plutôt son imagination pervertie eut besoin d'excitations nouvelles. C'est alors qu'il me fit
jouer le rôle que mon procès t'a fait connaître...
J'ai résisté avant de l'accepter, mais il priait, il
menaçait. J'avais peur de le perdre. Il me semblait que sans lui, je ne pourrais plus vivre. Le vice,
le crime nous avaient rivés l'un à l'autre. »

La sœur de la Sagesse revenait de notre côté. Elle
s'arrêta de nouveau.

XII

« Dès que la sœur se fut éloignée, Marcelle Hébert continua ses confidences. Je l'écoutai plus avidement que jamais : je comprenais que le moment était venu où elle allait parler de moi.

— Pour lui obéir, fit-elle, je consentis à redevenir ce que j'avais été à l'époque où il m'avait connue, une simple ouvrière... Pourquoi, pour ton malheur, ai-je choisi précisément la maison que tu habitais ? Pourquoi m'as-tu trouvée jolie, t'es-tu occupé de moi ? Tu n'as pas eu de chance.

Cependant, je n'ai pas été insensible d'abord à l'affection que tu me témoignais. Ton sain et robuste amour, succédant à des amours usées, énervantes, malsaines, ne me déplaisait pas. Libre, délivrée de l'homme dont j'étais devenue le bien, la chose, je t'aurais appartenu... J'aurais même été à toi sans cela. A lui par habitude, par obéissance ; à toi pour calmer la fièvre qu'il provoquait sans pouvoir maintenant la guérir.

Mais j'ai commis la faute de lui parler de nos relations. Oui, en lui dépeignant ton amour, je croyais raviver le sien, attiser le feu près de s'éteindre, provoquer sa jalousie.

Jaloux, lui ! Allons donc ! Trop corrompu, trop dépravé pour être jaloux !... C'est un sentiment, la jalousie, et il ne connaît que des sensations... Sais-tu ce qu'il m'a répondu lorsque je lui ai parlé de toi ? « Ah ! vraiment, il t'aime ?... Il te peint son « amour en termes brûlants ?... Il est éloquent, « passionné, ardent ?... Je voudrais le voir et l'en- « tendre... Il me rajeunirait. »

Alors l'idée lui est venue... idée monstrueuse, qui pouvait naître seulement dans une tête comme celle-là... l'idée lui est venue de t'écouter, de t'espionner, de se repaître de ta passion.

C'était habile en même temps. Il n'avait plus à redouter mes rapports avec toi. Il devenait le confident de nos amours, amours qui ne devaient plus dépasser certaines limites, et qu'il pouvait, d'un mot, d'un geste, interrompre, finir.

Lorsqu'une idée mauvaise est entrée dans un cerveau comme le sien, elle ne tarde pas à germer... Bientôt, entraînée par lui, obéissant peut-être aussi à ma corruption personnelle, je te donnai rendez-vous dans cet appartement de la rue de Provence, que j'avais fait meubler depuis longtemps d'après ses ordres, et que la police, qui se croit si bien faite, n'a jamais soupçonné.

Je te reçus dans le salon, tandis qu'il se tenait dans la pièce voisine, derrière une double portière.

Tu devais seulement parler. Il devait t'écouter.

Mais, renchérissant sur lui, complétant sa première idée, je te laissai me presser dans tes bras, me donner tes baisers.

Je me disais : « Ah ! cette fois, sa jalousie éclatera. Son espionnage cessera. Il viendra nous séparer. » Et je t'entraînai près de la portière... Tu étais trop affolé pour t'en apercevoir... Je t'entraînais de son côté, pour qu'il nous vît bien.

Il ne fit pas un mouvement, il ne trahit pas sa présence.

Mais, lorsque tu partis, désespéré, irrité de mes résistances, il s'empressa de me rejoindre. Toute sa jeunesse lui était revenue.

Voilà le rôle que tu as joué longtemps, longtemps. Tu as été le martyr de cet homme ! »

Elle s'arrêta. La sœur, sa gardienne, venait nous prévenir que le temps consacré au parloir était expiré.

Je m'éloignai, enfiévré par son récit, le cœur plein de colère et de haine... Ce n'était pas elle que je haïssais, c'était lui !... Lui, le misérable !... Comme j'aurais voulu le tuer, le tuer sur l'heure pour me venger !

Je ne savais même pas son nom. Elle n'avait pas eu le temps de le dire, et, du reste, avait-elle l'intention de me le livrer ?

Quinze jours se passèrent. Quinze jours de fureur, de rage contre cet homme... et aussi quinze jours pendant lesquels je la revoyais sans cesse, elle, elle, sa complice... Et je continuais à l'aimer malgré son infâme complicité !

Enfin, je retourne à Clermont. Elle vient au parloir. Elle est encore plus enfiévrée, plus irritée que la dernière fois. Elle se penche vers moi et me dit :

— Ce n'est pas seulement un misérable, c'est un lâche, un traître !... Une condamnée en qui j'ai confiance et qui vient de finir sa peine, a été chargée par moi de lui porter une lettre, de le voir, de lui parler, de lui demander de me faire sortir de cette maison où je meurs... Sais-tu ce qu'il a répondu ?... « Marcelle Hébert ! je ne la connais pas... Je ne sais pas de qui vous voulez parler. » Il me renie, lui !... Et il a une autre maîtresse... Une jeune fille qu'il a perdue, corrompue comme moi... Je le sais, je le sais... Eh bien, veux-tu le tuer, cet homme ?

— Oui, oui... Je le veux, je le veux !... Son nom, son nom ?

— Il s'appelle X... Il demeure avenue Friedland... Tue-le, et je te jure que nous nous réunirons un jour ; que je trouverai moyen de t'appartenir tout entière et pour la vie.

Et, superbe dans sa fureur, elle parvint à me donner, à travers les barreaux qui nous séparaient, un de ses baisers d'autrefois.

X

« J'avais juré de le tuer, continua Fortier, et seul
maintenant, livré à moi-même, à mes réflexions,
loin de Marcelle Hébert, il ne me vint pas à l'esprit
de me dégager de mon serment.

Oui, je voulais le tuer, j'y étais résolu... Non pas
seulement pour me venger, mais surtout pour
venger Marcelle des hontes qu'il lui avait si longtemps infligées, de l'abandon où il la laissait aujour-
d'hui... Je voulais le tuer aussi, parce qu'il l'avait
longtemps possédée, possédée entièrement, tandis
qu'elle ne m'avait jamais appartenu qu'à moitié...
Je voulais le tuer enfin, parce que le souvenir de
leurs amours passées la hantait toujours et qu'elle
l'aimait peut-être encore.

De retour à Paris, je me dirigeai aussitôt vers l'avenue Friedland, je rôdai autour de l'hôtel qu'elle m'avait désigné et je fis causer les voisins : M. de X... habitait seul son hôtel avec de nombreux domestiques. Il était garçon, très riche, et passait pour mener une conduite exemplaire. On ne voyait jamais entrer chez lui aucune femme. Parbleu! il les voyait en ville, dans les petites maisons, les repaires où il donnait ses rendez-vous.

Je fus sur le point de faire irruption dans sa demeure, de repousser ses gens, d'arriver jusqu'à lui et de le tuer sur l'heure. Une réflexion m'arrêta : si ce n'était pas lui, si je me trompais, si Marcelle m'avait mal renseigné? Je voulus être sûr pour frapper plus fort.

Le lendemain, je m'installai dans un petit café en face de l'hôtel.

Il sortit vers trois heures de l'après-midi. On m'avait fait son portrait : un homme d'une cinquantaine d'années, blond, grisonnant, de petite taille. Je le reconnus.

Il était à pied ; je me mis à le suivre de loin.

Il descendit l'avenue Friedland, puis le boulevard Haussmann.

4

Arrivé à la Chaussée-d'Antin, il se dirigea vers la rue de Provence.

Il se rendait sans doute dans la maison où, d'après ses ordres, Marcelle m'attirait autrefois. Il allait y rejoindre une autre femme, une autre esclave de ses caprices, une nouvelle pourvoyeuse de ses plaisirs.

Avant de franchir la porte cochère, il hésita et regarda autour de lui, afin de s'assurer que personne ne le suivait. Il ne m'aperçut pas. Je m'étais caché derrière une voiture.

Dès qu'il fut entré, je traversai rapidement la rue, je m'élançai à mon tour dans la maison et je montai derrière lui.

Au troisième étage, il s'arrêta, et, pendant que je traversais le palier comme si je me rendais aux étages supérieurs, je le vis tirer une clef de sa poche, ouvrir et disparaître rapidement.

C'était bien lui! C'était bien lui! Il n'y avait plus à en douter.

Alors, je résolus d'en finir à l'instant... Je ne pouvais plus attendre... Je ne pouvais plus.

Je redescendis quelques marches et je sonnai à la porte du troisième étage.

Il vint ouvrir lui-même, croyant ouvrir sans doute à sa maîtresse. Dès qu'il m'aperçut, il essaya de repousser la porte entre-bâillée. Je m'élançai de toutes mes forces, j'entrai, et, refermant la porte, m'adossant contre elle, je m'écriai :

— A nous deux, maintenant!

Étonné de cette brusque irruption, M. de X... me regardait en silence.

— Allons, repris-je, faites-moi entrer dans votre boudoir. C'est là que je veux être reçu.

— Vous voulez! dit-il enfin... Qui êtes-vous donc pour me donner des ordres, pour vous introduire ainsi brutalement chez moi?

— Qui je suis? Je suis Armand Fortier... Tu sais bien, l'homme à qui Marcelle Hébert, ta maîtresse, donnait des rendez-vous ici, pour t'obéir... Allons ! viens donc... Je veux revoir les lieux témoins de mes amours maudites.

Sans attendre sa réponse, je le saisis par le bras et je l'entraînai. Il ne résista pas. Il sentait bien qu'il ne pouvait pas me résister.

J'étais entré, et je revoyais ce boudoir, ces meubles, ce divan, devant lequel, tant de fois, je m'étais agenouillé lorsqu'elle s'y étendait. Je voyais aussi cette portière, cette draperie derrière laquelle il m'espionnait.

Maintenant, il m'avait reconnu. En effet, si je ne le connaissais pas, il me connaissait, lui. Il ne pouvait avoir oublié ni mes traits, ni ma voix. Il me connaissait comme le spectateur placé dans une baignoire grillée connait le comédien qui a joué, pendant trois mois, devant lui, la même pièce.

Il comprit en même temps que j'étais bien renseigné, qu'il serait inutile de feindre, de nier avec moi, et d'une voix qu'il essayait d'affermir :

— Que voulez-vous ? demanda-t-il. Quelle somme faut-il vous donner pour vous apaiser, pour que je n'entende plus parler de vous?

—Ce n'est pas ton argent que je veux, m'écriai-je. C'est ta vie !

En même temps, je tirai de ma poche un couteau long, affilé, que j'avais préparé moi-même. Je bondis sur lui et je le frappai au cœur.

Il poussa un cri et alla tomber sur le divan où s'étendait autrefois Marcelle.

Fou de rage, enivré par la vue du sang, affolé aussi par mes souvenirs, je m'élançai sur son cada-

vre et je le frappai de nouveau... toujours, toujours... longtemps, longtemps.

XIV

« Lorsque je fus las de frapper, je jetai mon couteau sur le tapis et je me mis à marcher dans le
boudoir, de long en large, de la porte à la fenêtre,
les mains teintes de sang, les pieds dans le sang.
encore furieux, farouche.

Je n'essayais pas de fuir, je n'y songeais même
pas. Je ne voyais plus, du reste, le cadavre de
ma victime, je l'avais oublié. C'était Marcelle
que je voyais comme autrefois, échevelée, à
moitié renversée dans mes bras, sa bouche sur
la mienne. Et je me disais qu'elle m'appartenait
maintenant... que rien ne nous séparait... La mort

4.

de cet homme, mon crime, me l'avaient enfin livrée!

Tout à coup, je perçois un bruit. Une porte s'ouvre et se referme... Des pas légers dans l'antichambre... Une femme entre... celle à qui M. de X... avait donné rendez-vous ce jour-là.

Je m'arrête. Je jette sur elle un regard, un seul, et je reprends ma marche.

Elle, épouvantée, terrifiée, pousse des cris et se sauve.

Je marche toujours... Je vois toujours Marcelle... Je ne suis qu'avec elle.

Quelque temps après, la pièce où je me trouve est envahie par les gens de la maison, par la police.

On s'élance sur moi. Je n'oppose aucune résistance.

On m'attache, on me ligote. Qu'est-ce que cela me fait?

Le commissaire de police me met en face du cadavre et me dit :

— C'est vous qui avez tué cet homme?

Je relève la tête et je réponds fièrement :

— Oui, c'est moi.

Il m'adresse d'autres questions. Je me tais. Je ne l'entends plus.

On m'entraîne. On me fait descendre l'escalier. La rue est pleine de monde. On crie de tous côtés : « C'est l'assassin, c'est l'assassin ! »

Par la portière de la voiture où l'on m'a fait monter, je jette sur la foule un regard de défi et je lui crie : « Oui, c'est l'assassin ! »

On me conduit au Dépôt. Je suis mis en cellule.

Longtemps, je me promène, encore agité, toujours frémissant.

Puis la nuit vient. Dans les ténèbres, dans le grand silence qui m'entoure, l'apaisement se fait peu à peu.

Mon crime ne m'inspire aucune horreur. Si c'était à recommencer, je recommencerais.

Ses conséquences ne m'effraient pas. C'est l'échafaud ou le bagne. Soit !

Je suis heureux de lui avoir obéi, de m'être perdu pour elle.

Mais on va m'interroger le lendemain. Que répondrai-je ?

Rien, rien ! J'y suis décidé. Si je livre à la justice mon secret, si je dis comment j'ai été amené à commettre le crime, qui m'y a poussé, à quels sentiments j'ai obéi, je livre du même coup Marcelle

Hébert. Elle devient ma complice. Elle passe de nouveau en cour d'assises. A sa première peine, une autre vient s'ajouter. Alors, l'espoir qu'elle nourrissait s'évanouit. Cet espoir, elle me l'avait confié dans nos entretiens au parloir : après avoir fait la moitié de sa peine, elle espérait être transportée en Calédonie, et je lui avais promis de l'y rejoindre.

Eh bien, maintenant, je l'y rejoindrai tout naturellement, à moins qu'on ne m'exécute. Mais si j'obtiens des circonstances atténuantes, si je suis condamné aux travaux forcés, nous nous retrouverons là-bas... et peut-être un jour, sera-t-elle ma femme.

C'est pourquoi je n'ai rien dit aux juges. Ils n'ont jamais connu le mobile de mon crime. Ceux-ci ont cru que j'avais tué M. de X... pour le voler; ceux-là m'ont soupçonné de m'être vengé. Mais ils n'ont jamais su qui m'avait inspiré ces idées de vengeance.

Je n'ai pas revu Marcelle depuis ma condamnation. Je me disais : « Elle m'a oublié, ou bien elle est encore à Clermont. Elle y achève sa peine. »

Je me trompais. Elle a tenu son serment comme

j'ai tenu le mien. Elle a obtenu d'être transportée là-bas, et le hasard, peut-être ses calculs, nous ont réunis sur ce bateau. »

Armand Fortier s'arrêta. Il avait tout dit.

La promenade des femmes était terminée. Elles commençaient à redescendre dans la batterie.

Fortier quitta brusquement Bérard, traversa la cage et se colla contre les barreaux pour mieux voir Marcelle lorsqu'elle passerait devant lui.

Elle s'avançait, le regard toujours fixé sur lui, la bouche entr'ouverte, comme si elle lui envoyait de mystérieux baisers à travers l'espace.

Tout à coup, le surveillant Charles Robin, qui, de son poste, regardait les femmes du coin de l'œil, s'élança vers la cage occupée par Fortier, et, apostrophant le condamné, lui cria :

— Toi, gredin, canaille, si tu colles encore ta tête aux barreaux lorsque les femmes défileront devant la cage, je te f... aux fers pour quinze jours... Ne l'oublie pas.

Fortier pâlit affreusement, mais ne répondit rien.

XV

Le transport la *Saône* suivait lentement sa route, se dirigeant vers la côte d'Afrique, sur la petite île de Gorée, où le navire devait faire une première escale. On s'était habitué peu à peu, dans la batterie, dans les bagnes, à la dure existence ordonnée par les règlements. Le matin, après le grand lavage, première inspection faite d'ordinaire par le commandant en second, lecture, par le capitaine d'armes, des ordres du jour et des punitions. Puis la visite de santé : tous les forçats se déshabillent, et, entièrement nus, immobiles, au port d'armes, attendent le médecin. Il passe dans les rangs, examine le visage de chaque homme, ses cheveux, ses épaules, ses bras, surtout ses doigts de main et ses doigts de pied, et constate que le scorbut, la gale n'ont fait encore aucun ravage dans ce grand troupeau humain. S'il éprouve quelque crainte, si l'un des hommes lui est suspect, il le fait passer dans une petite cage spéciale qui sert d'infirmerie aux prisonniers.

Le menu du déjeuner varie maintenant. On distribue parfois du lard, des sardines, de la morue confite dans la saumure. C'est un régal pour quelques-uns ; mais quelle soif ces salaisons excitent ! Aussi, dès qu'apparaissent dans la cage, les *bailles* remplies d'eau, on les vide en un instant. Tant pis pour ceux qui n'ont pu faire leurs provisions ; ils souffriront vingt-quatre heures de la soif.

Tout à coup, irrégulièrement, une fois par semaine ou deux fois par jour, sur un soupçon ou par suite d'un caprice, le surveillant principal ordonne une nouvelle visite. En un instant, tout le bagne se remet nu. On fouille, on refouille, non seulement les vêtements, les sacs dépositaires du mince bagage de chaque forçat, mais encore sa personne elle-même, tous les recoins les plus intimes de sa personne. Visite stupide, la plupart du temps : on veut retrouver une chemise volée, par exemple, et on la cherche dans les cheveux, dans la bouche des hommes et ailleurs. C'est ce qu'on appelle le *barbotage*.

Au milieu du jour, lorsque tout le monde sommeille à bord, les condamnés commencent à prendre du bon temps. Ils s'asseyent par terre et jouent aux jeux autorisés : le domino, le loto, les dames. Ceux-ci préfèrent le jeu innocent de : « Comment l'aimes-tu ? Qu'en fais-tu ? Où le places-tu ? » Les plaisanteries les plus grossières répondent à ces questions, et si, par suite de l'innocence de ces jeux, on était tenté de se croire dans un pensionnat de jeunes filles ou dans un salon bourgeois, on s'apercevrait bien vite qu'on se trouve dans une cage de forçats, un lieu où sont réunies toutes les variétés du crime : l'empoisonnement, le meurtre et le viol.

Bientôt les *teneurs de vendôme* tirent d'une cachette, que personne n'a pu découvrir, un paquet de brèmes (cartes), et proposent à leurs compagnons de jouer au vendôme, une sorte de diminutif du baccarat. On les entoure de façon à les bien cacher, et la partie commence, animée, fiévreuse. On joue de l'argent... oui, de l'argent... soustrait à tous les regards. On joue aussi le droit au hamac, la part de vin ou de café, la portion de morue, un biscuit, un morceau de tabac à chiquer. Toutes ces choses ont un prix énorme dans certaines situations, et, pour les conquérir, on s'échauffe, on se dispute, souvent on se bat.

Vers deux heures, par série de vingt ou trente hommes — le tour de chaque série revient à peu près tous les deux jours — les forçats montent sur le pont pendant une heure. Ils sont parqués à l'avant dans une sorte d'enceinte formée par des cordes et entourée de soldats d'infanterie de marine, la baïonnette au canon des fusils. Ils ont le droit de s'asseoir ou de se promener à leur choix et peuvent fumer une pincée de tabac qu'un surveillant leur distribue à leur arrivée sur le pont.

A cinq heures, le dîner où les fayots dominent. Puis la distribution des hamacs, des matelas et des couvertures qu'on a mis au grand air pendant la journée.

A la nuit tombante, vers six heures, un surveillant passe dans la *cursive* l'espèce de corridor étroit qui sépare les cages de la muraille du navire. Il crie: « Fermez les sabords, souquez ferme! » Aussitôt les hommes de corvée tirent sur les cordes qui rabattent les volets de tous les sabords.

L'obscurité s'est faite. La batterie n'est plus éclairée que par quelques fanaux. On cause à voix basse encore quelque temps. C'est l'heure des sinistres confidences. Puis les clairons sonnent : « A coucher » et les surveillants, marchant le long des cages, crient : « Silence dans les bagnes ! »

La journée est finie ; la nuit va commencer.

XVI

La cage dont Bérard a été nommé le chef est la mieux tenue de toutes. Cependant livré à ses propres forces, il ne se serait probablement pas fait obéir de tous ces hommes. Plusieurs sont d'affreux gredins, toujours insoumis, toujours en révolte, incapables d'exécuter des ordres donnés avec douceur. La force brutale a seule raison de ces natures de brute. Mais leurs camarades sont là, Fortier en tête, pour leur dire : « Si tu n'obéis pas, si tu refuses la corvée, si tu nous attires des punitions, nous te doucherons demain matin à l'heure du lavage et de la toilette. On coupera, pendant la nuit, les cordes de ton hamac, et tu te casseras les reins. Si cela ne suffit pas, nous cognerons, et dur. » Ces menaces, suivies de quelques effets, les émeuvent plus que tous les raisonnements. Ils obéissent en grognant, en jetant autour d'eux des regards farouches, comme la bête féroce qui voudrait dévorer son dompteur et qui n'ose pas.

Oui, il y a des hommes terribles dans la batterie. On dirait qu'ils sont là pour justifier les mesures de rigueur prises contre tous. Ils n'ont aucun sentiment humain ; mais, en revanche, ils sont pourvus de tous les instincts de la bête : adroits, forts, souples, gloutons, hypocrites, toujours prêts à frapper les faibles. Ils passent leur vie aux fers, attachés par un pied, souvent par deux, à cette barre qu'on appelle la barre de justice. Rien ne leur fait. Ils rient, ils rient toujours, quand ils n'ont pas l'injure ou l'obscénité à la bouche. Ce sont des révoltés, des fous, que nous, les sages, nous devons parquer à l'écart. Aux bagnes de Toulon et de Brest, certaines salles, certains pontons, leur étaient affectés; à Nouméa, ils font partie d'une catégorie spéciale, la quatrième. Mais sur les transports, faute d'espace, ils sont mêlés aux autres hommes, qui souffrent de leur contact et de cette terrible promiscuité.

Lorsque les visites continuelles, les rassemblements ordonnés sans cesse, les corvées qu'il faut commander et surveiller, laissent un peu de répit à Bérard, il passe son temps, le front appuyé contre les barreaux de sa cage, devant un sabord grand ouvert dont il n'est séparé que par la cursive. Il a les yeux fixés sur la mer, sur le ciel, sur l'horizon infini. Il songe à sa fille : il la voit toujours là-bas, là-bas; elle lui sourit à travers l'espace. Elle doit être arrivée maintenant; elle s'occupe sans doute de projets d'évasion avec sir Gardiner. Ah! il sait qu'il peut compter sur ces deux cœurs dévoués, et cette pensée le soutient, lui donne le courage de supporter tous ses maux.

On dirait, du reste, que le commandant, dont il a refusé les faveurs, veille sur lui d'une façon indirecte, occulte : la chiourme, Charles Robin lui-même, qui se montre grossier, brutal avec tout le monde, ne le maltraitent pas trop.

Parfois, un jeune aspirant descend dans la batterie, s'approche de sa cage et, appuyé contre les barreaux, s'entretient un instant avec lui. Ils parlent de la route parcourue par la frégate, de la marche qu'elle a faite la veille, des craintes que peuvent donner l'aspect du ciel, de la mer ou les indications du baromètre. Ces renseignements sont précieux pour des hommes qui n'ont qu'une pensée : arriver au terme du voyage.

Dès que l'aspirant s'est éloigné, Bérard instruit à son tour ses compagnons, qui l'écoutent religieusement. Tous les forçats s'imaginent que la Calédonie est une terre promise : « On n'est pas obligé de *masser* (travailler), disent-ils. On y a plus de *condé* (liberté). On peut *lamper* (boire). Chacun a sa *condition* (maison), sa *largue* (femme).

Ces espérances qu'on leur a données en France, au dépôt des condamnés ou dans les maisons centrales, sont déçues dès leur arrivée à l'île Nou. Mais ils croient, ils espèrent, et c'est ce qu'ils ont de mieux à faire pour l'instant.

La frégate s'est arrêtée vingt-quatre heures devant Gorée, puis elle s'est dirigée vers le Brésil. Elle fait ainsi une route contraire à celle qui devrait être suivie, puisqu'on court vers l'ouest et que la Calédonie est à l'est. Mais elle va chercher certains vents qui permettront de doubler plus facilement le cap de Bonne-Espérance.

Après avoir fait relâche deux jours à Sainte-Catherine, sur la côte du Brésil, par 27° de latitude et 50° de longitude ouest, le transport la *Saône*, abandonnant l'Amérique, cingla de nouveau vers le sud de l'Afrique.

Un jour où la moitié des forçats, accablés par la chaleur, sommeillait sur les bancs, où l'autre moitié jouait au loto et au vendôme, le surveillant Robin se précipita comme un furieux dans la cage dont Bérard était le chef. Il tenait à la main une orange.

XVII

Pendant l'escale de la *Saône* sur la côte du Brésil, le commandant avait autorisé les forçats à faire des provisions d'oranges. C'était une sage mesure d'hygiène, destinée à combattre le scorbut, toujours à craindre dans le cours d'une longue traversée. De grands bateaux chargés de fruits et montés par les naturels du pays se rangeaient le long du navire et les préposés à l'approvisionnement, auxquels les transportés avaient confié leurs divers pécules, faisaient les achats d'énormes sacs de petites oranges de Sainte-Catherine, encore vertes de peau, très douces de goût, au prix de dix-huit sous le cent.

De prime abord, il paraissait donc tout naturel que Charles Robin, le surveillant chef, tînt à la

main un de ces fruits, et rien n'expliquait sa colère.
Mais on en comprit bientôt le motif.

— Qui de vous, misérables, canailles, s'écriait-il,
a lancé cette orange dans la cage des femmes ?

Personne ne répondit.

— Ah ! vous ne voulez pas parler, reprit Robin...
Eh bien, nous allons voir, nous allons voir !

Bérard s'avança.

— Monsieur... dit-il.

— Je ne vous parle pas, à vous. Je ne vous
accuse pas. Pourquoi vous défendre ?

— Je ne me défends pas. Mais, comme chef de
cage, je crois devoir vous présenter quelques observations.

— Des observations ? Vraiment ! vous me faites
des observations, à moi... Vous ne vous gênez pas...
Eh bien, soit ! Voyons-les vos observations.

— Elles sont bien simples, monsieur. On joue
avec ces oranges. Vous ne l'avez pas défendu.
Elles s'échappent de nos cages par les barreaux, et
roulent souvent dans la batterie. Le hasard peut
avoir porté l'une d'elles de ce côté.

— Vraiment, le hasard ! Vous avez trouvé cela
tout seul ? On a raison de dire que vous êtes un

malin. Est-ce le hasard aussi qui a placé un billet dans cette orange? Oui, un billet, une lettre, si vous aimez mieux... Ah! vous surveillez bien vos hommes. Elle est propre votre cage... Tenez, voilà ce que j'ai trouvé dans cette orange.

Il souleva un morceau d'écorce qui, au premier aspect, semblait adhérent au fruit, et tira un petit papier.

Personne ne bougeait. On comprenait maintenant la gravité de l'affaire.

Robin déplia le papier et lut ces mots :

« Je te remercie d'avoir tenu ta parole... Je suis « bien heureux de te savoir sur ce bateau... Je « t'aime toujours avec passion, avec fureur... Nous « nous retrouverons là-bas. »

— Eh bien, ce n'est pas trop mal dit, continua le surveillant en jetant autour de lui des regards furieux. Seulement, le règlement défend de la façon la plus formelle toute communication avec les femmes, et l'auteur de ce poulet doit savoir ce qui l'attend : un mois de cachot... Quel est-il? Quel est son nom?

Et, s'adressant cette fois à Bérard :

— Répondez!

5.

— Je ne puis pas répondre, monsieur, je ne sais rien.

— Vous devriez savoir. Vous êtes chef de cage.

— Pour commander les corvées, monsieur, veiller au bon ordre, et je crois m'acquitter de ces devoirs... Mais le règlement ne m'ordonne pas d'espionner les personnes avec qui je vis.

— Vous croyez cela? Le règlement vous ordonne au contraire d'empêcher qu'il se commette des infractions... et si vous n'appelez pas une infraction le fait d'écrire des lettres comme celle-là...

— Je ne l'ai pas vu écrire, monsieur. Je ne puis pas tout voir.

— Assez... Maintenant, ce n'est plus à vous que je m'adresse. Je vous défends de répondre... Je parle à toute cette vermine... Quel est le coupable? Voyons, j'attends... Qu'il sorte des rangs, qu'il s'avance.

Personne ne bougea.

— Ah! le lâche, il n'ose pas! vociféra Robin... Il préfère que toute la cage soit punie.

— Rien ne dit, ne put s'empêcher de murmurer Bérard, que cette orange soit sortie de notre cage.

— Je vous avais défendu de parler, vous.. Une

désobéissance. C'est bien, le rapport sera plus complet, reprit Robin, qui paraissait enchanté de trouver Bérard en faute. Et, continuant : Je vous dis, moi, que le coupable est ici, parce que votre cage est voisine de celle des femmes. Les autres sont trop éloignées. Une orange n'aurait jamais pu rouler là-bas... Allons, assez causé. Écoutez tous. Si, dans un quart d'heure, personne ne s'est dénoncé, tout le monde, sans exception, sera puni, et dix hommes, pris parmi les plus mal notés, mis aux fers... J'ai dit.

Après son départ, on se regarda. Quelques colloques s'établirent. Les indociles, les insoumis, sentant bien que les fers leur étaient destinés, laissaient entendre qu'il était désagréable de payer pour un autre. Mais personne n'éleva la voix pour demander au coupable de se dénoncer.

Le quart-d'heure écoulé, le surveillant revint se coller aux barreaux en criant :

— Eh bien ! le coupable n'ose point parler ? Il a peur ?

Alors Fortier s'avança et dit :

— Je n'ai point peur... C'est moi qui ai écrit la lettre.

— Ah! c'est toi, c'est toi! criait Robin. Je m'en doutais. Je t'avais déjà surpris collé aux barreaux de ta cage, à l'heure de la promenade des femmes... Et à qui écrivais-tu cette lettre?

Fortier garda le silence.

— Tu ne réponds pas! Tu as peur de compromettre ta drôlesse... Sois tranquille, va, il faudra bien qu'elle parle à son tour. Nous sommes aussi malins que vous, nous autres.

— Vous êtes les plus forts, murmura Fortier.

— Tu raisonnes, je crois, misérable, canaille... Prends garde... Tu sais que je porte un revolver à mon côté, et que j'ai le droit de m'en servir.

— Si je levais la main sur vous, oui, mais je ne la lève pas, répliqua le condamné, très pâle, et faisant de grands efforts pour se contenir.

— Ah! il ne te suffit pas d'écrire des lettres, reprit Robin, tu continues à faire des discours... C'est bon, c'est bon. Le cachot aura raison de toi. Un mois dans les ténèbres, cela te calmera.

Il s'éloigna, en murmurant de nouvelles injures. Cet ancien sous-officier à bonnes fortunes, ce tombeur de femmes, comme on l'appelait au régiment, ce blond au tempérament sanguin, aux passions

vives, n'admettait pas qu'on eût les mêmes passions
que lui. Il voyait un rival dans tout homme amoureux, et le prenait en haine. Il se serait constitué
volontiers le gardien, le geôlier de toutes les femmes,
afin de se les réserver pour lui seul et de n'en laisser
profiter personne. Aussi n'eut-il plus qu'une pensée :
connaître le nom de celle qui se permettait d'aimer
et d'être aimée sans qu'il fût pour quelque chose
dans l'affaire. Mais, comment savoir ce nom ?
L'orange n'était pas arrivée à son adresse, et chaque
femme nierait certainement qu'elle lui fût destinée.
On ne pouvait pas les menacer de les punir en bloc :
aucune d'elles ne s'étant rendue coupable d'un fait
matériel. Puis la coupable ne se serait pas livrée
comme l'avait fait Fortier. Les femmes, surtout
celles qui étaient en cause, n'ont point de ces beaux
scrupules. Une autre raison empêchait encore Robin
de procéder, en cette circonstance, avec brutalité
ou par voie d'intimidation. Malgré ses fonctions de
surveillant-chef, il n'avait aucune autorité sur les
femmes. Il lui était formellement interdit d'entrer
dans leur cage, où ne pénétraient, à l'heure des
visites, que le commandant, son second et le
service de santé. Elles se trouvaient sous la com-

plète dépendance des sœurs de Saint-Joseph-de-Cluny.

Au bout de quelques minutes de réflexion, Robin jugea qu'il devait avoir recours à la ruse, s'il voulait être fixé sur le point qui l'intéressait. Décidé à réussir, il se rendit aussitôt auprès de la sœur chargée des fonctions de surveillante en chef.

C'était une femme d'une quarantaine d'années, laide, sèche, très sévère pour les condamnées, n'excusant aucune faute, peut-être parce que son tempérament ne l'avait jamais poussée à en commettre, dure pour tout le monde comme elle l'était pour elle-même. Elle avait la prétention de conduire son bagne comme on conduit un couvent, de régénérer par la prière, la mortification, tout ce troupeau de voleuses émérites, d'empoisonneuses, d'infanticides et d'anciennes prostituées. Elle traitait en religieuses des femmes qui, certes, n'avaient rien de religieux, aucune vocation pour la vie de recluse.

Elle pouvait, du reste, s'y tromper : l'hypocrisie, très répandue dans les prisons, fleurit surtout parmi les prisonnières. Elles se font souples, rampantes, afin d'obtenir la plus petite faveur, se confondent en prières, vont à confesse, communient toutes les

semaines pour mériter les bonnes grâces des sœurs.
Si on veut les bien connaître, les juger, il faut surprendre leur conversation cynique, leurs gestes
obscènes quand on a le dos tourné, et avoir le secret de leurs nuits dans les dortoirs de Saint-Lazare,
des maisons centrales, ou dans les cages des
transports.

La sœur, à qui le surveillant-chef fit sa communication, poussa les hauts cris.

— Comment, vous croyez, fit-elle indignée, qu'il
existe des relations entre vos forçats et mes pensionnaires !

— J'en suis certain.

— En vérité ! Ah ! si je connaissais celle qui a
osé...

— Rien de plus facile, ma sœur.

— Que faire pour cela ?

— Laisser cette orange parvenir à son adresse.

— Comment, vous voulez ?...

— C'est le seul moyen de savoir la vérité... La
femme, à qui Fortier vient d'écrire attend sans
doute sa lettre et sait probablement même de quelle
façon on essayera de communiquer avec elle. Si
cette orange est glissée par nous dans sa cage, elle

trouvera moyen de s'en emparer, l'examinera, et finira bien par découvrir le papier comme je l'ai découvert... Cachée derrière un des volets de la cage, vous surprendrez ce manège, et nous connaîtrons la coupable.

— Oui, c'est mon devoir, fit la sœur. Cette femme pourrait corrompre les autres.

« C'est difficile, » pensa Robin. Mais il avait obtenu ce qu'il désirait. Il allait connaître la maîtresse de Fortier, et sa sensualité se réjouissait d'être mêlée à cette galante aventure.

XVIII

Si, dans le bagne des hommes, on pouvait encore trouver des sacs remplis d'oranges, chez les femmes, depuis deux ou trois jours déjà, il eût été impossible de réunir une demi-douzaine de ces fruits. Elles s'étaient élancées comme des affamées sur la friandise à laquelle on leur permettait de goûter, et l'avaient fait disparaître en quelques heures. Non contentes aussi de satisfaire leur gourmandise, elles s'étaient plu à jouer avec les oranges comme avec des balles ou des volants, les faisant rouler par terre, se les jetant à la tête, visant, pour s'amuser, un sabord ouvert. Robin, d'accord avec la sœur, profita de ce désordre. Il plaça dans une *baille* vide quelques douzaines d'oranges, y glissa le fruit défendu, celui qui contenait la lettre, remise avec soin sous son enveloppe, c'est-à-dire sous son écorce, et fit porter par une des sœurs ce présent dans la cage des femmes. En même temps, la sœur surveillante en chef se glissait, à pas de loup, du côté de son couvent, comme elle appelait son bagne, et collait un œil curieux contre la fente des volets.

Les transportées poussèrent des cris de joie en apercevant les fruits dont le goût et le souvenir leur étaient seuls restés. Elles tendirent les mains, toutes à la fois, pour saisir leur proie. Marcelle Hébert les arrêta.

— Attendez, attendez, dit-elle... Faisons durer le plaisir. Nous serons bien avancées quand nous au-

rons mangé tous ces fruits. Ils doivent servir à
notre amusement.

— Quel amusement ?

— Je propose une loterie.

— Une loterie !... Oui, oui, c'est une idée, crièrent plusieurs femmes.

— Comment faire une loterie ? demanda-t-on
bientôt.

— Rien de plus simple, reprit Marcelle. Nous
attacherons un numéro sur chaque orange. On pré-
parera d'autres numéros correspondants, et on
tirera... Celles-ci gagneront les grosses oranges,
celles-là les petites. Le sort décidera.

Elles étaient ravies ; elles redevenaient enfants.
On se serait cru dans un pensionnat de petites filles.

Marcelle Hébert fut chargée... elle y comptait
bien... de préparer la loterie. Il s'agissait d'abord
de faire des numéros. Comme on manquait de papier, de plume et d'encre, on remplaça ces choses
par un pan de chemise coupé en morceaux et un
bout de bois noirci avec des parcelles de charbon
de terre égarées dans la cage. Puis Marcelle prit
chaque orange l'une après l'autre dans sa main,
l'examina, la pesa, la flaira et lui donna un numéro.

Ces soins remplis, toutes les femmes formèrent un grand cercle. On mit les autres numéros dans un mouchoir, et la plus innocente de la bande, une jeune infanticide, commença le tirage. Une demi-heure après, les gagnantes contemplaient et savouraient leurs lots, tandis que Marcelle savourait de son côté, mais en partie double : le fruit et la lettre qui y était contenue. Comme elle se livrait à cette petite débauche matérielle et morale, la sœur principale fit tout à coup irruption dans la cage, et, s'élançant sur Marcelle :

— Donnez-moi, lui dit-elle, le billet que vous venez de recevoir ?

— Quel billet, ma sœur ?

— Inutile de feindre, je vous ai vue... Le papier est là, dans votre corsage.

Marcelle Hébert releva la tête, et, présentant sa poitrine :

— Eh bien, si vous êtes sûre, prenez, dit-elle.

La sœur recula : ses mains pures hésitaient à toucher cette chair profane. Mais le sentiment du devoir triompha de ses répugnances et de sa chasteté. Ses doigts effilés, secs, froids, pénétrèrent dans le corsage, s'égarèrent dans cette poitrine su-

perbe, et, frissonnants de leur audace, se retirèrent
enfin, pressés autour d'un morceau de papier, encore tout imprégné de la chaleur du corps, humide
de sa moiteur.

— Qui vous a écrit cette lettre? demanda la
sœur.

— Je ne sais pas.

— Vous osez mentir, commettre un péché mortel !

— Oh ! mortel, fit la condamnée en souriant. Si
j'étais morte de tous les péchés que j'ai commis...

— Vous en serez punie après votre mort, malheureuse. Vous ne pensez donc jamais à l'enfer ?

— Pourquoi y penser ?... J'y suis dans l'enfer.

— Vous appelez un enfer ce navire, cette chambre ?

— Oh ! cette chambre !

— Où je vous traite toutes comme mes enfants.

Quelques ricanements se firent entendre. La
sœur se retourna, d'un regard sévère imposa silence à toutes les condamnées et sortit en disant à
Marcelle Hébert :

— Vous ne vous rendez pas un compte assez
exact de l'enfer, mon enfant... Dans votre intérêt,

pour le salut de votre âme, il faut que vous en ayez un avant-goût.

— Ainsi soit-il ! acheva Marcelle, devenue insolente.

— Ainsi soit-il ! répétèrent toutes les femmes surexcitées par elle.

XIX

Quelques instants après le surveillant en chef du bagne des hommes et la sœur directrice des femmes transportées rédigeaient deux rapports fulminants. Ils ne produisirent pas tout l'effet qu'on pouvait espérer. S'ils avaient été remis au commandant en second, chargé tout spécialement de l'administration de la frégate et des affaires du bagne, il est probable que, sans examen approfondi, par habitude, il aurait appliqué la peine du cachot. Mais le hasard voulut que le commandant en premier, souverain maître à bord, prit connaissance de ces rapports. C'était un homme sévère, nous l'avons dit, mais ce n'était pas un prud'homme. Il ne fut pas scandalisé, comme on le pensait, en apprenant qu'un forçat, pour se distraire, faisat la cour à une condamnée et que celle-ci avait la faiblesse de lire ses déclarations. Il demandait aux transportés d'obéir strictement à la discipline ; mais il ne prétendait pas en faire des gens absolument vertueux, dégagés de toute passion, dignes d'être canonisés un jour.

Enfin, il se trouvait, ce jour-là, de bonne humeur. L'état sanitaire des officiers, des matelots, des troupes d'infanterie de marine qu'il conduisait en Calédonie, des bagnes même, était excellent : quelques cas de fièvre seulement, aucune maladie épidémique. La traversée se présentait bien. Depuis qu'on avait quitté les côtes du Brésil, la frégate courait grand largue et faisait en moyenne ses huit nœuds à l'heure, marché des plus satisfaisantes pour un transport de l'État. Si le temps restait favorable, on pouvait espérer doubler le cap de Bonne-Espérance sans encombre et gagner prochainement la mer des Indes.

Dans ces bonnes dispositions, après avoir lu les deux rapports, jeté un coup d'œil sur le billet qu'on y avait joint, le commandant fit appeler le capitaine d'armes et lui ordonna de porter, sur le livre des punitions : Fortier et Marcelle Hébert, le premier pour quinze jours de fers, la seconde pour huit jours. C'étaient des peines légères à côté de celles que ces deux condamnés avaient encourues.

Cette indulgence exaspéra le surveillant Robin. Il comptait si bien sur un mois de cachot qu'il avait annoncé cette punition à Fortier devant tous ses compagnons réunis. Ne l'ayant pas obtenue, malgré tous ses efforts, il se trouvait compromis, diminué aux yeux du bagne, et son amour-propre de geôlier en souffrait. Un autre motif contribuait à l'irriter : il s'était promis de profiter du séjour de Fortier à fond de cale pour le remplacer dans le cœur de Marcelle Hébert, en vertu de ce proverbe : « Les absents ont tort. » Cette condamnée, maintenant, lui occupait l'esprit, rendait plus vifs ses appétits brutaux, excités déjà par deux mois de mer. Autrefois, il l'avait à peine remarquée, perdue qu'elle était dans le tas des autres femmes. Ses désirs grossiers se portaient plutôt sur deux ou trois filles de

campagne, plantureuses, bien en chair. C'était son
type. Depuis que le hasard lui avait fait remarquer
Marcelle, son goût s'épurait. Il comprenait mieux
la femme, commençait à se rendre compte de la
beauté des formes, de la grâce des contours. Puis
Marcelle était aimée par un autre, paraissait l'aimer,
et les sentiments de jalousie, de convoitise, d'envie,
qui grondaient sourdement dans l'âme de Robin,
trouvaient une occasion de jaillir.

Quoi qu'il en fût, malgré ses déceptions, ses colères, il dut obéir aux ordres du commandant et se
contenter de faire mettre aux fers l'homme qu'il eût
été heureux d'envoyer au cachot, à fond de cale. Il
se dédommagea en présidant lui même à l'exécution
de la sentence; il eut soin d'ordonner que l'anneau
destiné à enchaîner le pied du condamné fût serré le
plus fortement possible, que le cadenas fût bien fer-
mé, que la barre de fer, à laquelle l'anneau se trouvait relié, fût de petite dimension afin de diminuer le
plus possible la liberté des mouvements.

Pendant qu'il donnait ainsi une demi-satisfaction
à sa haine, la sœur faisait exécuter les ordres du
commandant, transmis par le capitaine d'armes.
Mais, de ce côté, une complication allait naître : tan-

dis que les hommes subissaient certaines peines dans
leur cage, l'usage voulait, sur la *Saône*, que les
femmes punies fussent extraites de la prison commune et enfermées dans une petite cage d'un mètre
de large, sans volets et située presque en face de la
grande cage des hommes dont Bérard était le chef.
Le hasard, combiné avec le règlement et l'aména-
gement du navire, mettait donc Marcelle Hébert et
Fortier vis-à-vis l'un de l'autre, enchaînés tous
deux, séparés seulement par les barreaux de leurs
cages respectives et l'espace compris entre les
bagnes de babord et les bagnes de tribord.

Le surveillant chef n'avait point prévu le cas. Depuis le commencement de la traversée, Marcelle était
la seule femme condamnée aux fers, et Robin ne
connaissait pas exactement le lieu où elle devait subir sa peine.

Quand il la vit en face de Fortier, échangeant avec
lui des regards furtifs qu'il ne pouvait empêcher, il
eut un premier mouvement de colère. Bientôt, il
s'apaisa : le voisinage de Marcelle Hébert et de
Fortier pouvait servir sa vengeance et lui procurer
certaines voluptés cruelles que ses sens surexcités
lui faisaient entrevoir.

6

XX

Jupiter, le dieu des dieux, afin de punir Tantale, qui lui avait enlevé Ganymède, le condamna, dit la légende, à souffrir éternellement de la faim et de la soif. Pour rendre son supplice plus cruel, on mit à portée de sa main des arbres couverts de fruits magnifiques qui s'éloignaient quand il voulait les atteindre ; on fit couler à ses pieds une belle rivière qui se desséchait subitement dès que ses lèvres s'en approchaient. Ce supplice, qu'on appela d'âge en âge le supplice de Tantale, se renouvelait, sous une autre forme, à bord de la *Saône*. Marcelle Hébert, ardemment désirée par Fortier, qui n'avait jamais vu ses désirs satisfaits, aimée jusqu'au crime, était là près de lui, en face de lui... et il ne pouvait

la rejoindre. Elle plongeait dans ses yeux ses regards ardents qui semblaient dire : « Je veux de
toi maintenant. Ton amour m'a vaincue. Ton
crime m'a domptée... Viens dans mes bras... Rien
ne nous sépare plus,... » et les barreaux de leurs
grilles, leurs fers, les séparaient. Il voyait sa bouche
entr'ouverte, ses lèvres rouges, ses dents blanches,
humides ; il se rappelait ses baisers et ne pouvait
plus les recevoir. Il avait soif d'elle, il avait faim
de toutes les voluptés si longtemps attendues, maintenant certaines... et il ne pouvait étancher sa soif,
calmer sa faim.

Ce supplice ne suffisait pas ; un autre lui fut
infligé : Robin, profitant de la situation, s'approchait à chaque instant de la cage où était enfermée
Marcelle Hébert. Appuyé contre la grille, placé entre
les deux amants, les séparant, il s'entretenait lon-
guement avec celle à qui Fortier ne pouvait même
pas parler. Il désobéissait ainsi au règlement ; mais
le violent caprice que lui inspirait maintenant sa prisonnière et son besoin de vengeance triomphaient
de ses devoirs. Qui, du reste, dans le bagne, aurait
porté plainte contre lui ? Les officiers ? Ils s'occu-
paient de la marche du navire, consultaient le com-

pas, faisaient orienter les voiles, fumaient étendus sous leur tente et ne songeaient pas à se plonger dans la fournaise de la batterie. Les autres surveillants? Ils dépendaient de Robin. Les sœurs? Elles relisaient leur éternel bréviaire. Les forçats? Leur gardien chef, depuis qu'il songeait à Marcelle Hébert, les surveillait moins activement, ce qui leur permettait de jouer au vendôme, de s'étendre tout de leur long, de fumer une pipe dans un coin de la cage, près de la cursive, devant un sabord ouvert.

Donc, il lui parlait en toute liberté, sans obstacle, sans crainte. L'écoutait-elle? Peut-être. La femme est toujours femme et n'est jamais insensible à des paroles d'amour, même quand elles sont murmurées par un indifférent. Elle est toujours coquette et, dans l'intérêt de son amour, elle se laisse courtiser devant l'homme aimé pour qu'il l'aime davantage. Que pouvait-elle faire, du reste, enfermée, ferrée comme elle l'était? Ordonner à Robin de s'éloigner? Est-ce qu'un surveillant-chef exécute les ordres d'une condamnée? Appeler, crier, se révolter! Elle resterait aux fers huit jours de plus. On lui mettrait les menottes. Elle serait au pain sec et à l'eau, tandis que Robin, toutes les fois qu'il s'approchait d'elle, lui apportait en cachette un biscuit, un morceau de pain blanc, une friandise, dons précieux, pour une prisonnière.

Fortier voyait tout cela et se disait : « Cet homme représente l'autorité, le pouvoir, la force... et moi je ne suis qu'un condamné, un misérable. Il a rang d'officier. Il porte un uniforme, un képi galonné, un revolver au côté. Il a bon air... et moi, je suis couvert de vêtements sordides. J'ai les fers aux pieds. Je suis rasé, tondu, pâle, décharné... Elle doit le préférer à moi. Tôt ou tard, elle lui appartiendra par lassitude, par dépravation, par caprice peut-être, pour être mieux traitée, pour obtenir des faveurs, pour être la maîtresse du chef. »

C'était possible... et, dans son isolement, dans son inaction, rivé à cette barre, le pied dans un anneau, le corps enchaîné, mais l'esprit, l'imagination surexcités, il prenait ses craintes pour des réalités.

XXI

Le lendemain, la punition de Marcelle Hébert expirait. Elle devait rejoindre ses compagnes, retourner dans la prison commune. Il était environ trois heures de l'après-midi, et le commandant, par humanité ou par prévoyance sanitaire, profitant du beau temps, avait fait une exception à la règle habituelle : d'après ses ordres, les forçats, au lieu de monter sur le pont, par escouades de vingt ou trente hommes, venaient d'y être conduits en masse. On donnait à tous le droit de respirer en même temps, de se gorger d'air, de se griser de soleil.

La batterie était à peu près vide. Dans les cages, on ne voyait que quelques hommes aux fers, trois ou quatre forcenés, un fou, Fortier à babord, Marcelle Hébert à tribord.

Elle dormait étendue dans sa cage. Fortier, silencieux, en face d'elle, la contemplait.

Un bruit de pas troubla ce silence. Fortier leva la tête et aperçut Robin qui, descendant du pont, entrait dans la batterie.

Il s'avançait pas à pas, hésitant, inquiet, regardant autour de lui.

Bientôt il put constater que personne ne l'observait : les gardiens, ses subordonnés, veillaient tous sur le pont à la promenade des bagnes. Les forçats aux fers dormaient. Les volets de la cage des femmes étaient hermétiquement fermés. Les sœurs sommeillaient ou lisaient leurs prières. Partout le silence, la solitude. On se serait cru sur un navire abandonné, déserté par son équipage, sans le piétinement qu'on entendait sur le pont et le grand murmure des voix entrant dans les batteries par les sabords ouverts.

Alors Robin, rassuré, plus audacieux, se dirigea vivement vers la petite cage où Marcelle Hébert était seule enfermée.

Elle dormait toujours, étendue tout de son long, sa tête reposant sur son bras recourbé. Cette pose faisait ressortir toutes les saillies de son corps superbe : sa poitrine opulente et ferme, ses hanches accentuées. Un rayon de soleil pénétrant par un sabord éclairait sa bouche entr'ouverte, ses lèvres rouges.

Un instant, il la contempla silencieusement, comme Fortier la contemplait seul quelques secondes avant. Puis il jeta un dernier regard autour de lui, fit un geste qui semblait dire : « Tant pis, je me risque, » tira une clef de sa poche et ouvrit la grille de la cage.

De l'autre côté, à bâbord, Fortier, qui avait suivi tous ses mouvements, se dressa soudain le long des barreaux.

Marcelle Hébert ne s'était pas éveillée. On a le sommeil dur dans une batterie de transportés ; on est fait à tous les bruits : le piétinement des sentinelles, les causeries nocturnes, les coups de sifflet, les allées et venues de l'équipage sur le pont, les cris des bestiaux, les mugissements de la mer, le grincement des grilles.

Robin se courba, mit un genou en terre, approcha sa tête du visage de Marcelle, et, après l'avoir encore regardée, l'œil injecté, le teint empourpré, tout à coup, l'embrassa sur la bouche.

En même temps, dans la cage voisine, Fortier poussa un cri, ou plutôt une sorte de rugissement.

Marcelle Hébert, elle, brusquement, avait ouvert les yeux, encore inconsciente, ne sachant pas au juste comment elle avait été éveillée, se sentant seulement une brûlure aux lèvres. Elle aperçut Robin, qui, près d'elle, tout près d'elle, la couvait des yeux, et elle comprit.

Son premier mouvement fut de le repousser, de se relever. Mais, toujours à genoux il lui appuya ses mains sur les épaules, la maintint à sa place, la cloua sur le parquet. Puis il s'approcha de nouveau, près, tout près, contre elle.

Elle sentait battre contre sa poitrine la poitrine de cet homme jeune, robuste. Son souffle lui arrivait en plein visage. Ses moustaches blondes effleuraient sa peau. Elle voyait ses yeux ardents fixés sur elle. Depuis le jour où elle avait été arrêtée, enfermée au Dépôt, à Saint-Lazare, puis dans la maison centrale, jamais elle n'avait senti d'aussi près le contact d'un homme. Ses sens, endormis dans la prison, s'étaient réveillés sur ce navire, au milieu de ces officiers, de ces surveillants, de ces matelots, de ces forçats, dans cette promiscuité mâle. Son sang était enfiévré par la vie de bord et la nourriture échauffante qu'on lui donnait, par la chaleur des tropiques, les exhalaisons de la mer ; son imagination surexcitée par les conversations de ses compagnes dans la cage commune, leurs propos cyniques auxquels succédaient depuis huit jours les paroles passionnées de Robin. Aussi, par crainte de lui, et aussi par désir, peut-être ne lui aurait-elle pas longtemps résisté. Mais, encore maîtresse d'elle-même, elle songea tout à coup à Fortier, qui, là, en face, pouvait la voir. Brusquement, elle tourna les yeux de son côté et l'aperçut, debout, droit, pâle, terrible. D'une main crispée il tenait un barreau ; avec les ongles de l'autre main, il déchirait sa poitrine nue. Le sang coulait.

Elle en eut pitié... Elle en eut peur... Ou bien c'est de lui qu'elle eut envie... Est-ce qu'on sait ?

Et, alors, par un violent effort, elle dégagea ses mains, saisit brusquement la tête de Robin qu'elle éloigna d'elle, tandis qu'elle raidissait ses reins pour se relever. Ainsi repoussé, lorsqu'il la croyait vaincue, domptée, il pensa que quelqu'un s'approchait, qu'elle craignait d'être surprise, et il regarda.

Personne. La même solitude. Le même silence.

Mais, de son côté, il aperçut Fortier, et la vue de cet homme augmenta sa fièvre Il voulait maintenant qu'elle fût à lui parce qu'il la désirait ardemment... et aussi pour faire souffrir l'autre, pour triompher de lui, pour se venger.

Comme elle était à moitié relevée, il la repoussa brutalement cette fois, bestialement, avec sa tête, avec sa poitrine, avec ses mains, se ruant sur elle.

Marcelle poussa un cri.

Un autre cri lui répondit dans la cage voisine, un cri de fauve.

En même temps, Fortier se baissa, saisit le gros cadenas en fer qui reliait l'anneau de sa jambe à la barre de justice, raidit tous ses muscles dont la colère centuplait la force, brisa la serrure du cadenas, et, armé maintenant de ce cadenas, de ce morceau de fer, de ce projectile, il le lança de toutes ses forces à travers les barreaux, après avoir visé Robin à la tête.

Malgré sa fureur, il avait bien visé.

Le cadenas, passant à travers les barreaux sans les rencontrer, vint frapper le surveillant-chef Robin au front, près de la tempe gauche.

Ce coup l'étourdit. Il pâlit, ferma les yeux. On aurait pu croire qu'il allait s'évanouir. Mais il reprit bientôt ses sens, jeta un regard autour de lui, et aperçut Fortier, debout, délivré de ses fers, essayant d'ouvrir la grille de sa cage. Il vit en même temps le cadenas qui, après l'avoir frappé, était retombé par terre, aux pieds de Marcelle. Il devina qui l'avait lancé. Il comprit. Alors, d'un mouvement rapide, il se redressa et chercha le revolver dont il était armé. Il ne le trouva pas. Marcelle, prévoyant ce qu'il allait faire, profitant de son étourdissement, s'en était emparé.

— Rends-moi cette arme, criait-il, pour que je tue ce misérable.

— Non, non! Je ne veux pas!... Je ne veux pas!

Il se jeta sur elle, lui arracha le revolver, sortit de la cage et se dirigea du côté de Fortier qui le regardait calme maintenant, les bras croisés, attendant la mort.

Marcelle Hébert cria : Au secours! Au secours!

Les sœurs sortirent de leur poste, tandis que les forçats dont la promenade était finie, rentraient dans la batterie. Deux surveillants, qui marchaient à leur tête, aperçurent leur chef, le revolver au poing, prêt à faire feu. Ils pensèrent qu'il courait un danger et s'élancèrent pour le secourir. Mais ils se trouvaient maintenant entre Fortier et Robin. Celui-ci ne pouvait plus tirer sans les atteindre. En même temps, les forçats qui marchaient au premier rang de la colonne, poussés par ceux qui venaient derrière eux, au lieu d'entrer dans leurs cages, restaient dans le corridor, l'emplissaient, faisaient foule. Robin était acculé contre les cages de tribord, séparé de son ennemi par cinquante poitrines.

Comme il criait, comme il vociférait, les surveillants crièrent aussi, et les forçats réunis en ce moment, se sentant plus forts, se mirent à chanter.

Sur le pont, les officiers crurent à une révolte, donnèrent des ordres, rassemblèrent à la hâte quelques matelots, des soldats d'infanterie de marine.

Le sabre à la main, le chassepot sur l'épaule, ces hommes firent irruption dans les bagnes, refoulant sur leur passage tout ce qu'ils rencontraient.

7

Ce déploiement de forces était inutile : les forçats, qui n'avaient jamais songé à se révolter et s'étaient seulement distraits un instant, s'empressaient de regagner leurs cages, comprenant qu'ils y seraient plus en sûreté.

Le capitaine de frégate, commandant en second, prévenu qu'il se passait dans la batterie quelque chose d'extraordinaire, accourait.

— Qu'est-il arrivé ? demandait-il.

Personne ne pouvait lui répondre. On ne savait pas au juste. Les forçats, tranquilles, silencieux maintenant, pressés contre leurs barreaux, regardaient d'un air innocent.

— Voyons, dites-moi la cause de ce désordre, reprit le capitaine de frégate en s'adressant cette fois au surveillant-chef.

Robin, très ému, hésitait à répondre. Son sang-froid lui était revenu. Il se sentait en faute. Il ne pouvait pas dire la vérité, toute la vérité. Alors, il l'altéra : comme il traversait la batterie pour se à son poste, il avait reçu un coup violent à la tête. C'était un forçat aux fers qui avait brisé son cadenas et le lui avait lancé.

— Et vous n'avez pas tué sur l'heure ce misé-

rable, comme le règlement vous en donne le droit ?
fit l'officier.

— J'ai voulu le tuer, mais les forçats descendaient du pont, emplissaient la batterie et m'ont séparé de lui.

— Comment s'appelle l'homme dont vous parlez ?

– Fortier, numéro 109.

— Où est-il ?

— Le voici... Tenez, il est déferré.

— Qu'on remette les fers à cet homme, et aux deux pieds, cette fois, ordonna l'officier. Mettez-lui aussi les menottes.

Fortier ne fit aucune résistance. Il souriait tristement, les yeux fixés sur Marcelle silencieuse.

— Faites votre rapport, reprit le capitaine de frégate. Et, montrant Fortier : Cet homme, ajouta-t-il, passera demain devant le conseil de guerre.

— Et gare au peloton d'exécution ! ajouta un surveillant à voix basse.

En effet, c'était pour Fortier la mort, la mort différée à la place de la mort immédiate, qu'on aurait pu lui donner. Il le savait bien.

Officiers, matelots, soldats remontèrent sur le

pont. Tout, dans la batterie, reprit son aspect accoutumé.

Alors Bérard s'approcha de Fortier.

— Qu'avez-vous fait, malheureux? Racontez-moi tout, dit-il à voix basse.

Une heure après, les clairons sonnèrent le diner; les hommes de corvée apportèrent les plats et les bailles, mais le vin était supprimé ce jour-là, pour punir les forçats de leurs chants et de leurs cris.

XXII

Deux personnes, dans la batterie, veillèrent toute la nuit qui suivit ces événements : Fortier et Marcelle Hébert. Le premier, les deux pieds enchaînés à la barre de justice, les bras attachés derrière le

dos, les pouces étroitement serrés, s'était étendu
tout de son long sur le ventre, le front appuyé
contre les barreaux de sa cage. Il regardait fixement Marcelle, étendue comme lui, en face de lui,
et qui le regardait aussi. Dans la demi-obscurité de
la nuit, leurs yeux brillaient.

Ce n'était pas la pitié qui retenait Marcelle à cette
place, qui rivait son regard au regard de Fortier.
Elle ne se disait pas : « Avant de me connaître, cet
homme était tranquille, honnête, heureux. Sa passion pour moi l'a envoyé au bagne, et cette passion tenace, persistante, invincible, sera cause
de sa mort. C'est bien le moins que je lui donne
cette dernière nuit, que je vive avec lui, sinon
près de lui. » Non, elle n'obéissait pas à ce bon sentiment. Elle appartenait seulement à une sensation,
elle était l'esclave de sa matérialité. Fortier, au
moment où il s'était dressé dans sa cage, pâle, tout
frémissant, la poitrine nue, ensanglantée, brisant
ses chaînes, lançant à travers l'espace ce morceau
de fer qui avait frappé Robin, lui était apparu superbe dans son délire furieux. Elle le désirait maintenant comme elle n'avait jamais désiré. Elle avait
envie de lui. Ses sens étaient asservis.

L'amour sensuel procède ainsi : tandis que le véritable amour se glisse lentement dans le cœur, l'autre, celui-là, jaillit, éclate. Le regard est séduit, l'imagination est frappée, la lumière luit. Ce bois, cette vallée plaisent à nos yeux, mais ils nous plaisent seulement. Nous les aimons doucement, tièdement. Tout à coup, le soleil levant les éclaire, les dore, les illumine ; alors, nous sommes transportés, éblouis, affolés par ce coup de soleil magique. Nous verrons sans cesse ce paysage éclairé comme il vient de l'être. Dans l'ombre, dans la nuit, il nous apparaîtra resplendissant de clarté. Nous éprouverons toujours, en le voyant, la même sensation violente qui a remué tout notre être.

C'est ainsi que Marcelle, pendant cette veillée de mort, malgré la nuit, malgré les ténèbres, revoyait Fortier tel qu'il lui était apparu dans la journée.

Le lendemain, au réveil des bagnes, les hommes qui partageaient la cage de Fortier ne se livrèrent pas comme les jours précédents, aux mêmes plaisanteries. On fit jouer la pompe, on inonda le parquet, on le racla, on prit des douches avec moins d'entrain. On essayait de faire du silence autour du condamné, et parfois un homme se baissait afin de serrer à la dérobée ses mains captives.

C'est que, pour tous ces gens, habitués aux mœurs des bagnes, ferrés sur le règlement, il ne pouvait y avoir aucun doute. Le conseil de guerre qui se réunirait vers midi condamnerait évidemment à mort un forçat coupable d'avoir frappé et blessé un surveillant-chef. La sentence serait exécutée dans la journée, devant tous les bagnes réunis sur le pont, la tête découverte, à genoux.

C'était un jeudi, jour de l'inspection du commandant. Vers neuf heures, il entra dans la batterie suivi de son état-major.

Après avoir passé devant les cages, il s'arrêta :

— Où se trouve l'homme qui doit passer aujourd'hui devant le conseil de guerre? demanda-t-il.

— Là, près de cette grille, répondit-on.

Le commandant fit quelques pas, s'arrêta devant Fortier et le regarda sans parler. Il allait se retirer, lorsqu'une voix s'éleva dans la cage au milieu des forçats.

— Commandant...

— Qu'y a-t-il?

Bérard s'avança.

— Que voulez-vous?

— Je vous supplie, commandant, de vouloir bien me permettre de vous entretenir un instant.

L'officier le regarda, comme il avait regardé Fortier, le reconnut et dit :

— C'est bien.

Il se rappelait la promesse faite à ce condamné, le jour où celui-ci avait refusé les faveurs qu'on lui offrait.

Une demi-heure après, Bérard se trouvait en présence du capitaine de vaisseau, commandant la *Saône*.

— Vous revenez sur votre première décision? lui dit M. C... Vous n'avez pas le courage de vivre plus longtemps dans la batterie?

— Je vous demande pardon, commandant, j'ai toujours ce courage.

— Alors pourquoi désirez-vous me parler?

— Pour vous supplier de me laisser vous raconter la vie de l'homme que vous allez juger dans un instant.

— Quel homme? Celui que je viens de voir, qui passe aujourd'hui devant le conseil de guerre pour avoir blessé le surveillant-chef?

— Oui, commandant.

Surpris, l'officier réfléchit un instant, et, par curiosité, par bienveillance peut-être :

— Parlez, fit-il.

Sans phrases, simplement, Bérard peignit le caractère de Fortier, raconta son existence depuis le moment où il avait connu Marcelle Hébert jusqu'au jour de sa condamnation.

— Eh bien, dit le commandant lorsqu'il eut achevé, que voulez-vous prouver ? Que cet homme était digne de pitié ? C'est possible. Mais je n'ai pas à m'occuper de son crime passé. Il a commis à mon bord une nouvelle faute que je suis obligé de punir.

— Certes, monsieur, mais vous la puniriez peut-être moins sévèrement, si vous saviez pourquoi et comment il l'a commise.

Le commandant de la *Saône* avait écouté très attentivement Bérard. Son intérêt se trouvait excité, moins par le récit qu'il entendait que par la façon dont ce récit était fait, par la parole entrainante du narrateur, sa voix sympathique, son attitude. La situation, le costume de Bérard donnaient aussi une originalité, une saveur en quelque sorte plus

grande à sa narration. C'était une surprise d'entendre parler avec cette netteté, cette correction,
parfois cette élégance et cette chaleur, un condamné
aux travaux forcés, un forçat couvert de la livrée du
bagne.

A deux reprises, l'officier de marine sous le
charme de cette parole, oublia l'état d'infériorité,
la dégradation de celui qui parlait, et, en le voyant
debout depuis longtemps, il fut sur le point de l'inviter à s'asseoir. Il s'abstint; mais, inconsciemment,
machinalement, il finit par se lever lui-même après
avoir ôté son képi. L'uniforme de l'un, l'infâme
costume de l'autre faisaient seuls connaître maintenant la distance qui les séparait.

— Vous vous intéressez donc beaucoup à ce Fortier ? demanda le commandant.

— Oui, monsieur, beaucoup. Si j'ai refusé les faveurs que votre bienveillance voulait m'accorder, si
j'ai désiré vivre dans la batterie, c'est à cause de lui.
J'espérais faire entrer un peu de calme dans cette
âme tourmentée.

— Vous n'avez pas réussi. Sa fureur d'hier en
est une preuve.

— Cette fureur vous paraîtrait plus excusable,

monsieur, si vous me permettiez de vous en dire les motifs.

— Soit, continuez.

Alors Bérard, s'animant peu à peu, avec plus d'entraînement et de chaleur, raconta la scène de la veille et tous les détails qui s'y rapportaient : Fortier retrouve sur le transport Marcelle Hébert, dont il a tué l'amant. Il l'aime plus follement, plus sauvagement que jamais. Pourtant il contient, maîtrise sa passion. Personne ne s'en doute dans le bagne. Mis aux fers, il se trouve dans le voisinage de sa maîtresse, en face d'elle. Il se contente de la contempler, de l'admirer. Mais le surveillant-chef Robin l'exaspère par son attitude. La veille, devant ce malheureux emprisonné, enchaîné, il ose faire une tentative odieuse sur cette femme prisonnière aussi, enchaînée aussi. Alors Fortier, fou de jalousie, dans son délire furieux, frappe non pas son gardien mais son rival. Ce n'est pas le surveillant qu'il essaye d'atteindre, c'est l'homme qui le torture, c'est son ennemi.

— Vous êtes certain, demanda le commandant, que tout s'est passé comme vous venez de me le dire?

— J'en suis certain.

— Vous n'avez rien vu, cependant.

— Non, commandant, mais Fortier n'avait aucun intérêt à me tromper. Il ne me faisait pas des confidences; il se confessait pour ainsi dire avant de mourir.

— Eh bien, il se confessera tout à l'heure au conseil de guerre qui appréciera.

— Non, monsieur. Ce malheureux se taira comme il s'est tu, autrefois, devant la Cour d'assises.

— Pourquoi?

— Parce qu'il ne parle jamais qu'à moi de son amour, de sa passion, de sa folie... Il se cache de tout le monde. Il vit absorbé, dans son idée fixe, dans sa sauvagerie muette... Je le connais. Il dira simplement : « J'ai frappé ce surveillant parce que je le haïssais. » Il ne dira pas les causes de sa haine. Il se laissera condamner à mort sans trahir son secret.

— C'est bien. Alors j'aviserai... Retournez dans la batterie.

Quelques minutes après, le commandant de la *Saône* faisait appeler Marcelle Hébert et lui ordonnait de lui raconter la scène de la veille. Elle obéit,

et son récit se trouva conforme, en tous points, au
récit de Bérard. Elle n'avait, depuis cette scène,
communiqué avec personne. On pouvait donc ajouter une foi entière à ces deux témoignages qui s'ac-
cordaient si bien.

A midi, le conseil de guerre se réunit. Comme
l'avait annoncé Bérard, Fortier n'essaya pas de se
disculper, de se défendre. Mais le commandant, qui
présidait le conseil, dit ce que l'accusé se refusait à
dire, rétablit les faits comme ils s'étaient passés, raconta la scène telle qu'elle avait eu lieu, ordonna
la comparution de Marcelle Hébert, interrogea
devant elle le surveillant-chef et obligea ce dernier à tout avouer.

Bientôt, le conseil, devinant la pensée de son
président, qui cependant n'avait formulé aucune
opinion et qui laissa ses officiers se prononcer avant
lui, l'un après l'autre, le conseil acquitta Fortier.
Mais, par mesure disciplinaire, le commandant le
condamnait à un mois de cachot pour insubordination, en même temps qu'il suspendait Robin de
ses fonctions de surveillant-chef et lui ordonnait
de garder les arrêts jusqu'à la fin de la traversée.

Lorsque, dans les bagnes, on apprit le résultat de ce procès, les forçats se mirent à danser en rond dans leur cage. On dut, pour les calmer, en mettre quelques-uns aux fers.

XXIII

Un homme qui s'est vu mourir et qui renait tout à coup, un condamné à mort, dont la peine est réduite à un mois de cachot, doit s'estimer heureux et on ne saurait le plaindre. Cependant cette punition de cachot à bord d'un transport de forçats est terrible : plusieurs hommes, après l'avoir longtemps subie, sont devenus fous ; d'autres ont conservé dans les yeux quelque chose d'égaré ; d'autres encore tremblent au moindre bruit, ont peur de tout ; ils se souviennent.

Ce cachot est un tombeau construit pour les vivants, dans la cale, c'est-à-dire la partie la plus
basse du navire. Il a généralement cinq ou six
pieds de large sur deux ou trois pieds de long.
C'est à peine si le prisonnier peut s'étendre dans
son cercueil, et, debout, il est obligé de se cour-
ber en deux. L'air, la lumière ne pénètrent jamais
jusqu'à lui. Mille bruits confus frappent seulement
ses oreilles. Il sent qu'on vit là-haut, au-dessus,
sur les hauteurs qui dominent le gouffre où il est
plongé. Il entend aussi mille murmures plus rappro-
chés : les insectes qui bruissent dans ses ténèbres,
l'eau qui suinte des murailles du navire et tombe
lentement, goutte à goutte; les rats affamés, cette
plaie des navires, qui rampent, s'agitent et courent
dans sa prison. Il ne dort jamais, il sommeille à
peine; il est plongé dans une sorte de cauchemar
effroyable.

Et, pourtant, malgré toutes ses tortures, toutes ses
misères, à cause d'elles peut-être, le calme se fit
peu à peu dans l'âme de Fortier : lorsque le corps
souffre trop, le cœur se détend. Puis, séparé de
Marcelle Hébert, ne la voyant plus, ses sens s'apai-
saient. Il l'aimait tout autant, plus peut-être, mais

d'un amour moins délirant, moins fiévreux. Depuis la nuit passée en face d'elle, son regard dans le sien, depuis la veillée de mort, il comprenait que maintenant elle était à lui, bien à lui, et il se sentait heureux, pleinement heureux, malgré tout. Il oubliait les horreurs du présent pour vivre dans un avenir étoilé. Il pensait aussi à Bérard, et de bons sentiments se glissaient peu à peu dans ce cœur criminel. Il en arrivait à aimer d'amitié comme il savait aimer d'amour, avec passion, ce compagnon qui l'avait écouté, conseillé et auquel il devait la vie.

Oui, il la lui devait et, dans la batterie, là-haut, personne ne l'ignorait. Aussi Bérard, parmi les forçats, avait-il grandi de cent coudées. On le tenait pour un personnage, une puissance. Ceux-ci, les meilleurs, avaient de l'affection pour lui; les autres, les pires, le redoutaient. Délivrés de leur surveillant-chef, ces hommes avaient pensé que la discipline allait se relâcher, qu'ils pourraient se permettre quelques licences. Bérard leur fit comprendre que, d'une part, ils se trompaient, que de l'autre, ils avaient d'autant moins le droit de se mal conduire qu'on s'était montré indulgent pour eux. C'est une erreur de croire que tous les bons sentiments sont morts dans le cœur de certains criminels: feignez d'oublier leur crime, parlez-leur comme à des hommes, et souvent ils se conduiront comme des hommes. Si vous les traitez comme des bêtes, ne vous étonnez pas de leur bestialité.

La cage de Bérard resta la mieux tenue du bagne, et, pourtant, l'existence qu'on y menait était plus dure que jamais : les transports et les voiliers qui, du Brésil, se dirigent vers la mer des Indes, au lieu d'aller reconnaître le cap de Bonne-Espérance, comme le font les navires à vapeur, s'en éloignent de dix à quinze degrés et le doublent à une grande distance. Aussi, peu à peu, les brumes remplacent le soleil, à la chaleur des tropiques succède le froid Pour se réchauffer, on était obligé, dans les bagnes, de se tenir sans cesse en mouvement ; la nuit, de se serrer les uns contre les autres. Les bailles d'eau furent souvent gelées, le scorbut fit son apparition. Plusieurs forçats moururent ; d'autres allaient s'affaiblissant tous les jours, perdant toute leur énergie musculaire, la face tuméfiée, les gencives gonflées. On les soignait avec humanité, mais au milieu de leurs camarades, et la contagion s'étendait. C'est alors surtout que Bérard fut admirable; il parvint à soutenir le courage de ces hommes qui, sans lui, seraient tombés, vaincus, épuisés.

Au bout d'un mois seulement... le commandant n'avait pas fait grâce d'un seul jour... Fortier sortit de son cachot, reparut dans la batterie et rentra dans sa cage. Il chancelait plutôt qu'il ne marchait. La demi-clarté de l'entrepont brûlait ses yeux habitués aux ténèbres. Mais il avait le sourire aux lèvres, la joie au cœur; il allait serrer la main de Bérard et revoir Marcelle Hébert. Il la retrouva telle qu'il l'avait laissée, à la même place, dans la cage de punition, les fers aux pieds, la tête entre les barreaux pour le mieux voir. Ses calculs lui avaient appris le jour où il sortirait de son cachot, et elle s'était fait punir, pour se rapprocher de lui.

XXIV

La *Floride*, le yacht de sir William Hanley-Gardiner, est mouillée dans la rade de Nouméa, rade
profonde et sûre où l'on ne pénètre que par une
passe étroite bordée de récifs. Près de la *Floride*,
aussi grande qu'une frégate de l'État, mais plus
élégante et plus fine, quelques navires tournent sur
leurs ancres, au gré du vent. Ce sont des bâtiments
de commerce, prêts à retourner en Europe et quelques bateaux de petit tonnage qui vont à Sydney
ou qui en reviennent. Sur le pont du yacht, on
jouit d'une vue très étendue, assez pittoresque,
mais triste, sans végétation, sans verdure. A l'horizon de grandes collines dénudées, rougeâtres.
Au loin, la presqu'île Ducos, si tristement célèbre

depuis quelques années. Vers la gauche, la partie
orientale de l'île Nou, avec ses constructions plates
en torchis. A droite l'île aux Lapins et son Lazaret,
ses hauts fourneaux. Sur les bords de la baie, des
habitations clair-semées, puis un faubourg de Nouméa, le pays latin, un groupe de maisons en bois
et de baraques précédées de petits jardins où pous-
sent difficilement des lauriers-roses, des niaoulis,
quelquefois un bananier tout étonné de vivre sur
cette côte abrupte. Nouméa vient à la suite de son
faubourg. La ville repose sur un terrain plat et ses
rues coupées à angle droit, d'une régularité mathé-
matique, la font ressembler à un damier. Cependant on la dirait construite en amphithéâtre, dominée
qu'elle est par différentes constructions importantes,
l'évêché et le palais du gouverneur. Un beau soleil
illumine ce paysage et, sans l'égayer, diminue parfois sa tristesse.

A bord de la *Floride*, personne ne songe à regarder l'horizon. Sous une vaste tente qui recouvre
tout le pont, de l'arrière à l'avant, on se promène,
on cause, on rit à la suite d'un excellent déjeuner
offert par sir Gardiner aux principaux habitants
de la ville : des fonctionnaires pour la plupart et

quelques officiers de marine. Sir Gardiner est
arrivé en Calédonie depuis quinze jours, et grâce
à sa renommée, à sa grande fortune, à son yacht
superbe, il est le héros du pays. Il s'est mis en
frais, du reste, pour conquérir les sympathies des
habitants; il a fait des visites à toutes les autorités, ne négligeant personne, aimable avec les
hauts fonctionnaires, affable avec les petits. Mlle Bérard, qui l'accompagne et qu'il fait passer pour sa
sœur, est aussi fort à la mode. Tout le monde vante
sa beauté, sa distinction exquise, son esprit. C'est
une bonne fortune pour tous ces exilés, leurs femmes
et leurs familles d'avoir en ce moment de tels hôtes
qui font des visites et reçoivent à ravir. Sir Gardiner explique sa venue et son séjour à Nouméa par
l'intérêt que lui inspirent les établissements pénitentiaires de cette colonie. Personne n'est surpris :
de la part d'un Américain et d'un journaliste cet
intérêt semble très naturel. Les études auxquelles il
se livre lui ont permis de se lier, d'une façon toute
naturelle aussi, sans éveiller le moindre soupçon,
avec le personnel administratif de l'île Nou. Il ne
donne aucune fête sans inviter le commandant du
pénitencier, les deux officiers d'administration et le

commissaire de la marine. Il les interroge, prend
des notes, comme il en prenait autrefois à la grande
Roquette, et se trouve en si bons termes avec eux,
que s'il le demandait, malgré des consignes sévères,
on n'hésiterait pas à lui permettre de visiter les
bagnes.

C'est, du reste, avec réserve, discrétion et prudence que sir Gardiner demande tous ces renseignements. Il s'intéresse au pénitencier, mais aussi
aux colonies agricoles de l'île, aux travaux com-
mencés, aux travaux à faire, à la topographie du
pays, aux mœurs des habitants, aux petits cancans
de la ville et aux nouvelles qui arrivent de France.
S'il s'instruit auprès des hommes, il ne dédaigne
pas de se distraire avec les femmes.

C'était avec ces dernières qu'il s'entretenait le
jour où nous le retrouvons à bord de son yacht. Le
courrier de France était arrivé la veille et les mondaines de Nouméa donnaient à sir Gardiner et à
Mlle Bérard des nouvelles de la mère-patrie. Elles se
plaisaient à parler des pièces à succès, des fêtes de
l'hiver, fêtes dont personne à Paris ne se souvenait
certainement plus, mais qui, pour ces dames, avaient
toute la saveur du fruit nouveau.

— Il paraît que la baronne de Mérieux, dit Mme Prévôt, la femme du commissaire de la marine, a donné un bal superbe dans son hôtel du parc Monceau.

— Qu'est-ce que c'est que la baronne de Mérieux? demanda sir Gardiner pour dire quelque chose.

— Comment, vous ne le savez pas? C'est la princesse Sophia Lavisine, dont le mari a été assassiné, il y a dix-huit mois environ.

Le nom de la princesse Lavisine, ainsi brusquement prononcé, impressionna vivement Mlle Bérard. Elle fut assez maîtresse d'elle-même, cependant, pour cacher son émotion et dire d'une voix à peu près calme:

— Comment! La princesse s'est déjà remariée?

— Oui, j'ai assisté à son mariage, s'empressa de déclarer en se rengorgeant Mme Prévôt.

C'était une petite brune assez piquante, qui avait fait longtemps, à Paris, commerce de galanterie, mais assez discrètement, de façon à tromper les naïfs. Lasse de cette vie irrégulière, riche de quatre à cinq mille francs de rentes, elle venait de se marier et d'arriver en Calédonie avec son com-

missaire, que la marine envoyait faire à Nouméa
ses deux années de colonie. Les mauvaises langues
de la ville, et elles étaient nombreuses, pré-
tendaient que la petite Mme Prévôt avait déjà pris
des arrangements avec un enseigne de vaisseau et
deux aspirants, pour passer le plus agréablement
possible son temps d'exil. Elle se vengeait de ces
propos en traitant du haut en bas toutes les femmes
que la position de leurs maris rendait ses inférieures,
et en se donnant, avec les autres, des allures de
Parisienne fourvoyée dans un pays demi-sauvage.

— Le mariage dont vous parlez, madame, a dû
être très beau? dit un officier en se mêlant à la
conversation.

— Superbe, monsieur, superbe! Nous y étions
toutes. Je parle des femmes du monde, bien entendu.

Elle avait assisté, en effet, à la cérémonie, mais
en qualité de simple curieuse, perdue dans la foule
et attirée peut-être par le désir d'entrevoir le baron
de Mérieux, avec qui elle avait été dans les meilleurs termes au début de sa carrière.

Mlle Bérard et sir Gardiner entendaient parler
pour la première fois de ce mariage: partis de Paris

avant qu'il fût contracté, ils n'avaient trouvé, sur leur route, dans les différents ports de relâche, aucun journal qui les pût renseigner sur un fait divers tout parisien, d'une importance relative.

— Vous connaissez, madame, ce baron de Mérieux qui a épousé la princesse ? demanda Mlle Bérard à Mme Prévôt.

— Comment si je le connais ! Je crois bien ! s'écria la jolie brune.

Attendrie par l'excellent déjeuner au champagne qu'on venait de lui offrir, elle allait peut-être en dire plus, lorsqu'elle s'arrêta tout à coup sur la pente des souvenirs, et, reprenant d'une voix plus calme :

— Oui, je le connais pour l'avoir rencontré au bois, à l'Opéra, aux premières représentations. Nous autres femmes du monde, nous connaissons toutes les personnalités parisiennes et M. de Mérieux est très à la mode.

Comme toutes les déclassées, Mme Prévôt ne laissait jamais échapper une occasion de se donner pour une femme du monde. A Paris elle provoquait le sourire ; à Nouméa elle produisait son effet parmi les femmes de petits employés.

8

— Il est jeune, ce baron de Mérieux ? fit encore Mlle Bérard.

— Oui, trente-cinq ans environ.

— Et très riche, sans doute, puisqu'il a épousé la princesse Lavisine dont la fortune est considérable?

— Non, je ne crois pas. On le disait à peu près ruiné avant son mariage. Mais c'est un homme charmant. Oh! charmant!

Elle s'attendrissait de nouveau.

— Ce mariage a été bien précipité, fit observer sir Gardiner.

— Cela n'a rien d'étonnant, s'empressa de répliquer un chirurgien de marine, si le baron est aussi charmant que l'affirme madame. La princesse était sans doute éprise de lui, et, son deuil expiré, elle n'a pas voulu attendre.

Songeuse depuis un instant, Mlle Bérard, s'adressant tout à coup à Mme Prévôt, lui dit :

— Je serais curieuse, madame, de savoir si le baron de Mérieux, dont vous parlez, est le même qu'un certain M. de Mérieux que j'ai rencontré plusieurs fois dans mes voyages avec mon frère. Puisque vous paraissez le connaître, vous seriez bien aimable de me le dépeindre physiquement.

— Très volontiers, mademoiselle, et rien de plus facile. Je le vois encore comme s'il était devant moi avec ses grands yeux bleus un peu mourants, ses moustaches blondes, ses jolies dents et...

Elle allait trop s'étendre. Mlle Bérard l'arrêta brusquement par ces mots :

— Est-il grand?

— Grand? Non. De taille moyenne.

— Vous êtes sûre?

— Absolument sûre. Je l'ai mesuré. Elle se mordit les lèvres et ajouta : du regard, bien entendu.

La conversation s'était arrêtée. Le commandant du pénitencier de l'île Nou la ranima :

— Vous parlez depuis un instant, fit-il, de la princesse Lavisine et de son nouveau mari, et vous oubliez l'ancien, celui qui a été assassiné... Moi, je vais vous donner non pas de ses nouvelles, puisqu'il est mort, mais de celles de son meurtrier. J'ai reçu par le dernier paquebot la liste des forçats embarqués sur le transport la *Saône* et, dans cette liste, se trouve le nom d'un certain Bérard, condamné aux travaux forcés à perpétuité pour assassinat... Si ma mémoire ne me fait pas défaut, l'assassin du

prince s'appelait Bérard et celui qui m'arrive doit
être notre homme.

— Évidemment, dirent plusieurs personnes. Nous
nous rappelons très bien son nom. Ce procès nous
a beaucoup intéressés ici.

— Eh bien, reprit le commandant, ce misérable
fera bientôt partie de mon pénitencier.

Pâle, toute frémissante, Mlle Bérard écoutait. Debout près d'elle, sir Hanley-Gardiner lui serrait la
main en cachette.

Mme Prévôt, le sourire aux lèvres et dans les
yeux, minaudant, coquetant avec les officiers qui
l'entouraient, dit au commandant du pénitencier :

— A quelle époque attendez-vous, cher monsieur, le nouveau convoi de forçats dont ce Bérard
fait sans doute le plus bel ornement ?

— Je ne sais pas au juste, madame. Les tra-
versées de France à Nouméa varient entre cent
dix et cent vingt jours, et comme la *Saône* navigue
depuis deux mois et demi environ, elle peut arriver dans cinq ou six semaines... à moins que, par
suite d'accident, d'avarie, elle soit obligée de faire
relâche plus longtemps que d'habitude à Sainte-
Hélène, ou sur tout autre point.

— Avec des renseignements comme les vôtres, reprit en riant la jolie brune, on ne peut compter sur rien... ni sur la *Saône*, ni sur l'assassin Bérard.

— Surtout sur ce dernier, madame. Il est parti, j'en suis certain ; rien ne prouve qu'il arrivera.

— Comment! Pourquoi? Pensez-vous qu'il se soit évadé en route?

— Oh! non! Les évasions sont des plus rares. Les commandants de transports prennent leurs précautions.

— Alors, demanda sir Gardiner, pourquoi doutez-vous que l'assassin du prince soit à bord de la *Saône?*

— Parce que la mortalité est grande sur les transports, parmi les forçats. Un convoi peut être diminué d'un sixième, d'un cinquième même. La maladie sévit principalement sur les hommes qui ont occupé une certaine situation dans la société, qui ne sont habitués ni à la fatigue ni à la mauvaise nourriture, et comme le dit Bérard est de ce nombre, je suppose tout naturellement qu'il peut être resté en route.

— Oh! ce ne serait pas une grande perte! fit

8.

observer Mme Prévôt, tout en lançant derrière son éventail un regard plein de promesses à un jeune enseigne qui la serrait de près.

Mlle Bérard avait eu le courage de rester à la même place, de tout écouter. Elle voulait savoir. Mais, dès qu'il ne fut plus question ni de son père, ni du transport la *Saône*, elle s'éloigna et descendit dans la chambre du yacht. Sir Gardiner, qui désirait vivement la rejoindre et lui parler, ne fit aucun effort pour retenir ses hôtes. Bientôt il donnait l'ordre d'armer les canots destinés à les reconduire à terre, serrait la main de tous, faisait de nouvelles invitations et, à son tour, descendait dans ses appartements. Ce mot d'appartement pouvait s'appliquer aux cabines, à la salle à manger, aux salons de lecture et de repos, aux boudoirs, aux cabinets de toilette installés dans l'entrepont du yacht la *Floride*. C'était délicieux de luxe, de confortable, de bon goût, et plus d'une fois Mlle Bérard avait déploré de jouir de tant de bien-être, d'être traitée si royalement, lorsque son père menait une vie si misérable.

Sir Gardiner l'avait rejointe et lui disait :

— J'ai partagé tout à l'heure votre émotion,

croyez-le bien, mon amie ; mais je ne crois pas que nous ayons lieu de nous inquiéter. Recommandé comme il l'est au commandant de la *Saône*, votre père a dû faire le voyage dans de meilleures conditions que les autres transportés. Puis il sait que vous l'attendez ici, et le désir de vous voir lui donnera le courage de supporter tous ses maux.

— Que Dieu vous entende ! fit-elle en soupirant.

Au bout de quelques secondes, elle ajouta :

— Ah ! que le temps me paraît long, malgré toutes vos bontés pour moi, tous vos soins, vos exquises délicatesses, malgré votre inaltérable amitié !

Son amitié ! Ah ! elle aurait pu dire son amour, car il l'aimait de toutes les forces de son cœur, sans le lui avoir dit une seule fois, depuis qu'elle s'était mise sous sa protection, depuis qu'elle dépendait de lui. Pendant cette longue traversée, seul avec elle, toujours seul, il ne s'était point départi de sa réserve, de son respect. Il la traitait en reine, en souveraine qu'on n'ose approcher. Il l'adorait comme on adore sa mère, sa sœur, sa fille. Cependant, il était jeune, ardent, il avait ses heures d'enfièvrement comme les autres hommes. Il la trouvait plus jolie que jamais, dans tout l'épanouissement, l'ensoleillement de sa jeunesse et de sa beauté. Mais, l'amour honnête, l'amour vrai, sait vaincre la matière. Le cœur dompte les sens.

Sir Gardiner s'était assis en face de Mlle Bérard et lui disait maintenant :

— Je vous écoutais tout à l'heure, je vous suivais du regard lorsque vous étiez sur le pont, et j'ai été surpris de certaines questions que vous avez posées à Mme Prévôt et surtout de l'expression de votre physionomie quand vous l'interrogiez... Pourquoi lui avoir demandé des détails sur le nouveau mari de la princesse Lavisine ? Que vous importe cet homme ? Vous poursuiviez sans doute une idée. Quelle est-elle ? Je ne l'ai pas comprise.

Elle se leva très émue, agitée, parcourant le salon, s'éloignant de sir Gardiner pour revenir brusquement vers lui.

— C'est une folie sans doute, disait-elle, une folie ! Lorsque j'ai entendu parler de ce mariage, de ce baron de Mérieux, j'ai tressailli, mon cœur a battu... Il m'a semblé qu'il était pour quelque chose dans la catastrophe qui m'a frappée, dans l'infortune de mon père, dans mon malheur.

— Ah! vous croyez?

— Non, je ne crois pas... Je n'ose pas croire... Je suis trop raisonnable pour m'en rapporter à une impression nerveuse peut-être... Mais je ne puis m'empêcher... Et, tenez, encore maintenant..: Causons, échangeons nos idées, comme nous avons l'habitude de le faire. Si le soupçon qui m'a traversé l'esprit est insensé, eh bien, vous me le direz et je ne m'y arrêterai plus.

Elle l'avait rejoint, et, debout devant lui :

— Voyons, ce mariage si précipité ne vous parait-il pas étrange comme à moi? La princesse qui, lisait-on, aimait beaucoup son mari et se désespérait de sa mort, s'empresse de le remplacer, un an à peine, après l'avoir perdu. Elle se trouve avoir à, sous la main, un nouveau mari tout prêt, en réserve. Ne dirait-on pas vraiment qu'elle attendait cette mort, qu'elle la prévoyait?

— C'est vrai, murmura sir Gardiner.

— Vous le voyez, vous vous étonnez comme moi ; je ne suis donc pas si folle.

Elle vint s'asseoir près de lui.

— Continuons, étudions ensemble... ma folie...

La princesse se marie, soit! Qui épouse-t-elle ? Un compatriote ? Un Russe comme elle ? Ou tout au moins un homme de son rang ? Non, elle épouse le baron de Mérieux, un mondain peut-être, mais rien de plus. Cette petite Mme Prévôt, que nous avons jugée depuis longtemps, une aventurière, une déclassée, paraît l'avoir connu trop intimement pour qu'il soit un homme bien respectable, d'une valeur réelle.

— C'est très juste, fit encore sir Gardiner.

— Est-il riche au moins, ce baron de Mérieux ? Non, il est ruiné... et la princesse Lavisine lui apporte ses millions!... Pourquoi? « Prenez, » lui dit-elle... et il accepte, il puise à pleines mains dans cette caisse, dans cette mine. Il devient riche, puissamment riche, du jour au lendemain... Je me méfie de cet homme. Il m'inspire des soupçons. Ah! je n'ai pas besoin de vous les communiquer. Vous m'avez déjà devinée. Je le vois dans vos yeux. Vous partagez mes idées.

A son tour, sir Gardiner s'était levé, et marchant à grands pas :

— Oui, le prince a été assassiné. C'est un fait... On croit avoir trouvé son meurtrier. On ne l'a pas

trouvé, nous le savons... Quel est-il? Où aurait-on
dû le chercher? Parmi les gens intéressés à sa
mort. Personne, à l'époque du procès, n'y paraissait
intéressé... Et, depuis, quand un innocent est
condamné, quand la justice se tient pour satis-
faite, quand le véritable coupable ne craint plus
rien...

— C'est cela, c'est cela! fit-elle en l'interrompant. Alors le coupable se trahit, non pas auprès
des autres... Pour les autres, mon père est le coupable... Mais il se trahit à nos yeux, devant nous,
pour nous! Ah! quelque chose me dit que nous
sommes dans la bonne voie. Nous tenons enfin
le fil qui nous échappait toujours. Vous rappelez-
vous nos longs entretiens, sur ce sujet, nos recherches pendant l'instruction? Je vous disais : Si
nous pouvions crier aux juges : « Voilà l'assassin,
le vrai. Voilà pourquoi il a tué. Prenez-le, jugez-le,
condamnez-le et rendez-moi mon père. » Mais
nous cherchions en vain, nous ne trouvions pas.
Aujourd'hui, c'est autre chose! Voyez-vous, je
ne serais pas heureuse comme je le suis en ce moment, s'il n'y avait pas dans mes soupçons quelque
chose de sérieux, de fondé, de réel.

Il attendit qu'elle fût moins exaltée, plus calme, et lui dit :

— Si nous étions en France, je n'hésiterais pas à vous suivre dans la voie où vous paraissez entrer... Quitte à me tromper, je voudrais m'attacher à votre idée, la poursuivre, ne l'abandonner qu'après avoir acquis la preuve que nous nous égarons... Mais, songez-vous au temps qu'il faudrait pour étudier une telle affaire, la mener à bien, éclairer enfin la justice ?... Et, pendant les mois, les années qui s'écouleraient, votre père resterait au bagne, mourrait au bagne... Non, non, nous avons fait ce que nous devions faire.

— Sans doute, s'écria-t-elle, je ne m'en repens pas. Mais lorsqu'il sera libre... et grâce à vous, il le sera... je n'aurai plus qu'une pensée, qu'un but dans la vie : prouver à tous son innocence, le réhabiliter. Je ne veux pas qu'on le croie éternellement un assassin. Je ne veux pas être la fille d'un assassin. Je ne veux pas que vous vous soyez intéressé, vous si honnête et si grand, à des misérables, à des flétris !

XXV

A partir de ce déjeuner sur son yacht, sir Hanley Gardiner eut le courage de devenir le compagnon inséparable du commandant militaire de l'île
Nou. Pour lui plaire, mériter sa confiance, éloigner
ses soupçons, il descendit jusqu'à le flatter, jusqu'à
lui mentir. Il vantait son administration, qu'il trouvait défectueuse sous bien des rapports; son humanité, fort contestable; son esprit de justice, qui
laissait beaucoup à désirer. Il lui disait: « Je viens
de faire un long article sur votre pénitencier. Je
parle de vous dans des termes excellents. Vous
serez, dans quelques jours, célèbre en Amérique ».
L'ex-capitaine d'infanterie de marine rougissait, se
gonflait, était prêt à éclater dans son uniforme trop

9

étroit. Il ne parlait plus que du grand journaliste, du nabab américain. Le matin, il faisait armer un canot et allait déjeuner sur le yacht, sans façon ; puis, dans l'après-midi, il suppliait son hôte de lui rendre sa visite, de descendre avec lui à terre, de parcourir le camp dans tous les sens. Sir Gardiner, après s'être fait prier, finissait bientôt par céder, et, en compagnie du souverain de l'île, se promenait sur les talus du pénitencier, entre les deux grandes rangées de cases, dans les chantiers, l'hôpital, le jardin de la transportation, la Ferme-Nord, admirant, s'extasiant, lorsque parfois son âme s'indignait.

Oui, cet homme juste et bon souffrait de certains abus, de certaines injustices, d'actes de brutalité inutiles, de la dureté de quelques surveillants, de la bestialité des *correcteurs*, simples forçats dont l'administration avait fait des geôliers, des bourreaux, enfin de la barbarie de certains supplices. Il s'indignait surtout de la corruption qu'il remarquait aussi bien parmi les transportés que parmi les gens chargés de veiller sur eux. Corruption sourde, latente, souvent effrontée ; l'ivresse, encouragée par les gardiens eux-mêmes, qui se faisaient négociants en vins et en liqueurs, pour augmenter leur maigre salaire ; le vol sous toutes ses formes ; le vice aussi sous toutes ses formes.

On était habitué maintenant à voir sir Gardiner circuler dans le camp à la recherche de son ami, chasser dans la *brousse* (parties incultes), parcourir les collines élevées qui dominent cette île longue de six kilomètres à peine, large de quatre, et dont le tour, en suivant le rivage, peut être fait en quelques heures.

L'accès de l'île Nou est d'ordinaire interdit aux habitants de Nouméa et aux étrangers. Mais on savait que sir Gardiner était l'ami du commandant, et personne ne se serait permis une observation, dans ce pays de l'arbitraire. Grâce à la liberté dont il jouissait, le journaliste américain continuait ses observations, poursuivait ses études.

— Je suis décidé, disait-il à Mlle Bérard, le soir en la rejoignant, à ne pas laisser votre père plus d'un mois dans cet enfer. Je le sauverai, devrais-je armer mes matelots et l'enlever de force, devrais-je brûler le camp, le pénitencier, l'île et sa population de damnés !

En s'exaltant ainsi, il prenait sa revanche de la

réserve qu'il était obligé de garder toute la journée, de sa froideur et de son admiration de commande.

Il ne se contenta pas d'étudier l'ile sous tous ses aspects, il voulut connaitre aussi les camps de la grande terre, plus ou moins proches de Nouméa, et sur lesquels Bérard pouvait être dirigé, à la suite d'un caprice, dès son arrivée au pénitencier. Le gouverneur de la Calédonie, avec qui il avait eu soin de se lier, lui facilita l'accès des établissements de Saint-Louis, de Prony et de Bourail.

Il revenait d'une de ces excursions lorsqu'il apprit que la *Saône* était signalée par les vigies de la côte. Sans perdre un instant, il se fit conduire à bord de son yacht. Il trouva Mlle Bérard sur le pont, une longue-vue à la main, fouillant l'horizon.

— Enfin! dit-elle, émue, les yeux pleins de larmes. Puis elle ajouta: Pourvu qu'il soit à bord !

Hélas! plusieurs heures s'écouleraient sans qu'elle fût renseignée. Sir Gardiner et elle s'étaient juré de n'adresser aucune question au sujet de celui qu'ils attendaient, de ne se trahir par aucune marque d'intérêt. Trop de hâte, un mouvement irréfléchi, une parole, un signe pouvaient donner l'éveil, faire deviner le but de leur voyage, leur enlever le fruit de tant de peines.

Le soleil se couchait lorsque la *Saône* fit son entrée dans la grande rade par le nord-ouest. Après l'avoir parcourue dans toute sa longueur, le transport vint jeter l'ancre dans le port en face de Nouméa. Aussitôt de nombreuses embarcations, appartenant aux différents services militaires et civils, se dirigèrent vers la frégate.

— Ne pourrions-nous pas, demanda Mlle Bérard, monter dans un de vos canots et nous mêler à cette flottille?... Si mon père est à bord, il doit nous chercher avidement. Ah! comme il sera heureux de m'entrevoir!

— Et si, dans sa joie, il se trahit?

— Non, non. Je suis sûre de lui comme de noi.

Sir Gardiner fit armer sa chaloupe. Le transport tait mouillé à deux encâblures de la *Floride*, quatre cents mètres environ. En quelques secondes 'embarcation de sir Gardiner aurait pu franchir ette distance. Mais l'homme qui tenait la barre vait reçu l'ordre de ne faire aucune tentative pour aborder la frégate, de louvoyer seulement dans ses eaux.

Les flancs de la *Saône* portaient l'empreinte des fatigues qu'elle avait endurées pendant une traversée de quatre mois. Sous les couleurs éteintes de sa coque, on apercevait le fer et le bois. Les éternels baisers des flots, les étreintes des vagues, toutes les morsures de la mer l'avaient usée, vieillie. Cependant, on sentait, en la regardant de plus près, qu'elle était toujours vivante, bien vivante. Des voix, des chants, des cris sortaient de ses entrailles par les sabords ouverts. C'étaient les transportés qui saluaient la terre d'exil, préférable encore au cercueil dans lequel ils avaient été si longtemps enfermés. Sur le pont, les commandements, les coups de sifflet se succédaient. Les matelots couraient de l'avant à l'arrière ; d'autres montaient dans les haubans, sur les vergues. Les soldats d'infanterie de marine se rangeaient autour de leurs officiers. Des signes, des saluts s'échangeaient entre les nouveaux arrivés et les habitants de Nouméa restés sur leurs canots. On se hélait, on s'interpellait à distance : « Vous êtes en retard. On vous attend depuis huit jours.

Vous avez eu sans doute du mauvais temps ? — Oui, des calmes à n'en plus finir, puis un coup de vent et un cyclone. Tout le tremblement. — Beaucoup de malades ? — Plus maintenant. Ils sont guéris. — Combien avez-vous perdu de monde en route ? — Trois matelots, quinze forçats. » Ces questions, ces réponses portées par le vent, arrivaient jusqu'à Mlle Bérard. Quinze forçats étaient morts ! Et elle ne savait pas leurs noms ! Et elle ne pouvait pas les demander !

Elle fouillait d'un regard inquiet, avide, les flancs du navire. Sir Gardiner lui avait dit, en lui montrant la longue ligne formée par les sabords de la batterie : « C'est là que se trouve votre père... C'est là qu'il peut vous apparaître. » En effet, quelques têtes se montraient. Profitant de la demi-liberté qu'on leur laissait à cette heure bruyante de l'arrivée, dans le grand désarroi général, plusieurs forçats, sortis des cages pour différentes corvées, s'étaient glissés le long de la cursive et regardaient par les sabords, tout ébahis, tout réjouis de ne plus se sentir ballottés par les flots, d'apercevoir des maisons, des édifices, de la terre et des arbres, et, dans les canots voisins, des figures nouvelles.

Ah! si elle n'eût pas craint de compromettre l'avenir, elle aurait crié à ces hommes, à ces forçats : « Bérard, votre compagnon de misère, est-il au milieu de vous? Vit-il encore ? »

— Approchons-nous, approchons-nous de grâce! dit-elle à voix basse à sir Gardiner.

Il jeta un coup d'œil autour de lui et reconnut qu'il pouvait lui obéir sans danger. Personne ne faisait attention à eux. Le port était maintenant sillonné d'embarcations de toutes sortes, au milieu desquelles ils pouvaient passer inaperçus. Les indigènes de la Nouvelle-Calédonie, dès qu'ils avaient appris l'arrivée d'un navire venant de France, s'étaient élancés dans leurs canots et venaient offrir à l'équipage des légumes, des fruits et des fleurs. Les sentinelles de la frégate essayaient bien de les tenir à distance, mais ils s'approchaient toujours, criant, gesticulant, agitant leur grosse tête plantée sur un corps grêle, secouant leurs cheveux épais et rougeâtres, de véritables crinières. Mêlé à cette flottille, essayant d'éviter les abordages, le canot de la *Floride* faisait le tour de la *Saône*.

— Tiens, c'est vous, sir Gardiner ! Que faites-vous ici? cria tout à coup une voix partie d'un canot voisin.

L'Américain se retourna et reconnut le commandant du pénitencier de l'île Nou.

— Vous le voyez, dit-il, je me promène avec ma sœur. Nous étions curieux de voir de près ce navire qui vient de si loin.

— Je comprends cela... Moi-même, je n'ai pu rester dans mon île. J'ai fait armer mon canot, et me voilà.

— Est-ce que les forçats qui sont là-dedans ne vont pas descendre à terre?

— Non, il est trop tard. Ils passeront encore la nuit à bord. Mais, demain, ils m'arriveront dans la matinée. Viendrez-vous voir leur débarquement?

— Est-ce intéressant?

— Oui, assez... A demain, n'est-ce pas? Je vais essayer d'aborder pour avoir des nouvelles de quelques amis.

« Attendre! Attendre jusqu'à demain! » murmurait Jeanne Bérard.

Tout à coup, elle étouffa un cri et saisit la main de sir Gardiner. Dans l'encadrement d'un sabord, elle venait d'apercevoir un visage pâle, tiré, défait,

9.

mais éclairé par le sourire, illuminé par le regard. C'était lui ! c'était lui, son père ! Elle lui était apparue en même temps qu'il lui apparaissait... Et, silencieux, immobiles, ils restaient les yeux fixés l'un sur l'autre, la joie au cœur, des larmes le long des joues.

Sir Gardiner s'était détourné et regardait l'horizon pour qu'on ne le vit pas pleurer, lui aussi.

Sept heures sonnaient à bord de la frégate. On entendit un appel de clairon, un roulement de tambour, des cris de surveillants, puis tous les sabords de la batterie se fermèrent.

XXVI

Le lendemain, dès le lever du soleil, un grand mouvement se fit dans le port de Nouméa. Des remorqueurs chauffaient. Des hommes armés de

pelles et d'écopes vidaient de vieux chalands, remplis d'eau, amarrés sur le quai. Les embarcations,
montées par des indigènes, parcouraient le port
dans tous les sens, établissant une sorte de va-et-
vient entre la terre et le transport la *Saône*. Sur
la passerelle de son yacht, aux côtés de Mlle Bérard,
qui s'était à peine reposée quelques heures, sir
Gardiner, sa longue-vue à la main, suivait tous
ces mouvements, ne perdait aucun détail. Grâce à
la faible distance qui le séparait du transport, il
pouvait se rendre compte de tout ce qui se passait
sur le pont : les forçats, leur sac à la main, sortaient
un après l'autre de la batterie et venaient se
ranger à l'avant du navire, à bâbord et à tribord,
sur trois lignes serrées. Des officiers les inspec-
taient une dernière fois ; les surveillants faisaient
l'appel. Il était évident que le débarquement allait
voir lieu.

Bientôt, en effet, les chalands, reliés par des câbles et traînés par des remorqueurs, se dirigèrent
vers la frégate. Mais une grande chaloupe, montée
par une dizaine d'hommes, dont le costume ne dif-
férait de celui des condamnés que par le chapeau
de paille à larges bords, quitta le quai, dépassa les

chalands et vint se ranger le long du navire. Cette embarcation était destinée aux femmes transportées qu'on allait conduire à Nouméa, puis diriger ensuite sur le camp de Bourail, où une maison, qu'on appelle un couvent et qui ressemble plutôt à un pénitencier, leur est affectée jusqu'à leur mariage.

Joyeuses de s'être enfin échappées de leur cage, de respirer le grand air, de voir le soleil, elles se dirigèrent en chantonnant, en lançant des œillades à droite, à gauche, vers la coupée qu'on leur désignait.

Marcelle Hébert sortit la dernière de la batterie. Contrairement à ses compagnes, elle marchait sans se presser, promenant autour d'elle un long regard triste, paraissant chercher quelqu'un dans les rangs des forçats. Elle finit par apercevoir Fortier, et comme elle était obligée d'attendre que les autres femmes eussent descendu l'échelle, elle posa deux doigts sur ses lèvres et envoya un baiser dans l'air. Tout l'équipage put croire que cette belle fille lui faisait ainsi ses adieux. Seul Robin comprit que ce baiser s'envolait vers son rival.

« C'est bon, c'est bon, murmura-t-il. Fais-lui

es mamours. C'est pour la dernière fois. Je te
ire bien que vous ne vous reverrez jamais. »

En effet, à partir de ce moment, Robin, dont les
rrêts se trouvaient forcément levés, n'était plus
ous les ordres du commandant de la *Saône*, re-
renait son service à l'île Nou et devenait l'arbitre
es destinées de Fortier.

Dès que la chaloupe qui emportait les femmes
e fut éloignée, deux chalands accostèrent le navire
; les forçats s'y entassèrent. Une demi-heure après,
s s'éloignaient, chantant, criant, gesticulant, mon-
ant le poing au navire qu'ils venaient de quitter
, qui tournait lentement sur ses ancres, au gré des
ots, sans souci de leurs insultes.

Alors, sir Gardiner serra la main de sa com-
agne et descendit dans son canot afin de se rendre
l'invitation faite la veille par le commandant du
énitencier. Il rejoignit les chalands, s'en approcha
ussi près que possible pour permettre à Bérard de
voir, puis, rapidement se dirigea vers l'île Nou.
on nouvel ami le reçut sur l'embarcadère, qui
ermet aux canots d'aborder, sans aller se jeter
ans le sable.

— Vous arrivez bien, dit-il. Mon convoi de forçats sera ici dans un instant. Venez. Je vous ai fait préparer des chaises là-bas, près de cette case, sous cette vérandah. Vous serez très bien placé pour voir le spectacle. Aucun détail ne vous échappera.

Après avoir prononcé gaiement ces mots, il montra le chemin à sir Gardiner, qui le suivit en affectant de partager sa bonne humeur.

Avant l'entrée des acteurs principaux, l'Américain jeta un coup d'œil sur le décor qui s'offrait à lui et sur les figurants répandus çà et là sur la scène : des masures plutôt que des maisons, en maçonnerie légère, quelquefois en planches, des arbres rabougris, des coins de gazon brûlé, des surveillants, des correcteurs, une partie de la chiourme, bruyante, grossière, et toute une horde de femmes échevelées, débraillées, à demi-vêtues d'un jupon mal attaché, d'une chemise ouverte : femmes de petits employés, femmes de gardiens qui, seules, représentent le beau sexe à l'île Nou.

Les chalands venaient d'aborder et ceux qu'ils avaient amenés gravissaient l'un après l'autre l'échelle du débarcadère. L'attention de sir Hanley se porta dès lors exclusivement sur eux. A peine avaient-ils touché terre qu'ils allaient se ranger

sur la route où ils se développèrent bientôt sur
deux longues files. Quand ils furent au complet,
les médecins passèrent la visite, envoyèrent à l'hôpital quelques hommes plus hâves, plus décharnés
que les autres et prescrivirent, afin de refaire le
reste de la troupe, une semaine de repos avec vin
et viande tous les jours.

A cette visite sommaire, succéda l'inspection des
sacs. Les correcteurs glissèrent leurs mains dans
le petit bagage de chaque détenu, jetant sans pitié
à terre les objets qui leur paraissaient inutiles ou
qui excitaient leur convoitise.

Alors les surveillants donnèrent le signal du départ.

— Voulez-vous que nous accompagnions cette canaille jusqu'au pénitencier? avait proposé le commandant à sir Gardiner.

Celui-ci s'était empressé d'accepter. Il n'avait
assisté qu'au prologue du drame: il désirait en connaître la suite. Il voulait surtout que Bérard le
sentit à ses côtés. Il tenait enfin à remplir ses engagements avec Jeanne Bérard qui, ne pouvant
l'accompagner, lui avait fait promettre de tout voir,
de tout entendre et de tout lui rapporter.

La colonne des condamnés, forte de trois cents
hommes environ, sans compter la chiourme, s'a-
vançait lentement sur ce chemin pierreux, sous
un soleil implacable, entre deux rangées de maisons basses, formant une espèce de village. Les
surveillants et les correcteurs marchaient le long de
la colonne, sans la perdre de vue. Quelquefois l'un
d'eux, comme ces chiens de berger habitués à
mordre, s'élançait tête basse dans le troupeau,
distribuait des coups de poing et criait : « Voulez-
bien marcher plus vite que ça... ou je vais vous
souquer. » D'autres, des badines à la main, ne crai-
gnaient pas de frapper celui qui, pour respirer un
instant, s'arrêtait sur la route. Si l'homme ainsi
maltraité avait encore un peu de sang dans les
veines, il se retournait et menaçait du regard le
gardien. Mais celui-ci portait immédiatement la
main à son revolver et le condamné baissait la
tête.

Un de ces actes de brutalité, dont sir Gardiner
avait été cependant déjà témoin, le révolta tellement
qu'il ne put s'empêcher de dire au commandant :

— Vos gardiens ont donc le droit de frapper
ainsi à tort et à travers ?

— Non, répondit l'ancien capitaine, ce droit ne leur a pas été donné ; mais ils le prennent et personne ne se plaint, pas même les forçats. Ils sont si lâches qu'ils ont fini par aimer le bâton.

— Faute de mieux, sans doute, murmura sir Gardiner.

La colonne, après avoir passé devant l'église et gravi une montée assez douce, était arrivée au *boulevard des Martyrs* ou de la *Guillotine*, noms donnés par les forçats à l'avenue principale du pénitencier, en souvenir des coups de corde qu'on y a longtemps distribués tous les matins et des exécutions capitales dont elle est souvent le théâtre. Des talus gazonnés et deux rangées de longs bâtiments dominent l'allée. Ces bâtiments, séparés les uns des autres par un espace de trois mètres, se composent de deux grandes cases, longues de vingt-cinq mètres sur six de large, n'ayant qu'un rez-de-chaussée exhaussé de trois marches, et pouvant contenir une soixantaine de forçats. L'aspect de ces constructions en granit recouvert de plâtre, avec leurs pignons rectangulaires, armées de barreaux et de grilles à toutes les ouvertures, est des plus tristes.

— Regardez, dit le commandant à son hôte, on va procéder au classement. Quelques minutes suffiront pour répartir dans la troisième et quatrième catégorie, tout mon *contingent*.

On appelle contingent le convoi de forçats qui vient d'arriver.

— Ah, vraiment! fit sir Gardiner malgré ses efforts pour ne rien dire, quelques minutes suffiront ! Ce classement a cependant une grande importance pour ces hommes si je m'en rapporte aux renseignements que vous m'avez donnés. Dans la troisième classe, on jouit à peu près des mêmes avantages que dans la seconde et la première. Il n'y a de différence notable que dans le salaire. En dehors des heures de travail et de sommeil, les condamnés de ces catégories peuvent communiquer entre eux, circuler dans le pénitencier, fumer, lire, se reposer. Dans la quatrième classe, au contraire, ils ne jouissent d'aucun de ces avantages. Ils sont pour la plupart du temps enchaînés, accouplés. Tous les travaux supplémentaires tombent sur eux. N'est-ce pas vrai ?

— Parfaitement exact. Vous avez tout retenu.

lien ne vous a échappé. Vous êtes un excellent
élève, dit en riant l'ancien capitaine.

— Il me semble alors, que ce classement devrait
être étudié, fait avec soin, d'après des notes, des
observations.

— Sans doute, sans doute; c'est ainsi qu'on
procède. On n'envoie dans la quatrième que
es hommes signalés pour inconduite pendant la
raversée, insoumission, révolte... Vous allez voir
a. C'est très bien fait, avec beaucoup d'ordre et
un grand esprit de justice.

— Voyons, dit sir Gardiner qui doutait.

Robin présidait au classement. A quelques pas
u contingent placé sur deux rangs, il lisait et
ppelait des noms inscrits sur un carnet.

— C'est justement la quatrième qu'on appelle...
a liste n'est pas longue, fit le commandant.

Sir Gardiner écouta, fort ému. Si on allait nommer Bérard! Quelle douleur! Et aussi quel retard
pporté à son évasion, car la quatrième catégorie
tait, on le lui avait dit, l'objet d'une surveillance
oute spéciale.

Robin appelait, appelait toujours. Mais sir Gar-
iner n'entendit pas le nom de Bérard.

— Au dernier les bons, fit le surveillant. Et, d'une voix joyeuse, avec un méchant sourire, il cria : Fortier !

Le malheureux sortit immédiatement des rangs pour rejoindre ceux qui précédemment appelés formaient un groupe assez compacte. Mais, en passant devant Robin, il releva la tête et lui jeta ces mots :

— Vous vous vengez. Je m'y attendais.

Robin, furieux, s'élança sur lui. On aurait pu croire qu'il allait le frapper. Il n'en fit rien. Arrivé près du condamné, il se pencha vers lui et d'une voix basse, pressée, lui dit :

— Oui, tu as raison, je me venge des arrêts que m'a infligés le commandant à cause de toi, de l'humiliation que j'ai subie... et d'autre chose encore. Oui, je me venge, et tu en verras de dures. Alors, gare le revolver. Je t'ai manqué une première fois, je ne te manquerai pas la seconde.

— Misérable ! murmura Fortier entre ses dents.

— Ah ! tu m'insultes ! Pour commencer, je vais te faire mettre à la double chaîne.

— Robin ! cria le commandant.

Aussitôt, comme si rien d'extraordinaire ne se

passait, le surveillant se retourna, se dirigea vers son chef, et, arrivé devant lui, retira son képi.

— Qu'arrive-t-il donc ? Quel est cet homme à qui vous parlez ?

— Un nommé Fortier, commandant. Il s'étonne que je l'envoie dans la quatrième... Il ne l'a pas volé cependant. Sa conduite a été déplorable pendant la traversée : insubordination, révolte. Il a fait un mois de cachot. C'est un homme dangereux qui doit être séparé des autres.

— C'est bien. Ayez l'œil sur lui.

Robin salua de nouveau et se retira.

— Vous le voyez, dit le commandant en se tournant vers son hôte, aucun acte d'injustice ne peut se commettre. Je m'informe de tout. Je veille à tout.

Ordinairement, au contraire, il veillait fort peu, laissait tout faire, ne s'inquiétait de rien. Il n'aurait certainement pas interrogé le surveillant-chef si son attention n'avait pas été éveillée par sir Gardiner. Celui-ci, en effet, lorsque Fortier était sorti des rangs, avait été frappé de la physionomie de cet homme qui ne ressemblait en rien aux forçats à figure sinistre ou bestiale, appelés précé-

demment pour faire partie de la quatrième catégorie. Puis il avait cru surprendre un geste, un
regard de Bérard, l'implorant pour son compagnon
d'infortune.

Le classement était terminé. Les hommes, désignés pour faire partie de la quatrième catégorie,
furent conduits vers le bâtiment qui leur était affecté par trois correcteurs, des colosses admirablement choisis par l'administration pour remplir
les fonctions de geôliers et de tourmenteurs. Les
autres, le plus grand nombre, deux cent cinquante environ, se dirigèrent vers deux bâtiments
vides. On ouvrait une case, on y poussait soixante,
soixante-dix hommes, au hasard, les premiers
dans le tas, puis on emplissait une autre case.
En une demi-heure ce fut fini.

— Que vont-ils faire maintenant? demanda sir
Gardiner au commandant.

— Ce qu'ils voudront. Manger, dormir, boire
de la tisane pour se remettre... Demain, on leur
fera faire une petite promenade de santé au bord
de la mer... Oh! ils ne sont pas à plaindre, les
gaillards. Ne les plaignez pas.

La recommandation était inutile. Sir Gardiner ne

ɔngeait pas à s'apitoyer sur le sort de tous ces
ɔmmes pris en masse et qui, pour la plupart,
vaient mérité leur sort. Mais il plaignait quel-
ues-uns d'entre eux, des égarés, des violents, des
ɔns qu'il aurait dû suffire d'exiler, de condamner
ɔ travail sans les torturer, des malheureux qui
ɔraient peut-être devenus meilleurs sans la pro-
iscuité qu'on leur infligeait. On leur disait bien :
Ne vous attirez pas de punitions, soyez obéissants,
, après avoir passé d'une catégorie dans une
ɔtre, on vous mettra en concession. Vous aurez,
ɔr la terre ferme, un champ, une cabane, une
ɔmme et peut-être une famille. Vous serez libérés,
ɔus pourrez même être employés par un habitant
ɔ Nouméa comme domestiques ou par le gouverne-
ent comme écrivains. » Mais, avant d'arriver à ce
sultat, que de temps s'écoulerait ! Que de re-
ɔffades, que d'injures, que de coups il faudrait
ɔcevoir sans se plaindre, sans protester, sans faire
ɔ geste, sans dire un mot ! Hélas ! ceux qui, malgré
ɔr déchéance, sont encore restés à peu près des
ɔmmes, ceux qui ont encore une parcelle de dignité,
ɔe goutte de sang, courent plus que les autres le
ɔque de rétrograder de catégorie en catégorie et

de n'être jamais libérés. Pour devenir meilleur, il
faut aussi pouvoir s'isoler, faire un retour sur soi-
même, interroger sa conscience, revoir le passé,
songer à l'avenir. L'isolement est-il possible dans
cette fourmilière humaine ? Les bons sentiments
peuvent-ils jaillir au milieu de ces cris, de ces
imprécations, dans cette atmosphère malsaine, au
contact de tous les crimes et de tous les vices, dans
cet enfer où s'agitent, où s'entassent tous ces mau-
dits ?

XXVII

Plus navré que jamais du spectacle qu'il avait
vu, sir Gardiner, dès que Bérard eut été enfoui dans
sa nouvelle prison, prit congé du commandant et
retourna sur la *Floride*. Celle qui l'attendait anxieu-

ement exigea le récit détaillé de tous les faits dont
l avait été témoin. Quand il eut fini cette triste
narration, elle s'écria :

— Plus de retard, plus de lenteur; agissons
maintenant!

— Oui, oui, répondit sir Gardiner. Mais, comment agir, si de son côté votre père ne nous aide
as, s'il ne sait pas ce qu'il doit faire, si nous
ontinuons à ne pas lui parler ?

Il ajouta quelques secondes après :

— J'ai cherché quelqu'un qui pût nous servir
intermédiaire et je crois avoir trouvé.

Interrogé aussitôt, il fit part de l'épisode qui
ncernait Fortier.

— Au moment, lui dit-il, où cet homme a été
signé pour faire partie de la quatrième catégorie,
physionomie de votre père s'est assombrie. Puis,
l'ai vu tressaillir, lorsque le surveillant-chef s'est
ncé sur son prisonnier comme s'il allait le frap-
.... Je ne serais pas étonné que ce Fortier, qui
   paraît valoir mieux que ses compagnons, et
t l'attitude, le regard, dénotent une certaine
rgie, ait rendu des services à M. Bérard pendant
raversée, se soit montré bon pour lui... Si je ne

10

me trompe pas... et rassurez-vous, je n'agirai
que si je suis sûr de ne pas me tromper... cet
homme pourrait devenir l'intermédiaire dont nous
avons besoin.

— C'est possible, fit-elle après avoir réfléchi.
Mais il faudrait pour cela qu'il habitât la partie du
pénitencier où est enfermé mon père, et vous venez de me dire, au contraire, qu'on l'avait placé
dans la quatrième classe, qui ne communique pas
avec les trois autres.

— Je me charge, reprit sir Gardiner, de le faire
changer de catégorie. Il me suffira de dire un mot
à ce commandant dont je me suis fait l'ami par
politique. Je m'interdis rigoureusement de protéger votre père, afin de ne pas éveiller la mé-
fiance de ses geôliers; mais rien ne m'empêche
de témoigner quelque intérêt à un autre condamné.
La sympathie que je lui montrerai nous servira
même à détourner les soupçons, si on était tenté
d'en concevoir. L'attention se portera sur lui seul.

— Oui, l'idée est bonne. Mais, vous avez été le
premier à le dire : il ne faut pas nous tromper.
Comment savoir si l'inconnu en question est digne
de votre confiance ?

— Votre père nous le dira. Il a dû faire les mêmes raisonnements. Il comprend que nous avons besoin d'entrer en relations avec lui, et il nous en indiquera le moyen par un mot, par un geste, à la première occasion. Demain, le convoi de condamnés arrivé aujourd'hui doit faire une promenade le long du rivage de l'île. Je saurai de quel côté se dirigera, et j'essaierai de me rapprocher de votre père.

— Ne pourrais-je pas vous accompagner et le voir, le voir encore?

— Non, je ne vous le conseille pas. Vous éveillerez trop l'attention. Moi, au contraire, on ne me remarque plus.

Le lendemain, sir Gardiner se mit en tenue de chasseur, monta dans son canot et se fit débarquer à l'île Nou. Au lieu de gagner les lieux habités, il se jeta dans la *brousse* et gravit bientôt les collines qui dominent l'île. Dans l'après-midi, vers trois heures, lorsque la grande chaleur du jour fut tombée, il vit une longue file d'hommes marchant deux à deux, par un étroit sentier, le long de la mer. Cette colonne semblait se diriger sur un point de l'île appelé *la Vacherie*, où quelques maigres bestiaux

erraient au milieu de pâturages plus maigres encore. Aussitôt, sans se presser, le nez au vent, son
fusil à la main, il marcha vers cette partie de
l'île, et, lorsqu'il l'eut atteinte, comme fatigué de
sa course, il s'étendit sous un arbre.

Il ne s'était pas trompé : le contingent arriva
bientôt dans les environs de la Vacherie, et une
halte fut ordonnée. Sir Gardiner, au lieu de céder
la place aux nouveaux venus, feignit de ne les avoir
ni vus, ni entendus et de dormir profondément.
Les surveillants s'inquiétèrent d'abord de la présence d'un étranger dans cette partie de l'île. Mais,
s'étant approchés, ils reconnurent sir Gardiner et
n'osèrent déranger l'ami de leur chef, le propriétaire
du magnifique navire qui se balançait là-bas dans
la mer, à une demi-lieue du rivage.

Un quart d'heure s'écoula, puis l'Américain entr'ouvrit les yeux et aperçut Bérard. Il se promenait lentement, poussant droit devant lui, puis revenant sur ses pas, en se rapprochant chaque
fois davantage. Lorsqu'il ne fut plus séparé de sir
Gardiner que par une courte distance, sans s'arrêter et après s'être assuré que personne ne l'entendait, il laissa tomber ces mots : « Il faut pro-

téger Fortier, essayer qu'il fasse partie de ma classe. On peut avoir une confiance complète en lui. » Il n'en dit pas davantage et s'éloigna. Mais ces paroles suffisaient : l'esprit tendu vers un seul point comme sa fille et sir Gardiner, il avait deviné leur embarras et venait de leur donner le moyen d'en sortir.

Sir Gardiner, lorsque Bérard se fut éloigné, parut se réveiller. Il se redressa, promena un regard étonné autour de lui, aperçut le troupeau de forçats, et, comme s'il ne voulait pas rester plus longtemps en si mauvaise compagnie, s'empressa de quitter ces parages.

Cet empressement était motivé surtout par le désir qu'il avait de rejoindre Mlle Bérard et de se concerter avec elle. Aussi, dans sa précipitation, au lieu de suivre les sinuosités du rivage pour gagner le point où son canot l'attendait, il prit une route de traverse. Il la parcourait depuis un instant et se trouvait dans le voisinage d'une carrière en exploitation, lorsqu'il vit tout à coup s'avancer vers lui une bande de cinquante forçats environ qui revenaient du travail. Ils marchaient lentement, péniblement, la tête courbée, le regard craintif. Leurs visages

10.

pâles, décharnés, flétris, disaient leurs misères, mais aussi leurs vices et leur avilissement. C'était un des pelotons de punition appartenant à la quatrième catégorie. Quelques-uns de ces hommes, quelques-uns seulement, n'avaient point de fers, en récompense, sans doute, d'une soumission relative et momentanée. Tous les autres portaient des chaînes : ceux-ci, une seule attachée à la cheville et s'élevant jusqu'à la hanche, le long de la cuisse ; ceux-là, deux chaînes passées dans une *manille* et venant s'accrocher sur la hanche. Ces derniers, enfin, se trouvaient accouplés, c'est-à-dire qu'une des deux chaînes était réunie à celle d'un autre forçat, par un anneau appelé *mariage*.

L'Américain s'arrêta pour laisser défiler ces misérables. La plupart, en le frôlant, jetèrent sur lui des regards de haine, d'envie; d'autres ricanèrent. Un seul ôta son grand chapeau de paille.

Sir Gardiner reconnut l'homme de la veille : Fortier. Le malheureux avait la double chaîne et était accouplé à un petit homme d'aspect sinistre.

— Qui t'a permis de saluer ? s'écria un gardien en s'élançant, le poing levé, sur Fortier.

Sir Gardiner avait rejoint le surveillant :

— Pourquoi ne voulez-vous pas que cet homme ne salue? demanda-t-il.

— Parce que, monsieur, balbutia le gardien, 'avais peur que cela vous déplût.

— Cela me déplaît si peu que je lui rends son alut. Il est malheureux et je m'incline toujours de-ant le malheur.

Le surveillant ne comprit pas. C'était trop fort our lui.

Le troupeau s'éloigna. Toutes les chaînes, en se eurtant les unes contre les autres, en frappant les ochers de la route, faisaient un bruit lamentable.

Sir Gardiner reprit sa marche. Servi comme il était par ses grandes jambes, de vraies échasses, paraissait courir. Une demi-heure lui suffit pour rriver dans la partie habitée de l'île. Sur la route ui conduit au débarcadère, il rencontra son ami commandant.

— Enfin vous voilà! s'écria celui-ci en accou-nt lui serrer la main. Vous chassez dans mon ?, sur mes terres, depuis ce matin, et vous êtes pas venu me voir. C'est mal, et pour vous prendre, je vous condamne à rester à dîner avec oi.

— Impossible, mon cher monsieur, impossible. Je suis obligé de retourner à mon bord; mais **nous** pouvons tout arranger. C'est vous qui **viendrez** dîner sur la *Floride*.

— Encore ! J'abuse vraiment.

— Nullement. Vous nous faites toujours **grand** plaisir. Du reste, je crois que ma sœur désire vous parler.

— Quelle bonne fortune pour moi !... Savez-vous de quoi il s'agit ?

— Pas précisément. Quelque recommandation, je crois. On vous expliquera... C'est entendu, dans une heure, sur mon yacht ?

— Je serai exact... Vous allez en avant ?

— Oui, des lettres à écrire. **Le paquebot part** demain.

Bientôt, Jeanne Bérard fut au courant de tout ce qui s'était passé dans la journée.

— Vous le voyez, dit en terminant sir Gardiner, je n'ai pas perdu une minute. Ce soir même, vous pourrez recommander l'homme que nous a désigné votre père, et le commandant sera trop heureux de vous être agréable.

— Je n'en doute pas. Mais ne vous paraîtrait-il

as utile d'avoir quelques renseignements sur ce
ortier, de le connaître davantage, afin de pouvoir
épondre aux objections qu'on serait tenté de nous
faire?

— Qui pourra nous donner ces renseigments?

— Un officier quelconque du transport la *Saône*.
'en connaissez-vous aucun?

— Si, un lieutenant de vaisseau, qui est justement venu me voir ce matin... J'y songe, je l'ai
invité à diner pour ce soir. On dirait que j'a-
ais prévu le cas... Allons, tout nous sourit en ce
oment, et j'ai bon espoir.

XXVIII

A six heures, une des embarcations de la *Saône*
un canot de l'île Nou amenèrent à bord de la

Floride le lieutenant de vaisseau M. X..., et le commandant du pénitencier. On les fit immédiatement descendre dans le salon du yacht, où Mlle Bérard, très simplement mise, mais délicieusement jolie, les reçut à ravir. Auprès de cette jeune fille d'une distinction parfaite, dans ce salon luxueux, les hôtes de la *Floride* allaient oublier qu'ils se trouvaient à six mille lieues de Paris, sur les côtes de la Nouvelle-Calédonie, un bien misérable pays, quoi qu'en puissent dire ceux qui ont eu le bonheur de n'y jamais aller.

Pendant tout le dîner, Mlle Bérard parla de choses indifférentes, sans aborder le sujet qui lui tenait au cœur. Elle voulait ne paraître y attacher qu'une médiocre importance et subjuguer ses hôtes de telle sorte qu'elle fût certaine de la victoire. Vers huit heures, on alla prendre le café sur le pont par un temps superbe, sous un ciel étoilé. Alors, cédant aux instances du commandant qui la priait de lui dire en quoi il pouvait lui être agréable, elle finit par s'expliquer.

— Il s'agit pour moi, fit-elle, de rendre service à une Française avec laquelle je me suis liée pendant mon dernier séjour à Paris... Elle se trouve avoir

our frère de lait, m'écrit-elle, un nommé Fortier
qui, dans un moment de folie, a commis un
crime... Mon amie ne s'explique pas davantage sur
la nature du crime... Elle me dit seulement que ce
Fortier a été condamné aux travaux forcés et qu'il
est parti pour la Nouvelle-Calédonie sur le transport la *Saône*... Elle me sait ici, me suppose un
peu d'influence et me supplie de recommander son
frère de lait aux autorités du pays, aux personnes
dont il dépend.

— C'est entendu, mademoiselle, s'écria le commandant du pénitencier. Toute ma bienveillance
est acquise à votre protégé... Fortier... Fortier !..
Attendez donc... Il me semble que je connais ce
nom.

— Moi aussi, hasarda sir Gardiner. Je crois
même qu'il a été prononcé devant moi, tout dernièrement... Oui, je ne me trompe pas. Ne serait-ce
pas l'homme que votre surveillant-chef a placé hier
dans la quatrième catégorie ?... Vous savez bien...
Le fait vous a frappé, vous aussi, et devant moi,
vous avez interrogé...

— Mon surveillant-chef... J'y suis maintenant...
C'est bien cela... Fortier... Diable, c'est ennuyeux !

— Qu'est-ce qui est ennuyeux, commandant ; demanda Mlle Bérard.

— Que votre protégé, mademoiselle, soit dans la quatrième catégorie. J'aurai de la peine à faire pour lui tout ce que je voudrais.

— Où serait le mérite si vous n'aviez pas de peine, mon cher commandant ? reprit-elle, en accompagnant cette phrase de son plus gracieux sourire.

— C'est juste... C'est très juste... Cependant les règlements...

— Oh ! lorsque vous le voulez bien, il n'y a plus de règlements. Vous êtes maitre absolu.

— Puis, reprit sir Gardiner, rien ne prouve que ce Fortier mérite d'être traité aussi sévèrement. On lui reproche d'avoir été mis au cachot sur la *Saône*. Ce n'est pas une raison pour que le châtiment continue. Votre surveillant-chef lui en veut peut-être.

— Je crois bien qu'il lui en veut, dit le lieutenant de vaisseau, qui avait écouté jusque-là en silence. Ce surveillant doit s'appeler Robin, n'est-ce pas ?

— Oui, en effet.

— J'en étais sûr. Eh bien, Robin a été suspendu de ses fonctions à cause de Fortier et mis aux arrêts par le commandant de la *Saône*, pendant la moitié de la traversée.

— Ah bah! Voyez-vous cela! s'écria sir Gardiner. Je ne croyais pas frapper si juste. Donnez-nous donc, cher monsieur, quelques détails sur cette affaire ; elle paraît curieuse.

— Et je ne serais pas fâché de mieux connaître, ajouta Mlle Bérard, la personne à laquelle mon amie me prie de m'intéresser.

Le lieutenant de vaisseau, à mots couverts, avec un grand tact, raconta l'aventure de Fortier, de Robin et de Marcelle Hébert sur le transport et conclut en disant : Je suis de ceux qui l'ont acquitté lorsqu'il a passé devant le conseil de guerre, et je ne vous cache pas que cet homme, malgré son crime d'autrefois, me paraît digne de quelque bienveillance.

— Eh bien, mon cher commandant, dit sir Gardiner, vous le voyez, il ne s'agissait que de s'expliquer. Le sieur Robin, lorsqu'il a envoyé ce condamné dans la quatrième classe, se vengeait d'un rival et commettait un acte monstrueux d'in-

11

justice. Heureusement que vous êtes là pour le réparer.

— Je crois bien que je suis là, s'écria le commandant, je crois bien ! Je ne veux pas qu'il soit dit que, sous mon administration... Ah ! c'est trop fort ! Robin aura de mes nouvelles, je vous en réponds. Quant à votre protégé, mademoiselle, je le ferai passer, dès demain, dans la troisième catégorie et s'il se conduit bien, je vous promets qu'il ne tardera pas, à être mis en concession... Voilà comme je suis, moi : sévère avec les mauvais, indulgent pour les bons.

— Une main de fer, un cœur d'or, acheva sir Gardiner. C'est ce que je disais de vous, dans mon dernier article sur votre pénitencier.

— Ah ! vous avez dit cela ?

— Sans doute. Je vous avais jugé, mon cher monsieur, avant de vous connaître entièrement.

L'ancien capitaine d'infanterie de marine, qui avait bien dîné, bu d'excellents vins de France et qui fumait en ce moment un cigare de choix, prenait pour argent comptant tout ce que lui débitait sir Gardiner et, dans son épanouissement, s'écriait, quelques minutes après en prenant congé de lui :

— Mon ami, mon cher ami, combien je vous remercie de m'avoir fourni l'occasion de faire un acte de justice !

Sir Gardiner et Mlle Bérard, lorsqu'ils furent seuls, reconnurent que si la partie n'était pas gagnée, elle paraissait, du moins, bien entamée.

XXIX

Lorsqu'un homme n'a pas l'habitude de bien faire et qu'il se met tout à coup en tête de remplir ses devoirs, lorsque surtout ses intérêts et ses désirs se trouvent d'accord avec sa bonne action, l'acte de justice qu'il médite, rien ne l'arrête et on serait tenté de croire, tant il y met d'ardeur, qu'il a été toute sa vie impartial, intègre et juste.

Aussi, à peine fut-il réveillé le lendemain, que

le commandant du pénitencier de l'île Nou fit appeler le surveillant-chef Robin, lui reprocha sa conduite dans les termes les plus vifs et lui annonça qu'il allait adresser contre lui un rapport au directeur général. En attendant, il le suspendait de ses fonctions pour quinze jours. Décidément, Robin n'avait pas de chance. Rien ne lui réussissait quand il s'agissait de Fortier. Cette seconde leçon devait-elle lui profiter? Ses désirs de vengeance ne deviendraient-ils pas plus âpres, plus violents?

Après s'être occupé de Robin, le commandant se fit amener Fortier, entra en fureur lorsqu'il le vit accouplé sans motif sérieux, et, après l'avoir fait délivrer de sa double chaine, ordonna de le conduire dans les bâtiments affectés au contingent de la troisième catégorie. Au moment où il donnait cet ordre, il aperçut sir Gardiner qui venait s'inviter à déjeuner.

— Vous arrivez bien, s'écria-t-il. Vous avez pu vous rendre compte de la façon dont je rends la justice.

— Et je vous admire. Ah! si le pouvoir était toujours entre les mains d'hommes comme vous!

Profitant de l'effet produit par ces dernières pa-

roles, sir Gardiner prit à part le commandant, lui
montra Fortier et ajouta :

— Me permettriez-vous de donner à cet homme
des nouvelles de sa famille?. Ma sœur m'en a
prié, et si vous n'y voyez pas d'obstacles...

— Aucun, cher monsieur, aucun.

Il donna l'ordre de laisser sir Gardiner communiquer avec Fortier et s'éloigna lui-même quelques
instants. A peine fut-il parti, que l'Américain rejoignit son protégé, et très vite, à voix basse :

— L'intérêt que je vous porte m'a été inspiré
par un de vos compagnons à bord de la *Saône*,
Bérard. Il lui a suffi de me dire : « Ayez en Fortier
la confiance la plus complète. » Je l'ai cru... J'ai eu
raison, n'est-ce pas ?

— Certes, monsieur, répondit Fortier en regardant sir Gardiner droit dans les yeux. Je dois la
vie à celui dont vous parlez. Sans lui, j'étais condamné à mort... Je lui dois plus encore. Il a fait
entrer dans mon cœur quelques bons sentiments
que j'ignorais. Je suis meilleur. Je me repens
aujourd'hui de mon crime d'autrefois ; j'en comprends toute l'horreur et je veux l'expier... Aussi
mon dévouement au compagnon que le sort m'a

donné est absolu. Vous pouvez tout ordonner, sans crainte de m'exposer aux châtiments, quels qu'ils soient.

— Je ne vous demande qu'une chose : servir d'intermédiaire entre nous, car personne ne doit se douter ici, personne, que je m'occupe de lui, que je sais même qu'il existe.

— C'est entendu.

— Dans le bagne, c'est vous seul que je connais, vous seul à qui je m'intéresse. On ne trouvera pas extraordinaire que je vous parle de temps à autre, et vous lui répéterez ce que je vous aurai dit.

— Comptez sur moi, monsieur.

— Aujourd'hui, vous lui direz seulement que toutes les nouvelles sont excellentes, que l'heure est proche... Vous vous souviendrez ?

— Exactement.

— Merci... Maintenant, que puis-je faire pour vous ?

— Rien, monsieur, rien... Vous avez tout fait, car c'est à vous, je le comprends bien, que je dois le changement qui vient de s'opérer dans ma situation.

— Non, c'est à lui, et j'espère que vous lui de-

vrez davantage encore... Pour le moment, il me
serait agréable de vous rendre service personnel-
lement. Voyons, cherchez.

— Ah! si j'osais.

— Parlez !

— C'est que vous ne comprendrez pas. Vous
ne savez pas...

— Je sais tout. On m'a parlé de Marcelle Hébert. Vous voudriez sans doute...

— Oui, oui, c'est cela, c'est cela... Je voudrais
avoir de ses nouvelles, lui donner des miennes.
Je voudrais qu'elle pût savoir qu'on s'intéresse à
moi, que je ne suis pas abandonné, livré à ce
Robin. J'ai peur, monsieur, qu'elle ne se dise :
« Il ne quittera jamais le pénitencier de l'île Nou ;
il ne sera jamais libéré. A quoi bon l'attendre ! »
Pressée par l'administration, sollicitée par les sœurs,
elle pourrait se décider à en épouser un autre !
Oh! alors, je ne répondrais plus de moi... Si je
consens à vivre, à souffrir, c'est que je suis soutenu par la pensée qu'un jour nous serons réunis.

— Où est-elle ? Au camp de Bourail sans doute ?

— Oui, monsieur.

— Eh bien, je vous promets de la voir, de la

protéger comme je vous protégerai toujours, au nom de celui que vous allez rejoindre... Partez, partez... Je suis certain maintenant que Bérard a raison d'avoir confiance en vous.

— Oui, monsieur, oui, je sais haïr... Hélas! mon crime l'a prouvé... Mais ceux qui sont bons pour moi, je sais les aimer jusqu'à la mort!

XXX

L'arrivée de Fortier dans les bâtiments affectés aux transportés de la *Saône* fit sensation. Personne, excepté peut-être Bérard, ne s'attendait à le revoir. On s'était dit : « C'est fini pour lui maintenant. Robin l'a repris, il ne le lâchera pas. Il le fera mourir de fatigue, de faim et de misère à la double chaine, ou bien il le tuera d'un coup de revolver.

Si avec nous on ne se gêne pas, les surveillants se
gênent encore moins avec les hommes de la quatrième catégorie : le moindre refus d'obéissance,
un geste, une parole suffisent souvent pour provoquer un meurtre. Décidément Fortier est un homme
mort. » Et voilà que ce Fortier, qu'ils enterraient
déjà, ressuscitait pour la seconde fois. On accourait
de toutes parts lui serrer la main, afin de s'assurer
qu'il était vivant, bien vivant. On lui criait : « Eh
bien, mon *vioc* (vieux), tu défends rudement ta
cargue (chair). Si tu as toujours autant de chance,
tu finiras par faire un *faggir* (forçat colon). »

L'étonnement n'eut plus de bornes lorsqu'on
apprit que Robin était de nouveau suspendu de
ses fonctions et mis aux arrêts pour quinze jours.
« C'est une maladie, il en mourra, disaient les
loustics de la bande. Vous verrez que, de punition en punition, il finira par devenir forçat
comme nous. — Alors, disait un Parisien, je me
ferai *correcteur* pour le *passer au banc* (coucher
sur le banc où l'on fouette les condamnés).

On célébra la seconde résurrection de Fortier,
comme on avait fêté la première sur la *Saône*, par
des cris et des chansons. Quelques plaisants orga-

11

nisèrent même un concert composé du *forçat libéré,*
une vieille romance bien connue dans les bagnes,
de la *Tourterelle* et de *Dix ans de réclusion,* dont
le refrain est des moins poétiques :

Quand on a le *floc de sac*, on peut passer partout.

Puis, pour compléter la fête, le vin, le tafia,
cette eau-de-vie des pays chauds, vendue en cachette par certains gardiens qui en font commerce,
circulèrent de main en main. Quand les têtes furent échauffées, les *rabatteurs,* espèces de crou-
piers employés par les *teneurs de jeu,* étendirent
des couvertures par terre et l'éternel *vendôme* commença. Le jeu, toujours le jeu, dans les cases,
comme autrefois dans les cages du transport.
Mais, à la Nouvelle-Calédonie, il est encore plus
dangereux. Les esprits sont plus surexcités, les têtes
s'exaltent. Des querelles s'engagent entre perdants
et gagnants. Les rixes succèdent aux querelles et
personne ne songe à les apaiser. Au contraire, une
bataille est un sujet de distraction, un spectacle.

« *Chaires* (hardi), *chaires,* crie-t-on de toutes
parts, *sonnes-y la cafetière* (cogne-lui la tête contre
le mur), *briffes-y le blaire* (mange-lui le nez). »

Excités de la sorte, les adversaires se jettent tête baissée l'un sur l'autre, se frappent, s'enlèvent des morceaux de chair. Quelquefois, c'est encore plus grave. Deux hommes parmi les forçats que leur férocité a rendus célèbres dans le bagne et qu'on a surnommé les *terreurs*, se prennent de querelle. Ceux-là ne sauraient se contenter du poing, des ongles et des dents. Ils crient : *Au lingue !* (au couteau), et toute la case répète : *Au lingue!* On les entoure, on forme un cercle autour d'eux pour compter les coups. Ils se dépouillent de leur blouse de toile, de leur chemise, et, le couteau à la main, se placent en face l'un de l'autre. C'est un duel, un véritable duel, qui se termine d'ordinaire pourtant sans blessure grave. Les *terreurs* se ménagent entre eux. Ils veulent seulement *épater* les assistants et conserver leur empire sur leurs compagnons.

Voilà dans quelle société était rentré Fortier, par faveur toute spéciale et par miracle. Heureusement pour lui qu'il retrouva Bérard assis dans un coin de la case.

— Je vous attendais, lui dit celui-ci.

Il l'interrogea, le pria de répéter toutes les parôles de sir Gardiner, se fit rendre compte des moindres détails de leur entrevue.

— Il n'est entré dans aucune explication sur ses projets ? demanda Bérard lorsque Fortier eut fini de parler.

— Non, par prudence, sans doute, et c'est tout naturel. Mais je les ai devinés. Il prépare probablement une évasion.

— Oui, je ne crains pas de vous le dire, moi qui vous connais mieux que lui... Du reste, vous sauriez, tôt ou tard, notre secret, puisque je compte vous proposer de fuir avec moi.

— Je vous remercie, dit Fortier. Je refuse.

— Pourquoi ?

— Parce que vous fuirez seul plus facilement... Si je jouais un rôle actif dans cette évasion, je ne pourrais pas vous aider comme je compte le faire, veiller sur vous, vous prévenir en cas de danger, vous défendre au besoin... Non, je reste : mon parti est pris.

— Avez-vous bien réfléchi ? Songez que vous êtes jeune encore, que la vie sera longue ici pour vous.

— J'ai tué... J'expie.

— Vous expierez aussi par le travail. Le navire
sur lequel j'espère me réfugier peut vous déposer
en Australie. Rien ne vous empêchera de vous y
fixer, de reprendre votre ancien métier ou d'adop-
ter une autre carrière. On ignorera votre passé.
Vous pourrez devenir un homme nouveau, vous
créer une existence heureuse.

— Et Marcelle Hébert partagera-t-elle cette exis-
ence? Fuira-t-elle avec moi? Non. Eh bien,
je ne la laisserai pas ici pour aller vivre là-bas...
Fuyez seul, fuyez! Je ne vous demande qu'une
chose, c'est de ne pas oublier tout à fait, lorsque
vous serez libre, le misérable auquel vous, un honnête homme, vous avez daigné tendre la main.

XXXI

Si les compagnons de Fortier avaient pu fêter
la délivrance en plein jour, à l'heure du travail,

c'est qu'ils se trouvaient encore dans la période de repos et d'internement dans les cases. Ces courtes vacances ne tardèrent pas à expirer. Cinq jours après leur arrivée, ils furent brusquement réveillés par les correcteurs qui hurlaient et secouaient leurs trousseaux de clefs aux barreaux des fenêtres. A la hâte, on descendit des hamacs ; on s'habilla, les grilles furent ouvertes et les surveillants parurent. Ils venaient chercher tous les hommes du contingent, afin de les conduire à la forge où l'on devait leur retirer l'anneau de fer, la manille rivée à leurs pieds pendant la traversée. Ce déferrement général dura moins longtemps qu'on ne pouvait le supposer : en deux coups frappés sur le *rivet*, des forçats-forgerons firent tomber chaque anneau. Alors les condamnés secouèrent joyeusement leurs jambes devenues plus légères, et, tout regaillardis, allèrent se ranger sur le *boulevard des Martyrs*.

Un roulement de tambour annonça l'appel, puis le classement par *chantier*. Ceux-ci furent désignés pour aller occuper le camp *Est*. Ceux-là devaient travailler à une nouvelle route située à la pointe *Nord*. Ce peloton avait pour mission de consruire des cases dans les environs de l'*Hôpital du Marais*. Ces condamnés autrefois tailleurs, chapeliers, cordonniers, furent répartis dans les divers ateliers. Enfin, une escouade d'une vingtaine d'hommes, parmi lesquels se trouvaient Bérard et Fortier, fut choisie pour *débrousser*, c'est-à-dire défricher les terrains dépendant de la *Ferme Nord*.

L'appel fait, les chantiers formés, les pelotons ainsi divisés, chaque escouade se mit en route pour le lieu assigné. Les vieux condamnés, habitués de l'île Nou, en voyant partir l'escouade de la *Ferme Nord*, avaient crié : « Vous avez de la chance, vous autres. » En effet, la ferme se trouve sous la direction « d'agents de cultures », et de contre-maîtres moins intraitables, plus humains que les surveillants ordinaires. C'est un pénitencier agricole où la discipline est maintenue, d'une façon moins rigoureuse que dans les autres parties de l'île.

« Allons, tout nous sourit pour le moment » dit Fortier à l'oreille de Bérard en cheminant à côté de lui.

Il ne savait pas dire si vrai. Tout lui souriait en effet, grâce à sir Gardiner qui, ce jour-là, avait résolu de s'occuper de lui. Vers deux heures de

l'après-midi, l'Américain montait dans sa balei-
nière et se faisait conduire à Nouméa. Aussitô
arrivé, il se dirigeait vers la maison du directeur
de l'administration pénitentiaire, le grand chef de
la déportation, celui qui a la haute main non seulement sur l'île Nou, mais encore sur les camps
et sur tous les établissements agricoles de la
Nouvelle-Calédonie. Sir Gardiner trouva ce haut
personnage en joyeuse compagnie féminine : Mme la
directrice d'abord, dont c'était le jour de récep-
tion, la jolie Mme Prévot, qui courait toujours la
ville et les salons, en quête d'aventures, et quelques femmes de fonctionnaires.

— Est-il vrai que vous nous quittiez bientôt ? demanda le directeur en s'adressant à son hôte. On
le disait en ville ce matin.

— On ne se trompait pas, hélas! répondit sir
Hanley. Je suis obligé de repartir bientôt pour
New-York et vous m'en voyez désolé. Je me plai-
sais beaucoup dans ce pays où ma sœur et moi
avons trouvé un accueil si cordial.

— Je crois, monsieur, fit la directrice, que vos
regrets dureront moins longtemps que les nôtres.
Vous nous oublierez facilement dans vos voyages,

tandis qu'ici, sur cette terre d'exil, rien ne viendra nous distraire de votre départ.

— En effet, ajouta Mme Prévôt, quand nous ne verrons plus en rade, là en face de nous, votre magnifique yacht sur lequel vous nous avez si bien reçus, nous ne saurons plus que devenir. A propos, partirez-vous, cher monsieur, sans tenir votre promesse?

— Quelle promesse, madame?

— Vous vous étiez engagé... un engagement d'honneur, j'en appelle à ces dames... à nous donner un bal en mer, à bord de la *Floride*.

— Je m'en souviens très bien et je suis prêt à tenir ma parole.

— Quand?

— Dans une dizaine de jours, dès que je serai revenu de Bourail.

— Vous retournez à Bourail? demanda le directeur. Je croyais votre étude terminée.

— Entièrement, mais il s'agit de voir ce fois, avec votre autorisation qui m'est indispensable, une personne à laquelle je m'intéresse.

— Un forçat? demanda-t-on.

— Pas tout à fait. Une transportée arrivée dernièrement sur la *Saône*.

— Marcelle Hébert, fit le directeur.

— Comment, vous savez?

— Je devine puisque vous vous intéressez à Fordier et qu'il est au mieux avec Marcelle Hébert. Ah! vous croyez que je ne sais rien? Je sais tout, et je vous refuse absolument l'autorisation d'aller à Bourail.

Sir Gardiner inquiet d'abord fut bientôt rassuré. Le directeur de la transportation, lui prenant le bras, l'avait entraîné dans un coin du salon et lui disait :

— Non, cher monsieur, je n'admets pas que vous vous donniez la peine de retourner à Bourail... Vous désirez voir Marcelle Hébert; vous la verrez, sans vous déranger. Je vais donner l'ordre de la diriger sur Nouméa. Elle descendra soit à l'hôpital, soit dans la maison des sœurs de Saint-Joseph-de-Cluny, et vous pourrez vous entretenir à votre aise avec elle.

— Je vous remercie mille fois, fit sir Gardiner.

— Oh! ne me remerciez pas pour si peu de chose. J'espère faire mieux. Des visiteurs comme vous sont rares, et dans l'intérêt même de la colonie, nous devons essayer de leur plaire afin de les

ngager à revenir parmi nous… Seulement, ajouta-
-il avec un sourire, avant d'aller plus loin, permettez-moi de vous faire un reproche.

— Un reproche. Lequel?

— Le reproche de vous être adressé à mon su-
bordonné, le commandant du pénitencier de l'île
Nou, au lieu de vous adresser directement à moi,
lorsqu'il s'est agi de recommander Fortier.

— C'est par discrétion, mon cher monsieur…
Je n'aurais jamais osé vous déranger de vos occu-
pations pour si peu de chose : faire passer un forçat
de la quatrième catégorie dans la troisième… car
je n'ai demandé que cela.

— En effet… Et je n'en aurais même pas été informé, sans les complications survenues à propos
du surveillant Robin. Le commandant m'a fait un
rapport sur la conduite de cet homme. J'ai connu
ainsi toute l'affaire, et j'ai appris en même temps
l'intérêt que vous portiez au condamné Fortier…
intérêt sérieux, n'est-ce pas?

— Très sérieux. La lettre écrite à ma sœur est
fort pressante. J'ajouterai que ce malheureux me
paraît digne de la bienveillance qu'on lui témoigne.

— Eh bien, il deviendra mon protégé, puisqu'il

est le vôtre... Je ne puis ni lui faire grâce de sa peine, ni en diminuer la durée. Sa libération ne dépend pas de moi et plusieurs années s'écouleront encore avant qu'il la puisse obtenir. Mais j'en ferai un condamné concessionnaire, un forçat colon, un *faggir*, comme ils disent entre eux. Il aura sur un point de l'île, dans un établissement agricole, sa case, son champ et...

— Sa femme, ajouta sir Gardiner en riant.

— Sa femme aussi... Vous voyez que je le comble... Il est vrai que je travaille en même temps à la colonisation du pays... Tout cela n'est peut-être pas bien régulier. D'ordinaire, je n'envoie en concession que les hommes éprouvés déjà, qui ont passé successivement en catégories, mais ces règles n'ont rien d'absolu, et il me plait, en tout cas, de faire une exception en souvenir de votre séjour parmi nous.

— C'est trop d'amabilité, mon cher directeur, et pour vous témoigner ma reconnaissance, je vais être encore indiscret. Me permettrez-vous d'annoncer cette bonne nouvelle à mon protégé qui devient le vôtre?

— Oui, je vous donnerai l'autorisation de le voir...

Une autorisation régulière, cette fois, ajouta-t-il en souriant de nouveau.

Sir Gardiner partit enchanté de sa visite. Décidément, le directeur général savait tout... excepté ce qu'on voulait lui cacher. Il était tombé dans le piège qu'on lui avait habilement tendu : son attention s'était portée sur Fortier, sur Marcelle Hébert, et il ne songeait aucunement à Bérard. Il ignorait même peut-être sa présence au bagne.

— Rien ne vient donc gêner nos projets d'évasion, conclut sir Gardiner, après avoir rendu compte à Mlle Bérard de sa dernière démarche.

— Non rien ne les gêne, répondit-elle. Cependant ils doivent être modifiés sur certains points.

— Lesquels? Pourquoi?

— Parce qu'il faut éviter maintenant avec le plus grand soin qu'on vous accuse, même après votre départ, d'avoir aidé à une évasion... La conduite du directeur, les faveurs qu'il nous accorde nous créent des devoirs envers lui. Je ne veux pas qu'on puisse dire que sir Gardiner a trompé tout le monde, qu'il a joué ici une comédie. Elle nous a été imposée par les circonstances. Le but que nous poursuivons, le dénouement espéré nous absolvent. Mais, je vous en supplie, prenez vos dispositions pour n'être même pas soupçonné.

— Soit! Je les prendrai.

— Il y a autre chose.

— Quoi donc?

— Nous devons songer à ce condamné, à ce Fortier qui a mérité les sympathies de mon père... Si nous compromettons ceux dont il dépend, s'ils apprennent que nous nous sommes moqués d'eux, ils lui retireront, croyez-le bien, leur protection, et lui feront payer cher nos torts envers eux.

— Oui, oui, c'est très juste. Voilà des difficultés nouvelles. Nous les vaincrons.

— Je n'en doute pas. Combien nous donnonsnous de temps pour les vaincre?

— Très peu de temps; j'ai annoncé mon départ dans dix jours.

— Alors, dans dix jours, mon père serait libre... Je le presserais dans mes bras!

— J'en suis certain.

— Ah! mon ami, quelle reconnaissance éternelle!

Il la regarda sans parler.

XXXII

Trois jours après sa visite au directeur de l'administration pénitentiaire, sir Gardiner reçut deux lettres. La première l'autorisait à voir le condamné Fortier, la seconde l'avisait que Marcelle Hébert était à Nouméa dans la maison des sœurs de Saint-Joseph-de-Cluny et que des ordres avaient été donnés pour qu'il pût s'entretenir avec elle.

Il se rendit le lendemain en ville, se fit indiquer l'asile des sœurs et fut introduit dans un petit parloir où Marcelle vint bientôt le rejoindre. Il ne s'attendait pas à la trouver si jolie, et, à première vue, il s'expliqua la passion qu'elle avait inspirée à Fortier.

— Vous savez qui je suis, mademoiselle? lui demanda-t-il après l'avoir regardée un instant.

— Oui, monsieur, on me l'a dit. Vous vous appelez sir Gardiner et je me suis souvenue que votre nom avait été prononcé devant moi lorsque je n'étais pas encore... ce que je suis devenue. Mais je cherche en vain, depuis le moment où l'on m'a annoncé votre visite, ce qu'un homme comme vous peut vouloir à une pauvre fille comme moi.

— J'ai promis, mademoiselle, à une personne que je veux obliger, de vous donner de ses nouvelles et de lui transmettre ce que vous pourriez avoir à lui dire.

— Quelle personne? demanda-t-elle inquiète, anxieuse.

— Armand Fortier.

— Ah! Il ne lui est arrivé aucun malheur?

— Aucun.

— Il est au pénitencier de l'île Nou?

— Oui.

— On l'a mis dans la quatrième catégorie, n'est-ce pas?

— D'abord, mais j'ai obtenu qu'il passât dans la troisième.

— Ah! tant mieux. J'avais peur pour lui. Le surveillant-chef le hait tellement.

— Je le sais ; mais les protecteurs de Fortier sont plus puissants que Robin.

— Hélas ! malgré leur puissance, Fortier n'en restera pas moins plusieurs années à l'ile Nou avant de...

— Avant de pouvoir vous épouser, n'est-ce pas ? C'est ce que vous voulez dire ?

— Oui, monsieur, c'est cela. Je vois qu'il vous a fait connaître ses projets.

— Que vous approuvez sans doute ?

— Oui.

— Eh bien, attendrez-vous qu'il puisse les réaliser ?

— Certainement, j'attendrai... si je puis toutefois... Je ne m'appartiens pas, moi. J'ai obtenu d'aller en Calédonie, à la condition d'épouser un forçat concessionnaire ou un libéré... Le dimanche, dans l'église de Bourail, on nous fait ranger d'un côté, les transportés se rangent de l'autre, nous regardent, font leur choix et nous demandent en mariage... C'est aussi simple que cela.

— Vous êtes libre de refuser ceux qui se présentent.

— D'en refuser quelques-uns, oui, pendant

quelque temps, mais il ne faut pas que cela dure...
L'administration finit par se fâcher et alors...

— Alors que feriez-vous si on vous obligeait à
épouser un autre homme que Fortier?

— Je me tuerais... J'y suis décidée!

— Vous l'aimez donc?

— Oui je l'aime... à ma façon!

Et s'exaltant, s'échauffant, laissant jaillir ses
pensées que, depuis longtemps, elle ne pouvait
exprimer, elle continua d'une voix chaude, vibrante :

— Oui, je l'aime! Je l'aime depuis le jour où il
m'est apparu derrière les barreaux de sa cage, furieux, terrible, superbe... Je le vois sans cesse,
pâle, les dents serrées, les lèvres entr'ouvertes, le
regard menaçant, la poitrine nue, couverte de sang,
le bras levé, prêt à frapper... Et, lorsqu'il m'appa-
rait ainsi, je me dresse à mon tour, ma poitrine,
tout mon corps se tendent vers lui, mes lèvres le
cherchent, je l'appelle, je lui crie : « Viens! Viens
donc! Je t'aime, je te veux!... » J'ai espéré l'oublier, je ne puis pas... Ce n'est pas son souvenir
qui me revient, c'est son image. Elle est là, toujours là, devant mes yeux. Tout mon être fré-

mit. J'ai la fièvre, j'ai le délire... Ah! ne vous étonnez pas de cet amour ! Est-ce qu'une fille comme moi peut aimer autrement ?.. Mon cœur n'existe pas, on ne l'a jamais fait battre. Je n'ai que des sens... et j'aime avec mes sens.

— Vous vous calomniez, dit sir Gardiner. Un jour vous l'aimerez peut-être comme il vous aime.

— Ah! je ne le souhaite pas, puisqu'on nous force de vivre séparés.

— On va vous réunir, au contraire.

— Hein ! vous dites ?

— Je dis que dans quelques mois, dans quelques semaines, dans quelques jours peut-être, Fortier sera condamné concessionnaire et pourra vous épouser.

Elle s'élança, lui saisit le bras, et, le regardant dans les yeux :

— C'est vrai, c'est vrai ce que vous dites là ?

— Oui, c'est vrai. Le directeur des établissements pénitentiaires me l'a promis.

— Oh! quel bonheur, quel bonheur !

Elle était devenue toute pâle.

— Vous voyez bien que vous l'aimez tout à fait, dit-il.

— C'est possible. Vous avez peut-être raison...
Je ne m'y connais pas, voyez-vous... L'amour n'a
jamais été pour moi que le désir : c'est peut-être
autre chose... En tout cas, je suis heureuse, bien
heureuse à l'idée que nous allons vivre ensemble...
Nous aurons notre maison, n'est-ce pas, notre
champ comme les autres concessionnaires ?.. Ah !
je travaillerai, je travaillerai. Je sais travailler.
J'ai été une fille du peuple, une ouvrière, jusqu'au
jour où... Est-ce que vous allez le voir ?

— Oui, demain.

— Demain, demain ! Que lui direz-vous ?

— Que vous vous seriez tuée si on vous avait
contrainte à épouser un autre homme que lui.

— C'est cela, c'est cela ! Dites-lui cela. Vous
ajouterez que je l'aimerai tellement, que je lui ap-
partiendrai d'une façon si complète qu'il oubliera
toutes ses souffrances, toutes ses tortures passées.
Ah ! il verra ce qu'une créature comme moi, jeune
comme moi, en prison depuis plusieurs années,
peut donner de voluptés !

Lorsqu'il la quitta quelques instants après, elle
le suivit jusqu'à la porte en embrassant ses mains,
ses vêtements, en lui criant : « Merci, merci ! »

XXXIII

Sir Gardiner avait remis au lendemain son voyage à l'île Nou, parce qu'il savait que le commandant du pénitencier se rendait, ce jour-là, pour affaires de service, à Nouméa. Il craignait que son obligeant ami, afin de lui éviter d'aller jusqu'à la ferme Nord, n'envoyât tout simplement chercher Fortier, et il préférait se rendre lui-même dans cet établissement agricole, le bien examiner, en étudier la position exacte. Il arriva sur les terres dépendant de la ferme vers quatre heures de l'après-midi, et aperçut bientôt un groupe de condamnés occupés à défricher la brousse. Fortier et Bérard travaillaient au milieu d'eux, sous un soleil implacable. A quelques pas, un contre-maître, étendu sur une brouette renversée, une grande ombrelle blanche

12.

à la main, fumait sa pipe. Sir Gardiner marcha droit
à lui :

— Voici, lui dit-il, une lettre du directeur général
des établissements pénitentiaires. Elle m'autorise à
voir un des hommes qui travaillent là sous vos yeux :
Fortier. Voudriez-vous l'appeler?

Le contre-maître s'était levé tout honteux d'être
surpris en flagrant délit de paresse par sir Gardiner qu'il connaissait de vue. Il jeta un coup-d'œil
sur le papier et dit :

— Certainement, monsieur, certainement; avec
une lettre comme celle-là, vous pouvez faire ce
qui vous plaira... Mais le soleil est ardent et si
vous vouliez entrer, là-bas, dans un des bâtiments
de la ferme, je vous enverrais Fortier.

— Non, non, c'est inutile. Je vais simplement
me mettre à l'ombre là, derrière cette haie d'acacias; je ne dérangerai pas longtemps cet homme
de son travail. Veuillez l'appeler et lui dire de
me rejoindre.

Il se dirigea vers la place qu'il venait de désigner et attendit Fortier. Dès que celui-ci l'eut
rejoint, tout tremblant d'émotion, il lui rendit
compte, en quelques mots, de son entrevue avec

Marcelle Hébert, lui répéta les paroles qu'elle avait dites et lui fit part des promesses du directeur-général.

— Ah ! monsieur... Ah ! monsieur ! balbutiait Fortier, que la joie étouffait.

Sir Gardiner le laissa se remettre ; puis, après avoir regardé autour de lui, s'être assuré que personne ne pouvait l'entendre, il lui dit à voix basse :

— Maintenant, parlons de Bérard.

— De son évasion, n'est-ce pas? acheva Fortier d'une voix plus basse encore... Ah! vous pouvez avoir confiance en moi, ajouta-t-il en le regardant avec des larmes dans les yeux.

— J'ai en vous une confiance absolue. Vous allez le voir... Bérard est-il prêt à fuir?

— Oui, monsieur, il n'attend que vos instructions.

— Bien... De son côté, a-t-il quelque idée, a-t-il fait quelque plan, de concert avec vous?

— Il croit comme moi qu'il lui sera possible de s'échapper de la ferme et de gagner le rivage, qui est à deux cents mètres de nous.

— Oui, je le sais. J'ai calculé depuis longtemps toutes les distances... Quelle heure vous paraîtrait favorable pour cette fuite?

— Trois heures et demie du matin.

— Pourquoi ?

— C'est l'heure à laquelle M. Bérard, moi et quelques autres condamnés, nous allons tous les jours au pénitencier principal chercher le café et les vivres réservés aux gens de la ferme.

— Personne ne vous accompagne ?

— Si. Un surveillant ou plutôt un agent de culture.

— Et vous pensez que pendant ce trajet de la ferme au pénitencier, Bérard pourra disparaître sans qu'on le voie ?

— Oui, monsieur. A cette heure matinale, on est encore à moitié endormi ; on se traine plutôt qu'on ne marche dans le sentier que vous voyez là-bas et qui conduit directement au pénitencier... Arrivé à la place où nous sommes, M. Bérard profitera de l'obscurité pour se jeter dans ce massif... Si on s'aperçoit de sa disparition, je le préviendrai aussitôt par un cri et il reviendra reprendre son rang. Le coup sera manqué pour ce jour-là ; on recommencera le lendemain... Si, au contraire, le surveillant ne se doute de rien, M. Bérard, lorsque nous aurons disparu, se glissera dans la brousse et gagnera, en quelques minutes, le rivage... Tenez, monsieur, là, derrière ce monticule de sable, cette espèce de dune.

— Bien. Votre plan s'accorde avec le mien... Il ne s'agit plus que de fixer une date... Je suis obligé d'attendre trois ou quatre jours encore. Je veux que l'évasion ait lieu dans la nuit qui précédera mon départ et pendant un bal que je donnerai à bord de mon yacht. Vous le verrez là-bas, éclairé, illuminé; ce sera pour vous le signal... A trois heures et demie du matin, un de mes canots attendra Bérard au point que vous venez de désigner. Si, par aventure, on le voyait monter dans le canot et fuir, aucune embarcation ne pourrait le poursuivre, elles seront toutes, ce soir-là, employées au transport de mes invités à bord de la *Floride*... Que pensez-vous de ce plan?

—Je crois, monsieur, qu'il a grande chance de réussir, si toutefois le surveillant Robin ne vient pas entraver vos projets.

— Ah! vous avez encore peur de cet homme?

— Je suis payé pour cela.

— Mais il n'habite pas de ce côté.

— Oh! il doit rôder dans les environs... S'il pou-

vait se venger de moi, de nous... car il doit soupçonner M. Bérard d'avoir tout révélé autrefois au
commandant de la *Saône*, et d'avoir obtenu ma
grâce... Oui, j'ai peur de lui, j'ai peur!

Sir Gardiner essaya de rassurer Fortier, arrêta
de concert avec lui les derniers détails de l'évasion, et finit par lui dire :

— Je ne vous reverrai plus. Un nouvel entretien pourrait éveiller les soupçons. Mais cela
ne veut pas dire que je ne m'occuperai plus
de vous... Je ne partirai pas sans avoir rap-
pelé au directeur ses promesses... Il les tiendra,
j'en suis persuadé; on ne me manque pas de parole... Il est indispensable seulement que vous ne
vous compromettiez pas dans l'évasion projetée ;
et c'est pourquoi je vous interdis absolument de
vous écarter du plan que nous avons arrêté.

— Je vous obéirai, monsieur, à condition, bien
entendu, qu'aucun incident ne survienne... Si la
vie de M. Bérard était en danger j'oublierais tout
pour lui porter secours.

— Aucun incident ne se présentera ; nos précautions sont trop bien prises... Il me reste à vous
dire que je compte déposer entre les mains du direc-

teur une somme qui vous est destinée et qu'on vous remettra suivant vos besoins. Elle vous servira, lorsque vous serez concessionnaire, à étendre, à développer vos cultures. Je veux qu'on vous cite un jour parmi les anciens condamnés qui ont contribué à la prospérité de ce pays... Maintenant, quittez-moi.

— Oui, monsieur, oui.

Il allait s'éloigner, lorsque tout à coup, s'arrêtant :

— Monsieur... fit-il timidement.

— Que voulez-vous ?

— Je voudrais... je voudrais, murmura-t-il, que vous me permettiez non pas de presser, mais de toucher, d'effleurer votre main... Il me semble que cela me porterait bonheur.

— Bérard vous a-t-il donné la main? demanda sir Gardiner.

— Oui, monsieur; oh ! oui.

— Eh bien, ce qu'a fait Bérard, je puis le faire.

Fortier saisit la main qu'on lui tendait, l'étreignit nerveusement, puis s'éloigna et alla reprendre sa place au milieu des condamnés que le son d'une corne réunissait au milieu de la brousse. Ils avaient droit au repos : cinq heures venaient de sonner.

Sir Gardiner suivit la route qui devait le conduire
à l'embarcadère où l'attendait son canot. Le soleil
déclinait à l'horizon. La grande chaleur était tombée
et une brise apportée par la mer agitait les feuilles
des hauts niaoulis. De la terre échauffée, des fleurs
répandues çà et là dans les buissons du chemin,
de toute cette végétation tropicale, montaient de
chauds parfums. Les insectes bruissaient dans la
fougère brûlée ; des oiseaux de toutes couleurs, ressemblant à des papillons voletaient de feuille en
feuille ; la sève faisait craquer les branches des
acacias. Il marchait, aspirant toute cette vitalité,
heureux lui-même de se sentir vivre, le cœur tout
gonflé d'espérance. Il touchait enfin au but si ardemment caressé !

Tout à coup, là-bas sur la route, près d'une haie,
dans un amoncellement de feuilles de lianes entre-
croisées, il crut apercevoir l'uniforme d'un surveillant. Oui, au képi, des galons d'argent sur une
bande bleue, et au collet de la vareuse, le galon en
zigzag, la *dent de loup* qui indiquait le surveillant-chef. Il fit encore quelques pas et reconnut
Robin.

Fortier ne s'était donc pas trompé : son ennemi rôdait autour de la ferme. Pourquoi? Pour le surprendre en faute sans doute, pour se venger!

Si, à l'heure de l'évasion, Robin guidé par son instinct de geôlier, de bête fauve toujours en quête d'une proie, allait survenir! Comment se débarrasser de lui? Un instant, sir Gardiner se dit : « Si je l'invitais à mon bal. Retenu par son plaisir là-bas, en mer, il ne verra pas ce qui se passera dans l'île. »

Il ne s'arrêta pas à cette idée : un employé de la chiourme, un surveillant malgré son grade de chef, ne pouvait pas prendre part à une fête où se trouvaient réunies toutes les autorités du pays, y compris le gouverneur. Cependant cet homme était dangereux. « J'ai peur de lui pour moi, pour Bérard » venait de dire Fortier.

Mais, à un coude du chemin, sir Gardiner se trouva en présence de Mme Prévôt. Elle rougit en le voyant, et, sans perdre contenance, cependant :

— Tiens, sir Gardiner! Vous veniez me voir?

— Comment! Vous demeurez donc ici?

— Pour huit jours, dans cette petite maisonnette, à deux pas de la route, derrière ce massif...

13

Les fonctions de mon mari le retiennent en ce moment toute la journée dans l'île, et il a préféré s'y fixer que de faire des voyages continuels... Comme je ne le quitte jamais, je demeure ici avec lui... Vous comprenez ?

Sir Gardiner comprenait en effet : le beau Robin, toujours en quête d'aventures, grand amateur de femmes, désœuvré puisqu'on l'avait suspendu de ses fonctions, flânait volontiers sur la route près de laquelle demeurait la femme du commissaire de la marine. S'il se cachait, s'il avait des allures d'espion, c'est qu'il craignait d'être surpris, soit en flagrant délit d'amour, soit en flagrant délit de désobéissance, car ses arrêts n'étaient pas encore levés.

Les craintes de sir Gardiner s'évanouirent.

XXXIV

Dans le ciel étoilé, sur un fond bleu sombre, se détache la *Floride*, éclairée, illuminée depuis sa coque jusqu'à l'extrémité de ses mâts et de ses vergues. Par moments, à l'aide de ses foyers électriques, elle s'ensoleille tout à coup. C'est le jour dans la nuit. Au loin, en pleine mer, les navires doivent se demander quel est ce phare inconnu, qui brille ainsi sur les côtes de la Nouvelle-Calédonie.

Ses feux se réfléchissent dans les eaux transparentes qui l'entourent, mais plus loin, à une encâblure à peine, tout est sombre dans la rade, sur la côte. La frégate absorbe toute la lumière. Elle est tellement brillante que tout paraît éteint autour d'elle. On la prendrait volontiers pour un astre, mais un astre habité, car on la voit, on l'entend vivre. Elle rit, elle chante, elle danse. Le pont, recouvert dans toute son étendue d'une vaste tente très élevée, ressemblant au *velum* dont les Romains recouvraient leurs cirques, a été transformé en salle de bal. L'orchestre est au centre. Il se compose de musiciens faisant partie de l'équipage de sir Gardiner et qui le suivent dans tous ses voyages. Les matelots, dans leur costume à peu près semblable à l'uniforme de la marine de guerre américaine, le sabre au côté, le fusil au bras, forment la haie le long des bastingages. Les mâts, les cabestans, les haubans, les cordages sont masqués par des monceaux de fleurs, des fleurs tropicales aux couleurs éclatantes. Tous les jardins de la colonie ont été dévastés. Rien ne rappelle le pont d'un navire ; on se croirait dans une magnifique galerie de fêtes.

La foule est grande. Sir Gardiner s'est montré prodigue d'invitations. Il a pensé que dans une colonie naissante, mêlée comme le sont d'ordinaire toutes les colonies, on n'avait pas le droit d'être difficile. Les nombreux uniformes avec leurs aiguillettes, leurs épaulettes, leurs galons d'argent et d'or, égayent la vue. Les toilettes des femmes, si elles ne sont pas à la dernière mode, se font remarquer par leur extrême fraîcheur, leur variété de couleurs. On chercherait en vain sur les fronts, sur les cous, aux bras, des aigrettes de diamants, des colliers de perles, des bracelets précieux ; mais on voit luire des yeux brillants, rire des dents blanches et des lèvres rouges, miroiter des épaules franchement décolletées. La douceur du climat, dans ces pays toujours ensoleillés, semble tolérer une demi-nudité chez la femme. Sa coquetterie et sa sensualité profitent de cette tolérance et en font profiter les hommes.

Parmi les moins vêtues, il est juste de citer la jolie Mme Prévôt. On se demande où finit son décolletage, si c'est un corsage de robe ou une chemisette qui essaie en vain de cacher sa poitrine, très ferme et d'un modelé parfait. On ignore aussi si elle est revêtue d'une jupe ou d'une simple maillot, tant ses formes replètes se dessinent nettement. On la remarque beaucoup, elle fait grand effet... il y a de quoi... et paraît ravie. Elle danse comme une perdue, se presse contre ses valseurs, les enserre,

les étreint. Ce n'est plus une femme, c'est un lierre.
Lorsqu'elle ne danse pas elle sautille de place en
place comme un oiseau, babille avec toutes les
femmes, coquette avec tous les hommes. On dirait
qu'elle est la maîtresse du lieu, qu'elle fait les hon-
neurs du bal, qu'elle en est la reine.

La véritable reine, *Reine de Beauté*, Mlle Jeanne
Bérard, se distingue au contraire par sa simplicité
et sa réserve. Vêtue d'une robe de tulle noir en-
guirlandé de fleurs et presque montante, elle aide
sir Gardiner à recevoir ses hôtes ; mais, sans se
prodiguer, sans bruit, très calme, tenant à distance
la plupart de ces femmes qu'elle ne doit plus revoir, de ces hommes qui lui sont indifférents. Elle
refuse de danser, sous le prétexte de veiller au
plaisir de tous, et se tient assise entre la femme du
gouverneur et la directrice générale, les yeux
fixés sur le groupe de danseurs, la pensée, le
cœur à l'île Nou, dans les environs de la ferme
Nord.

— Mais, mon cher monsieur, je ne me trompe
pas, dit le gouverneur à sir Gardiner, votre yacht
est en train de chauffer ?

— Est-ce que vous avez le projet de nous emmener

faire une promenade en mer? reprit le commandant de la *Saône*.

— Nullement, messieurs. Mais je pars, vous le
savez, au soleil levant... Le souvenir encore vivace
de votre présence à mon bord, de cette fête qui me
permet d'être avec vous, rendra moins vif le regret
que j'ai de vous quitter.

— C'est charmant et très original, murmura-t-on
de divers côtés.

— C'est égal, je ne suis pas tranquille, fit le commandant du pénitencier. S'il vous prenait fantaisie
de nous enlever tous en bloc, rien ne vous serait
plus facile. Vos matelots américains me paraissent
de rudes gaillards. Ils vous obéissent aveuglé-
ment et vous n'auriez qu'à faire un signe.

— C'est une idée. Je vous enlève.

— Impossible. Que deviendraient mes adminis-
trés? fit le gouverneur.

— Mes transportés? demanda le directeur général.

— Mes forçats? s'écria le commandant du pénitencier de l'île Nou.

— Leurs chefs partis, ils seront tous libres, répondit en riant sir Gardiner... C'est une forme

nouvelle d'évasion. J'y songerai si j'en ai besoin...
En attendant, permettez-moi de vous quitter. Je
vous ai promis un feu d'artifice, je vais le tirer.

— Bravo ! bravo ! cria-t-on de toutes parts.

En effet, sur un des petits ilots de sable, très
nombreux dans la grande rade de Nouméa, sir
Hanley avait fait élever, depuis la veille, par ses
matelots, diverses charpentes destinées à supporter des pièces d'artifice. Cet ilot se trouvait situé
entre la *Floride* et l'ile Nou, et personne ne pouvait s'étonner que sir Gardiner s'y fit transporter
pour veiller aux derniers préparatifs et mettre
lui-même le feu, suivant l'usage, aux premières
fusées. Il quitta donc très ouvertement ses invités et
monta dans une embarcation légère qui l'attendait
au bas de l'échelle de tribord.

Un seul homme s'y trouvait. C'était un Américain d'une trentaine d'années, énergique, résolu,
profondément attaché au propriétaire de la *Floride*.
Lorsque l'embarcation se fut éloignée du navire,
sir Gardiner dit en anglais à celui qu'il venait de
rejoindre :

— Tous mes ordres sont exécutés ?

— Oui, commandant.

— Bien... Rappelle-toi, mon brave William, que tu es mon seul confident. J'aurais pu m'adresser à vingt autres, à tout mon équipage peut-être. Je n'ai voulu avoir confiance qu'en toi. Je compte donc sur ta discrétion absolue.

—Vous avez raison d'y compter.

— Maintenant, écoute. L'homme que je vais chercher à terre est un condamné qu'il me convient de sauver... Aussitôt qu'il apparaîtra sur la plage, je m'élancerai du canot et je le rejoindrai... Quelques secondes lui suffiront pour passer les vêtements que nous lui apportons. Alors, je te donnerai ceux qu'il aura quittés; tu y attacheras une pierre et tu les jetteras à la mer. Je veux que toute trace d'évasion disparaisse... Nous aborderons la *Floride* par l'arrière. Personne ne nous verra: j'ai donné des ordres pour que le souper fût servi dans l'entre-pont immédiatement après le feu d'artifice, non seulement à mes invités, mais à tout l'équipage... Les sabords de ma chambre sont ouverts. C'est par là que je me glisserai avec celui que nous allons sauver... Il restera caché le reste de la nuit... Demain, lorsqu'il apparaîtra sur le pont, nous serons déjà loin de la côte... Je

13.

désire que l'équipage le prenne pour un de mes amis, rencontré à Nouméa, et auquel il me plait d'offrir l'hospitalité... Toi seul, tu connaitras mon secret et tu sauras le garder.

— Oui, commandant.

— Plus de paroles maintenant, agissons... Nous sommes devant l'ilot. Aborde !

XXXV

A la même heure, le contre maitre de la ferme-Nord ouvrit la case, où les condamnés sous ses ordres avaient passé la nuit, et se mit à crier à pleine voix : « Corvée debout ! Corvée debout ! » Alors une vingtaine d'hommes, habitués à être réveillés toutes les nuits, pour les corvées du matin, se levèrent précipitamment. Un quart d'heure après, l'appel fait,

on prenait la route du pénitencier. Le contre-
maître, en tête de son escouade, marchait lentement,
à moitié endormi comme ses hommes. Seuls,
Bérard et Fortier étaient bien éveillés. Ils s'étaient
placés au dernier rang, à côté l'un de l'autre, et
s'avançaient en silence regardant autour d'eux.

Tout à coup, dans la nuit noire, la lumière se fit.
Une longue traînée de feu montait de la mer vers le
ciel. Plusieurs condamnés s'arrêtèrent pour regarder.

— Eh! dites donc, là-bas, voulez-vous bien
marcher! cria le contre-maître.

— C'est un feu d'artifice, dit un homme.

— Eh bien, après? Est-ce que c'est votre affaire? Je ne vous ai pas réveillés pour vous conduire au spectacle. Allons, et plus vite que ça!

La petite colonne se remit en marche, les yeux
fixés sur l'horizon sillonné de fusées, traversé par
de grandes gerbes de feu.

Alors, à l'endroit où le chemin tournait brusquement, près d'un massif épais, Bérard et Fortier, qui
peu à peu avaient laissé leurs compagnons prendre
sur eux une avance de quelques pas, s'arrêtèrent.
Le moment était bien choisi pour qu'on ne s'aper-

çût pas de leur disparition: le feu d'artifice jetait tout son éclat. Aux gerbes avaient succédé des fontaines, des cascades, des arcs de triomphe de toutes couleurs, superbes. Dans l'air pur, le silence de la nuit, les pétards, les chandelles romaines, les bombes détonaient. Tous les condamnés maintenant, et même le contre-maître, regardaient, éblouis.

— Plus d'hésitation. Partez! dit Fortier.

— Adieu! lui répondit Bérard.

Il serra une dernière fois la main de son compagnon d'infortune, et, résolument, se jeta dans la brousse. Il marchait le plus vite possible, courbé en deux, essayant de diminuer sa grande taille. Il voyait à deux cents mètres au plus le rivage, la mer éclairée, illuminée, tandis que le terrain qu'il parcourait restait dans l'obscurité.

Encore quelques pas et il allait atteindre le petit monticule, l'espèce de dune que sir Gardiner avait désignée comme le point sur lequel il fallait se diriger, lorsque tout à coup, devant le monticule, un homme se dressa.

Effrayé, il fit un bond en arrière.

Mais l'homme s'avançait toujours droit sur lui.

Bérard distinguait maintenant l'uniforme de la chiourme.

Une seconde s'écoula et il reconnut Robin.

XXXVI

Comment le surveillant-chef se trouvait-il là, sur la plage, à trois heures et demie du matin ? Fortier avait donc raison de le soupçonner d'espionnage et sir Gardiner se trompait lorsqu'il le croyait uniquement occupé de Mme Prévôt !

Non. Le journaliste américain, bien renseigné sur les appétits amoureux de Robin et sur les mœurs faciles de l'ancienne demi-mondaine, s'était parfaitement rendu compte de la situation : le surveillant, surexcité par un long voyage en mer, pendant lequel ses succès féminins avaient été négatifs, l'imagination encore enfiévrée du souvenir de Marcelle Hébert, s'était jeté à corps perdu dans l'intrigue que le hasard lui offrait. Un soir, comme il prenait l'air sur la route du pénitencier à la ferme, il avait rencontré Mme Prévôt. Cette brune piquante, rondelette, au sourire engageant, le séduisit à première vue. Il s'informa, apprit qu'elle s'attendrissait volontiers et résolut de l'attendrir. Le respect qu'il devait à la femme d'un supérieur, d'un commissaire de la marine, ne l'arrêta pas un seul instant. Il se dit que Mme Prévôt, si elle était bien celle qu'on lui avait dépeinte, ne tenait pas à être si fort respectée, et qu'elle tolérerait, au contraire, certaine audace, si l'audacieux lui plaisait. Il s'était d'autant moins trompé que l'ancienne habitante de la Chaussée d'Antin s'ennuyait fort à l'île Nou, loin des habitants de Nouméa et des officiers de marine, avec qui elle était en coquetterie réglée, souvent déréglée. Il ne s'agissait que d'une retraite de quelques jours, mais certaines femmes n'ont aucun goût pour la retraite, quelle qu'en soit la durée, et ne sauraient admettre l'abstinence, même passagère.

Aussi, lorsque Robin, dont elle avait surpris les

évolutions autour de sa demeure, se décida enfin à
y entrer sous le prétexte de parler au commissaire
de la marine, elle consentit à le recevoir en l'absence de son mari, pour le bien du service. Le beau
surveillant parvint-il à réparer son échec sur le
transport la *Saône*? Triompha-t-il de Mme Prévôt
plus facilement que de Marcelle Hébert? Aucune
révélation n'a été faite à ce sujet. Mais, en Nouvelle-Calédonie, les effluves qui viennent de la mer
ou qu'envoient les plantes et les fleurs sont fort
troublantes, et tout porte à croire que le joli blond
et la belle brune eurent la tête troublée.

Quoi qu'il en fût, le jour de la fête donnée par
sir Gardiner à son bord, Mme Prévôt dit à Robin:
« Sous le prétexte d'une migraine, j'essayerai de
me faire reconduire à terre avant la fin du bal...
Mon mari ne sera pas avec moi... Je le connais.
Il s'endormira dans un coin du navire, et je me
garderai bien de le réveiller... Promenez-vous, cette
nuit, sur la plage. Vous me verrez probablement
y descendre, et vous me reconduirez... jusqu'à ma
porte. »

Robin, très épris, surtout ce soir-là, car Mme Prévôt lui était apparue dans sa toilette ou plutôt dans

son deshabillé de bal, s'empressa de lui obéir.
A partir de minuit, il arpenta courageusement la
route qui borde la mer dans la partie habitée de
l'ile Nou. Il voyait au loin la *Floride*, tout étince-
lante de lumière. Par moments, le vent lui apportait les accords lointains d'une valse, et il songeait,
faute de mieux, à celle qui dansait là-bas.

Mais aucune embarcation ne quittait le bord pour
se diriger vers l'ile. Dans la fièvre du bal, l'avait-
on oublié? Las de monter la garde inutilement,
il finit par se dire : « Si elle n'est pas ici dans un
quart d'heure, je rentre chez moi, je vais me coucher. » Le quart d'heure écoulé, il se donna encore
dix minutes, puis dix autres minutes, et il restait
toujours. C'est l'éternelle histoire de l'homme amoureux qu'on fait attendre.

Enfin, vers deux heures et demie du matin, il
aperçut un canot qui venait de quitter le yacht
et se dirigeait vers l'ile. Où allait-il aborder?
A l'embarcadère? Non. Il allait plus au nord,
comme s'il voulait atterrir dans les parages de la
ferme.

C'était elle sans doute. Il n'en pouvait douter :
elle se faisait descendre le plus près possible de sa

demeure et dans un endroit isolé pour être tout entière à lui.

Vain espoir : le canot aborda l'îlot de sable sur lequel le feu d'artifice était préparé. Au lieu de porter la jolie Mme Prévôt, il portait tout simplement des artificiers.

En effet, des fusées éclatèrent. La fête commençait. Robin regarda. Il n'avait rien autre chose à faire. Et, pendant qu'il regardait, il vit sur la mer illuminée, l'embarcation reprendre sa course. Elle courait droit sur l'île, dans la direction du monticule de sable contre lequel il était appuyé. Pourquoi ?

L'esprit d'un gardien de prison, d'un surveillant de bagne est toujours hanté par des idées, des craintes d'évasion. Robin eut un soupçon et cessant de regarder la mer, tournant le monticule, il jeta un coup d'œil sur la brousse.

Un homme la traversait en courant. Il se dirigeait vers la plage et paraissait avoir le costume des condamnés.

Le surveillant-chef comprit : l'embarcation venait chercher un forçat évadé du pénitencier ou de la ferme.

L'amoureux de Mme Prévôt s'effaça. L'homme de la chiourme reparut, mauvais, féroce.

Il prit le revolver pendu à sa ceinture, l'arma et marcha droit au fuyard.

XXXVII

Pendant qu'il s'avançait pas à pas, le bras droit replié, le revolver à la main, le regard fixé sur l'homme qui était devant lui, Robin se disait : « Si c'était Fortier, avec quelle joie je le tuerais ! » Il l'avait un peu oublié depuis quelque temps pour ne songer qu'à ses amours avec Mme Prévôt ; mais toute sa haine lui revenait en même temps qu'il reprenait son rôle de serveillant.

À trois pas de Bérard, il le reconnut.

— Ah ! c'est toi ! cria-t-il. J'aurais préféré l'au-

tre... Mais tu es son ami ; c'est toujours ça...
Allons, apprête-toi à mourir... Je vais te tuer
comme c'est mon droit.

— Non, ce n'est pas votre droit, dit Bérard
haletant d'avoir couru, mais sans crainte. Les règlements ne vous permettent de tuer un homme
qui cherche à s'évader que s'il résiste. Je ne résiste
pas.

— Eh bien, je suppose que tu résistes, voilà
tout.

— C'est alors un assassinat.

— Qui le saura et qui s'en inquiétera?... Tu ne
seras pas le premier condamné dont nous nous
serons débarrassés parce qu'il nous gênait. Toi, tu
ne m'as pas seulement gêné, tu m'as nui auprès
de mes chefs. Ah! si tu crois que je n'ai pas
deviné d'où venait le coup à bord de la *Saône!*
Tu n'as plus de protecteurs maintenant. Je te
tiens. Je me venge. Tu vas mourir.

Il abaissa son revolver et le dirigea sur la poitrine de son prisonnier.

Mais un homme s'élança. C'était sir Gardiner.

En touchant terre, il avait regardé autour de lui,
surpris, inquiet de ne pas voir Bérard. Puis, or-

donnant au marin qui l'accompagnait de l'attendre, il avait fait quelques pas sur le rivage et atteint le monticule de sable derrière lequel se trouvaient Bérard et Robin. Là, il entendit un bruit de voix, comprit qu'un incident était survenu, et, tournant le monticule, apparut tout à coup.

Il fut obligé de s'arrêter. Robin avait rejoint Bérard, et, lui appuyant le canon de son revolver sur la poitrine, criait : « Je tire si l'on fait un pas vers moi. »

En même temps, son regard se portait sur le nouveau venu, immobile à quelques pas de lui.

— Ah! c'est vous, monsieur, dit-il, vous l'ami de mon commandant? Vous venez me prêter main forte pour reconduire ce forçat au pénitencier?

— Non, je viens pour le sauver.

— Ah vraiment! Je m'en doutais bien un peu. Depuis longtemps je m'étais dit: « Pourquoi sir Gardiner passe-t-il son temps à l'île Nou? Ce n'est point naturel. Il doit y avoir quelque chose là-dessous. Pourquoi lui permet-on de circuler dans le pénitencier, ce qui est formellement interdit aux étrangers?.. C'est imprudent! » Mais si j'avais parlé trop haut, le commandant m'aurait mis aux arrêts. Il m'y a bien envoyé à cause de Fortier que vous protégez, monsieur... Comme tout se découvre ! Votre sympathie pour Fortier vous servait à cacher l'intérêt que vous inspirait Bérard. Sans parler à ce dernier, vous pouviez ainsi communiquer avec lui grâce à l'autre, préparer sa fuite... Eh bien, j'aurai le plaisir, cette fois, d'éclairer l'administration, et j'espère qu'on n'aura plus l'idée de me révoquer.

Il avait dit tout cela, le pistolet toujours appuyé sur la poitrine de Bérard, mais en se frisant la moustache de la main gauche, le sourire aux lèvres et d'un ton prétentieux. Il essayait de poser auprès de sir Gardiner pour un homme bien élevé, comme il posait auprès des femmes pour un beau garçon.

Il ne produisit pas son effet. Sir Hanley, très ému, mais très calme en apparence, lui dit :

— Je crois que vous feriez mieux de moins causer et de vous entendre avec moi.

— M'entendre avec vous, monsieur ! C'est beaucoup d'honneur... Veuillez vous expliquer ?

— Je m'explique... Vous êtes en ce moment aux arrêts ; vous n'avez donc pas de service à faire. Rien ne vous obligeait à vous trouver ici à trois heures du matin... Si Bérard se sauve, personne ne peut songer à vous rendre responsable de cette fuite... Remettez ce revolver à votre ceinture, éloignez-vous et je me charge de votre fortune. Demain, vous serez indépendant, riche même. Je vous en donne ma parole.

Robin resta quelques secondes sans répondre. Il hésitait peut-être. Enfin, il dit :

— Avant d'être surveillant au bagne... un métier que vous méprisez sans doute, monsieur... j'ai été soldat, j'ai été sous-officier. Je ne veux pas me vendre.

— Dites plutôt, répliqua sir Gardiner, que vous sacrifiez vos intérêts à votre vengeance. Si vous aviez encore le respect de votre ancien uniforme, vous n'auriez pas été sur le point tout à l'heure de tuer un homme désarmé. Un soldat n'assassine pas... Mais il faut en finir. Que prétendez-vous faire ?

— Je prétends reconduire ce condamné au pénitencier.

— Allons donc ! Faites un geste, faites un pas et je vous brûle la cervelle. Je suis armé comme vous... Tenez !

— Oui, je vois... Mais, cette arme, vous ne pouvez vous en servir. Si vous la levez seulement sur moi, je tire sur Bérard. Il me sert d'ôtage... Ah! je le reconnais, la partie est égale... seulement, elle deviendra bientôt meilleure pour moi... Dans une heure, le rivage, la brousse s'empliront de monde. On nous trouvera tous les trois ici, à la même place, et l'évasion ne pourra plus avoir lieu. C'est tout ce que je désire.

A peine avait-il prononcé ces derniers mots, que violemment saisi par derrière, il tomba terrassé.

XXXVIII

Après la fuite de Bérard, Fortier, au lieu de rejoindre ses compagnons, était resté à la même place, les yeux fixés sur la brousse. Il se rendait compte de l'imprudence qu'il commettait : il s'exposait à être puni pour s'être ainsi attardé sur la route, à être soupçonné d'avoir facilité l'évasion d'un condamné. Alors l'administration ne tiendrait pas ses promesses : au lieu d'être envoyé en concession, d'épouser Marcelle Hébert, il resterait à l'île Nou, éternellement peut-être !

Et, pourtant, immobile, il suivait toujours Bérard des yeux dans sa course rapide. Aussi passionné dans ses affections que terrible dans ses haines, il se disait : « Si on l'aperçoit, s'il court un danger, je veux aller à son secours. Il m'a sauvé la vie, je lui dois la mienne. Et puis, il a été bon pour moi. Je l'aime. Cela me suffit. »

Bientôt il ne le vit plus : la distance qui les séparait était trop grande.

Une dernière gerbe de feu éclaira le ciel, illumina le rivage. Fortier crut apercevoir deux hommes près du monticule de sable. Sans doute Bérard et sir Gardiner qui l'avait rejoint ? Non, car Bérard n'avançait plus. On l'aurait dit cloué à sa place. Puis le vent, à travers la brousse, apportait un bruit de voix lointaines. Bérard et sir Gardiner

'auraient point parlé dans un pareil moment, ou
ien ils auraient parlé d'une voix tellement éteinte
ue Fortier n'aurait pu les entendre.

Il se passait donc là-bas quelque chose d'extraor-
inaire. Quoi? « Robin! Robin! c'est Robin! » se
it Fortier, qui pensait toujours à son ennemi
omme l'autre pensait à lui.

Il n'hésita pas. A son tour, il s'élança dans la
rousse; mais, au lieu de la traverser en ligne
roite, il fit un grand circuit; au lieu de courir
rectement vers la dune, il la tourna en gagnant
abord le rivage. Maintenant, caché derrière le
onticule de sable, il observait et écoutait.

C'était bien Robin; il ne s'était pas trompé.
obin qui, occupé de son prisonnier et de sir Gar-
ner, ne songeait pas à regarder derrière lui, Ro-
n qui ne le voyait pas.

Il quitta sa cachette et s'avança peu à peu, le
orps courbé, pelotonné, ramassé sur lui-même.
Puis, comme un fauve prêt à fondre sur sa proie,
raidit ses nerfs, tendit ses muscles puissants et,
un bond, s'élança sur le surveillant-chef. Celui-
, ébranlé par ce choc terrible, entraîné par
errière, chancela et tomba lourdement sur le dos,

14

tandis que son arme lui échappait des mains.
Alors Fortier, violemment, lui mit un pied sur la
poitrine pour l'empêcher de se relever, pour
le clouer sur le sol et, ramassant le revolver,
cria :

— A nous deux, maintenant! Les rôles sont
changés. C'est toi qui vas mourir !

Il allait tirer. Bérard s'élança :

— Non, non, faites-lui grâce.

— Lui faire grâce! Ah! ce serait trop bête!...
Lui faire grâce! Pour qu'il aille chercher ses semblables, réveiller toute la chiourme... Avant qu'ils
viennent, vous aurez le temps de vous sauver,
soit! Mais, demain, on visitera le navire où vous
serez caché, on vous trouvera, on vous prendra
et vous mourrez au bagne! Non, non !

Le pied toujours posé sur la poitrine de son ennemi, le poing gauche sur la hanche, le revolver
à la main droite, la tête haute, il dit encore à sir
Gardiner et à Bérard, debout en face de lui :

— Du reste, il ne s'agit pas de vous. C'est à
moi seul que je pense... Si je ne le tue pas, c'est
lui qui me fera mourir comme il l'a déjà tenté, à
la double chaine, accouplé, loin de Marcelle Hébert...

Je ne le veux pas! Je ne le veux pas! C'est mon ennemi que je tue, ce n'est pas le vôtre.

Et, tout à coup, d'un mouvement rapide, sans qu'on eût le temps de l'arrêter, il se courba, appuya le canon du revolver sur le front de Robin, et lui brûla la cervelle.

— Vous êtes libre... Adieu! fit-il en se redressant.

Alors, sans regarder Bérard... il n'osait pas... farouche, il s'élança dans la brousse.

. . . .

Une demi-heure après, il regagnait les bâtiments de la ferme et s'approchait du puits principal, autrefois creusé si péniblement par les condamnés.

Le jour commençait à poindre; au levant le ciel blanchissait.

Lorsque l'escouade qui était allée chercher les vivres au pénitencier revint à la ferme, le contremaître fit l'appel comme il l'avait fait au départ. Deux hommes manquaient : Bérard et Fortier. L'agent de culture jurait, se désolait et se disposait à donner l'alarme quand il aperçut Fortier qui puisait tranquillement de l'eau.

— Que fais-tu là? s'écria-t-il en le rejoignant. Tu n'étais donc pas avec nous ?

— Non. Vous m'avez dit hier que je serais de corvée au puits. Je m'y suis rendu après l'appel.

Le contre-maître n'insista pas : il était trop heureux d'avoir retrouvé un des deux condamnés qu'il croyait en fuite, et, plein d'espoir, il se disait : « Je vais retrouver l'autre. »

Comme il cherchait encore, on entendit un coup de canon. C'était la *Floride* qui appareillait au soleil levant et saluait Nouméa.

Lorsque le contre-maître eût constaté que décidément Bérard avait disparu, il prévint le directeur de la ferme qui, à son tour, signala le fugitif au commandant du pénitencier de l'île Nou. Aussitôt, suivant l'usage, certains surveillants désignés pour ce service exceptionnel organisèrent une battue dans la partie la plus déserte de l'île, celle où se réfugient la plupart des évadés.

Ces recherches n'eurent pour résultat que de faire découvrir, dans la matinée, le cadavre de Robin. L'idée ne vint à personne... et elle ne pouvait venir... de rattacher cette mort à la disparition de

Bérard. C'était ce dernier qui aurait succombé si le surveillant-chef l'avait surpris en flagrant délit de fuite. Du reste, en supposant une lutte invraisemblable, comment admettre que Robin aurait été tué avec son propre revolver, qu'on trouva près de lui et qui devait, pensa-t-on, s'être échappé de sa main dans les convulsions de l'agonie ? En effet, diverses remarques éveillèrent immédiatement dans les esprits l'idée d'un suicide. Tout semblait l'établir : le lieu où avait été trouvé le corps, sa position, l'examen du revolver et, comme indices moraux : les dispositions d'esprit dans lesquelles se trouvait le surveillant-chef depuis quelque temps. Il se montrait, au dire de tous, très affecté des punitions qui lui avaient été infligées par le commandant de la *Saône* et par le commandant du pénitencier, et plusieurs personnes se rappelaient l'avoir entendu murmurer : « Je n'ai plus d'espoir d'avancement, je préfère en finir. » Ces paroles vraies ou fausses, en tout cas mal comprises, confirmèrent les premiers soupçons.

Sans mettre le suicide en doute, quelques-uns l'attribuèrent à une autre cause. Se souvenant des faits et gestes de Robin depuis quelques jours,

14.

de ses allées et venues autour de la maison de
Mme Prévôt, le sachant surtout très inflammable, ils
prétendirent qu'il s'était suicidé par désespoir
amoureux, pris d'une passion subite, violente pour
la femme du commissaire de la marine. Si on avait
mieux connu Robin, et surtout Mme Prévôt, on
n'aurait jamais inventé pareille histoire : le premier
était incapable d'aimer jusqu'à la mort ; la seconde
de désespérer qui que ce fût. Mais si la vérité trouve
parfois des incrédules, les plus fortes invraisem-
blances sont souvent bien accueillies. Mme Prévôt
aurait seule pu protester ; elle s'en garda bien :
le suicide de Robin lui donnait une auréole de vertu.
Elle devenait tout à coup, sans avoir jamais osé
l'espérer, la Lucrèce de Nouméa.

XXXIX

Pendant qu'à l'île Nou, on constatait la mort
d'un surveillant chef et la disparition d'un forçat,

la *Floride*, sous voile et sous vapeur, pour jouir de tous ses avantages, s'éloignait rapidement de Nouméa.

Un aviso de l'État qui aurait reçu l'ordre de lui donner la chasse en eût été pour ses frais de charbon. Le yacht de sir Gardiner pouvait défier les meilleurs marcheurs.

Du reste, pourquoi aurait-on poursuivi le navire américain comme il est arrivé de poursuivre certains bâtiments de commerce en suspicion ? Personne ne se doutait que la *Floride* venait d'enlever au pénitencier un de ses pensionnaires, qu'elle cachait dans ses flancs un condamné à perpétuité. Après le feu d'artifice qu'il prétendit avoir tiré lui-même, ce qui lui valut des bravos unanimes, sir Gardiner avait rejoint ses convives et soupé fort joyeusement. Le repas s'était prolongé jusqu'au matin, les adieux avaient suivi et les autorités du pays, en regagnant leurs demeures, chantaient, sur tous les tons, les louanges du propriétaire de la *Floride*, du grand journaliste américain. Mme Prévôt elle-même, attendrie par le champagne, lui envoyait des baisers à travers l'espace, sans se douter qu'elle allait apprendre, quelques instants après, la mort du beau Robin, qu'elle avait absolument oublié pendant cette nuit de plaisir.

A neuf heures du matin, la *Floride* perdit de vue les côtes de la Nouvelle-Calédonie. Elle ne naviguait plus dans les eaux de la France, et maintenant, à moins qu'elle ne fît relâche dans un port français, on ne pouvait plus lui reprendre son passager. Les lois d'extradition ne s'appliquent qu'aux personnes accusées d'un crime et contre lesquelles une instruction est ouverte. Elle n'a pas atteint jusqu'ici les condamnés en cours de peine. Sir Gardiner aurait donc pu se diriger vers l'Australie et descendre à Sydney, sans que Bérard courût le risque d'être arrêté. Il préféra faire route immédiatement pour San-Francisco. C'était, avec un marcheur comme le sien, un voyage de vingt-cinq à vingt-huit jours au plus.

Et quel délicieux voyage pour celui qui se trouvait libre enfin ! Quelle joie pour ce père et pour cette fille de se voir, de se parler, de se presser l'un contre l'autre, cœur contre cœur ! Leur longue séparation, leurs cruelles épreuves, leurs souffrances, les unissaient encore davantage, donnaient plus de grandeur, de majesté à leur amour.

Elle l'aimait pour sa résignation et son courage superbes dans le malheur. Lui, il l'aimait pour son
sublime dévouement.

Et quelle joie aussi pour sir Hanley Gardiner de
se dire : « J'ai réussi, j'ai triomphé de tous les
obstacles ! Sans moi, cet honnête homme, cet homme
de bien serait encore au bagne. Il y mourrait bientôt. Sans moi, celle que j'adore... » Mais, depuis
qu'il avait réussi, triomphé, il n'osait plus parler de
son amour. Depuis qu'il avait rendu service, il se
faisait tout petit, il devenait plus timide qu'il ne
l'avait jamais été.

Elle le comprit et parla la première. Oui, puisqu'il n'osait plus parler de son amour, elle osa,
elle, parler du sien. Ce ne fut pas un de ces aveux
qu'une jeune fille se laisse arracher et qu'elle voudrait reprendre, que les lèvres murmurent si bas, si
bas, qu'il faut renoncer à entendre et se contenter de
deviner. Elle s'expliqua franchement, noblement, à
pleine voix, le regard sur lui, le cœur grand
ouvert. Ils vivaient ensemble, tous les trois, depuis
quinze jours environ. Ils avaient déjà franchi la
moitié du chemin. Un temps superbe favorisait leur
marche. On aurait dit que le ciel et la mer, pour les

dédommager de leurs souffrances passées, se plaisaient à leur sourire. Il faisait grand jour et grand soleil. Assis sur le pont, loin de l'équipage, ils se taisaient depuis un instant et se regardaient. Tout à coup, elle se leva et un peu pâle, mais sans hésitation, brusquement, elle dit à son père :

— Voulez-vous me permettre, mon père, de faire connaître devant vous, à sir Gardiner, les sentiments qu'il m'inspire ?

Il la regarda un peu étonné, comprit qu'il s'agissait de choses graves et, se levant comme elle :

— Parle ! fit-il.

Sir Gardiner, lui, s'était levé aussi ; mais, comme ses grandes jambes tremblaient, qu'il se soutenait à peine, il s'appuya contre un mât.

Elle commença :

— Un jour, du fond de votre prison, vous m'avez confiée à la loyauté de sir Gardiner. Vous lui avez dit : « Protégez-la, veillez sur elle. C'est une orpheline que je vous remets ; soyez son tuteur, son frère, son père, son ami. Le monde pensera ce qu'il voudra. Que m'importe le monde ! J'ai foi en vous. J'ai foi en elle. » C'étaient de belles et de bonnes paroles, mon père, et vous avez eu raison

de les prononcer. Sir Gardiner a été l'homme
d'honneur que vous supposiez, et j'ai été l'honnête
fille que vous connaissiez bien.

Ils écoutaient tous les deux en silence, immobiles.
Elle, le regard, la voix toujours clairs, le sourire
aux lèvres, continua :

— Nous avons eu cependant du mérite, lui et
moi, non pas à rester d'honnêtes gens, mais à ne
jamais nous dire ce que nous éprouvions, ce que
nous ressentions, ce que nous pensions l'un de
l'autre. Nous vivions de la même vie, côte à côte,
loin du monde, dans une entière liberté, et, au lieu
de me parler de lui, il me parlait de vous, toujours
de vous, mon père... Cependant, il m'aimait. Je
le voyais bien, je le sentais bien... Tenez, regar-
dez-le, il pleure en ce moment. Ses larmes signi-
fient : « C'est vrai, c'est vrai. Merci de m'avoir
compris. »

Il secoua la tête de haut en bas, pour dire : oui.
Il ne pouvait pas parler. Elle lui sourit, et s'adressant toujours à son père, sans baisser la voix, sans
rougir, sûre d'elle-même :

— Et, pendant que son amour grandissait, continua-t-elle, qu'il se dévouait entièrement à moi, à

nous, qu'il nous donnait sa vie tout entière, peu à peu, de mon côté, je m'attachais à lui... Mon cœur, qui n'avait jamais aimé que ma mère, que vous, mon cœur avait des émotions nouvelles, des élans de joie inconnus... Oui, son dévouement m'avait étonnée d'abord, troublée, inquiétée. Il me touchait maintenant, je le comprenais, et je me disais de mon côté: « Pourquoi ne se dévouerait-il pas ? Je suis prête à me dévouer pour lui, moi. Ce serait ma joie! » Oh! ce n'était pas la reconnaissance qui me dictait ce dévouement. La reconnaissance n'a rien à faire entre nous. J'ai prononcé ce mot un jour et il a protesté avec raison. Ce n'est pas la reconnaissance qui m'a entraînée vers lui, qui m'attache à lui, qui fait de nos deux cœurs un seul cœur, c'est autre chose, c'est plus... permettez-moi de le dire devant vous, mon père... c'est mon amour.

Sir Gardiner ne pleurait plus. Il s'était assis et, les mains sur son visage, il sanglotait.

Elle dit encore à son père :

— Vous ne blâmez pas cet amour, n'est-ce pas, vous l'approuvez ?

— Oui, fit-il.

Forte de cet acquiescement, toujours le visage éclairé, elle marcha vers sir Gardiner, lui prit les mains, les écarta de son visage, et, se baissant, l'embrassa sur le front.

Il tressaillit, et, à son tour, les mains dans ses mains, toujours assis, le regard brillant à travers les larmes qui emplissaient ses yeux, la voix profondément troublée, mais chaude, vibrante, il disait :

— Quelle joie, quelle joie vos paroles m'ont causée!... Ah! j'ai cru que j'allais mourir, tant j'étais heureux... Oui, vous avez bien deviné... J'aurais voulu tomber à vos pieds et vous crier : « Merci, merci! » et je ne pouvais pas, je ne pouvais pas... Ah! mon Dieu, ah! mon Dieu! C'est donc vrai, c'est donc vrai!... Vous m'aimez, vous, vous, Jeanne, ma Jeanne! Ah! c'est trop de bonheur, c'est trop... Et c'est vous qui avez parlé... Moi, je n'ai rien dit, je vous ai laissé dire... Je vous ai laissé parler de mon amour... Ah! vous n'en connaissez pas toute la force, toute l'étendue... Si vous saviez ce qu'il y a là, là, dans ce cœur, de tendresse, de dévouement, d'admiration!... Je ne vis que par vous... La vie a commencé pour moi le jour où je

15

vous ai connue... Ah! tenez, tenez, je me tais, je me tais. J'exprime trop mal ce que j'éprouve.

— Mais non, fit-elle en lui souriant toujours, ses mains dans ses mains.

XL

Trois jours s'écoulèrent sans qu'il fût question entre eux de projets d'avenir. L'avenir, à quoi bon! Ils le connaissaient bien. Ils s'aimaient, ils se marieraient ensemble, c'était clair. Jeanne Bérard ne songeait pas à se dire : « Il a une fortune considérable. Je n'ai rien. Ma délicatesse m'oblige à... » Sa délicatesse! Mais elle l'obligeait, au contraire, à ne pas mêler les choses d'argent aux choses de cœur... Et le père, ce travailleur, ce savant qui avait aimé l'étude, la science pour elles-mêmes, et non pas pour les gains qu'elles peuvent procurer, Bérard ne pensait pas qu'on pût soupçonner son désintéressement et celui de sa fille.

Quant à sir Gardiner, il s'occupait encore moins de ces questions. Il était riche: elle partagerait sa fortune comme elle allait partager sa vie... rien de plus simple. Ces trois êtres étaient au-dessus de toutes les petitesses mondaines, de tous les préjugés.

Un soir, comme ils causaient ensemble, sir Gardiner dit simplement, du ton le plus naturel :

— Nous nous marierons à New-York, n'est-ce pas ?

— Non, j'ai le projet de me marier en France, à Paris.

— Ah ! fit-il étonné.

— Alors, tu ne veux donc pas que j'assiste à ton mariage? dit à son tour Bérard.

— Je le veux, au contraire, mon père. Vous me donnerez le bras. Je marcherai fièrement à vos côtés, et je désire que l'église soit pleine.

— Mais c'est impossible, fit sir Gardiner.

— C'est impossible, répéta Bérard.

— Non, ce n'est pas impossible, reprit-elle.

Rien ne nous est impossible parce que nous savons vouloir.

Sir Gardiner gardait maintenant le silence. Il commençait à comprendre et se rappelait certaine conversation qui s'était terminée par ces mots prononcés par Mlle Bérard : « Lorsque mon père sera libre, cela ne me suffira pas. Je veux prouver à tous son innocence. Je ne veux pas qu'on le croie éternellement un assassin. Je ne veux pas être la fille d'un assassin. Je ne veux pas que vous vous soyiez intéressé à des misérables, à des flétris ! »

Mais Bérard, lui, qui ne connaissait pas les intentions de sa fille, les soupçons qu'elle avait conçus, en apprenant le mariage de la princesse Lavisine, ne comprenait pas et disait :

— Je ne puis pas rentrer en France, tu le sais bien. Pourquoi me forcer à dire cela? Si j'y rentrais, je serais aussitôt arrêté, emprisonné de nouveau, renvoyé là-bas.

— Oui, répondit-elle, si vous y rentriez avant que nous ayons trouvé le véritable assassin du prince Lavisine, avant que nous ayons fait annuler l'arrêt qui vous a frappé.

— Est-ce donc possible? fit-il vivement.

— Oui, si toutefois notre grand ami nous prête encore son concours.

— Certes, je vous le prêterai. Mais réussirons-nous ? Vos soupçons étaient bien vagues.

— Je ne trouve pas, dit-elle. Ils me reviennent sans cesse à l'esprit avec une telle persistance que je les crois sérieux... Oui, oui, continua-t-elle, comme si elle se parlait à elle-même, ce mariage précipité, que rien ne justifie, que tout condamne au contraire... Et puis, je ne raisonne pas, je ne veux pas raisonner. Quelque chose en moi me dit : « Tu ne te trompes pas, tu ne te trompes pas. Tu es dans la bonne voie... Étudie, regarde, écoute et tu verras, tu entendras, tu sauras ce que tu as intérêt à savoir. » ...Je veux chercher, je veux trouver. Je trouverai... Ah ! ne me refusez pas de m'aider, mon cher William... Je sais bien que notre mariage sera retardé, mais de quelques mois seulement... et nous avons la vie pour nous aimer, la vie pour être heureux... Pensez donc, quelle joie pour mon père : au lieu d'être exilé de son pays, pouvoir y rentrer la tête haute !... Et moi, moi, qui vous devrai encore cela... Tenez, dans l'intérêt même de nos amours, il faut essayer, il faut réussir... Je souffri-

rais trop à la pensée que vous ne pouvez pas dire
franchement le nom de votre femme, parler de son
père... Enfin... je ne crains pas d'aborder cette
question. A vous deux, je dis tout ce que je pense...
le mariage, c'est la famille, ou du moins l'espoir
de la famille... Que dirons-nous à nos enfants, à nos
fils s'ils nous interrogent ? Quel désespoir pour
eux d'apprendre !... Ah ! notre devoir est de songer à eux !... N'est-ce pas, mon ami, n'est-ce pas,
vous m'aiderez, vous m'aiderez encore ?

— Oui, dit-il simplement.

Quelques secondes après, il ajouta :

— M'accompagnerez-vous en France ?

— Non, fit-elle. Je ne crois pas que ma présence
y soit nécessaire. Vous réussirez sans moi, et dès
que vous aurez réussi... je ne doute pas du succès... nous viendrons vous rejoindre tous les deux
pour ne plus nous quitter.

Huit jours après cet entretien, ils arrivèrent à
San-Francisco. Le chemin de fer du Grand-Pacifique
les conduisit à New-York. Sir Gardiner se reposa
une semaine dans cette ville et prit un des paquebots
qui font le service régulier des États-Unis en An-
gleterre.

XLI

Dès son arrivée à Paris, sir Gardiner se mit en campagne. Il s'agissait d'abord de savoir si les soupçons qu'avait fait naître brusquement, dans l'esprit de Mlle Bérard, la nouvelle du mariage de la princesse Lavisine et du baron de Mérieux s'appuyaient sur des indices assez sérieux pour qu'il fût permis de se livrer à une enquête, de faire une sorte d'instruction, enfin de chercher la vérité, de ce côté, dans cette voie nouvelle. Dès qu'il serait fixé sur ce premier point, sir Hanley comptait, ou bien abandonner l'affaire, ou bien la poursuivre avec la plus grande activité, si les premiers renseignements recueillis semblaient donner raison à Mlle Bérard. Dans l'un et l'autre cas, quel que fût le résultat obtenu, il ne tarderait pas à rejoindre celle dont il souffrait cruellement d'être séparé.

Il était à Paris depuis deux jours seulement, lorsque son valet de chambre vint le prévenir qu'une personne, qui affirmait être attendue, insistait pour le voir.

— Faites entrer, dit-il.

Quelques secondes s'écoulèrent, puis la porte s'ouvrit pour donner passage à une femme d'une trentaine d'années, plutôt laide que jolie, mais à l'air intelligent, à la mine éveillée.

— J'ai été informée, dit-elle sans le moindre embarras, que monsieur désirait me parler, et je me suis empressée de venir me mettre à ses ordres dès que je l'ai pu.

— Vous vous appelez? fit sir Gardiner.

— Blanche Burtin.

— C'est bien vous que j'attendais... Vous êtes la première femme de chambre, m'a-t-on dit, de la princesse Sophia Lavisine?

— Aujourd'hui la baronne de Mérieux; oui, monsieur.

— Et vous étiez à son service avant son second mariage?

— Oui, monsieur. Je sers Madame la princesse depuis trois ans.

— Personne ne sait que je vous ai fait demander ?

— Personne. Je ne raconte pas mes affaires.

— Si vous avez mis cet empressement à venir chez moi, c'est que vous me connaissez sans doute ?

— Tout le monde connaît sir Gardiner de nom et de réputation.

— Êtes-vous disposée à m'être utile ?

— Certainement... J'ai dit que je connaissais monsieur de réputation : cela signifie que je sais monsieur très généreux.

— Je le serai du moins avec vous... Voici deux mille francs pour votre premier déplacement, et dix autres mille francs que je me ferai un plaisir de vous remettre dans quelques minutes, si vous répondez franchement à toutes mes questions.

— Monsieur peut m'interroger. A ce prix-là, je lui dirai tout ce qu'il voudra savoir, sans réserve... Madame la princesse ne m'a jamais confié ses secrets, je ne la trahirai donc pas.

— Si elle ne vous les a pas confiés, vous les avez devinés, n'est-ce pas ?

15.

— En grande partie, monsieur. C'était mon devoir de femme de chambre.

Après quelques secondes de réflexion, sir Gardiner, les yeux fixés sur Blanche Burtin, lui dit brusquement :

— Le baron de Mérieux a-t-il été l'amant de la princesse avant de l'épouser ?

— Oui, certes.

— Combien de temps ?

— Six mois environ.

— Le prince Lavisine ne se doutait de rien ?

— Oh! de rien. Il se croyait adoré. Suivant l'usage, madame était d'autant plus aimable qu'elle le trompait. C'est même son amabilité qui m'a fait concevoir les premiers soupçons. Nous remarquons tout, nous autres domestiques.

Sir Gardiner regarda Blanche Burtin, encore plus fixement et reprit :

— Alors, vous avez peut-être fait quelque remarque particulière, à la mort du prince ?

— Non, monsieur, aucune, répondit la femme de chambre sans hésitation.

— Vous n'avez rien entendu qui mérite la peine de m'être répété ?

— Rien, absolument rien... Si j'avais remarqué ou entendu quelque chose d'important, je m'empresserais de le dire à monsieur ; mais je veux gagner honnêtement mon argent et ne dire que la vérité.

— Vous avez raison... Après la mort du prince, sa veuve et le baron de Mérieux sont-ils restés longtemps sans se voir ?

— Quelques jours. Le baron par discrétion peut-être, ou par suite d'un autre sentiment, ne se présentait pas à l'hôtel.

— Qu'entendez-vous par ces mots : un autre sentiment ?

— Je veux dire que monsieur le baron voulait sans doute se faire désirer.

— Il était donc très amoureux de son côté ?

— Oh ! je ne crois pas. Madame n'est pas jolie. Elle a la beauté du diable ; c'est tout... et M. le baron passe pour avoir eu des succès auprès des plus belles femmes de Paris.

— Vous en concluez ?

— Qu'il devait se dire, dès cette époque : « Elle est veuve aujourd'hui.... si je l'épousais ? »

— Ah ! vous croyez ?

— Je crois monsieur le baron très intelligent, très fin et très...

— Très quoi ?

— Très en dessous.

— Vous ne l'aimez pas ?

— Il m'est indifférent. Il ne m'a jamais fait de mal. Je dis seulement de lui ce que je pense, parce que monsieur me fait l'honneur de paraître attacher une certaine importance à mon opinion.

— Et la princesse, comment vous traite-t-elle ?

— Comme une femme de chambre ; rien de plus... C'est ce qui me permet de répondre aux questions que veut bien m'adresser monsieur et d'accepter l'argent qu'il est assez bon pour m'offrir.

— Et que je vous remets immédiatement... Tenez, prenez ces billets... et il y en a d'autres dans le tiroir de mon bureau.

Lorsque Blanche Burtin eut serré soigneusement les billets de banque, sir Gardiner poursuivant son interrogatoire, lui dit :

— Après s'être fait désirer quelque temps, suivant votre expression, le baron de Mérieux est sans doute revenu à l'hôtel ?

— Oui, monsieur, et il ne l'a plus quitté que

pour aller se cacher dans un petit bain de mer avec madame la princesse.

— Ah!... Ils y sont restés longtemps?

— Tout l'été, et quand madame est rentrée à Paris, je n'ai pas tardé à me dire : « Elle est prise cette fois, tout à fait prise. Le baron a bien joué son jeu. Il épousera! »

— Depuis le mariage, ils vivent en parfaite intelligence?

— Eh! eh!

— Ah! ils s'aiment moins?

— Madame aime tout autant, peut-être plus. Mais monsieur est tiède, très tiède... Cela se comprend : pendant le veuvage, quand il voulait épouser, il s'est surpassé; il a fait des tours de force d'amabilité... Aujourd'hui, qu'il en est arrivé à ses fins, il prend du bon temps... Il a raison... S'il écoutait madame... C'est qu'elle est très exigeante, madame.

— Qu'en savez-vous?

— Oh! une femme de chambre un peu expérimentée s'aperçoit toujours de ces choses-là... Nous n'avons pas beaucoup de plaisir, nous autres; nous vivons enfermées et, pour nous distraire, nous fai-

sons nos petites remarques... Au besoin, il nous
arrive de regarder, d'écouter. Cela nous permet
de vivre de la vie de nos maîtres.

— Alors, grâce à vos... observations, vous avez
sans doute surpris quelque scène entre le baron et
la princesse?

— Oui; madame se plaint que monsieur n'est
plus le même, et monsieur essaye de lui prouver le
contraire. Il n'y parvient pas toujours.

— Cette froideur vient-elle de la fatigue, de la
satiété, ou bien le baron aurait-il une autre liaison?

— Oh! pour cela, non, monsieur. Il ne trompe
pas madame. Il a trop besoin d'elle.

— Besoin d'elle?

— Oui, il lui faut à chaque instant la signature
de madame la princesse.

— Sa signature! Pourquoi?

— Pour vendre des valeurs, des immeubles à
Paris, ou des propriétés en Russie.

— Comment! Ils en sont là?... Le prince Lavisine passe cependant pour avoir laissé à sa veuve
une fortune considérable, près de cinquante millions...

— Que M. le baron est en train de manger...

D'après mes calculs, et ce que j'ai entendu, il a dé-
voré déjà plus de dix millions.

— Dix millions ! A quoi ?

— Je ne sais pas, monsieur.

— C'est justement ce qu'il faudrait savoir, se dit
sir Gardiner, vivement intéressé. Mais, poursuivant :

— Votre maîtresse n'hésite pas, demanda-t-il,
à donner sa signature ?

— Oh! si, monsieur! Mais quand il s'agit de la
convaincre, M. le baron redevient éloquent comme
autrefois, avant le mariage, et madame ne sait plus
résister.

Sir Gardiner, les coudes sur son bureau, la tête
dans les mains, parut combiner quelque projet,
puis s'adressant de nouveau à Blanche Burlin :

— D'après vos remarques, fit-il, la princesse
n'a reproché, jusqu'ici, au baron de Mérieux que
de l'aimer un peu moins et de dépenser trop d'argent. Vous n'avez été témoin d'aucune de ces scènes
de jalousie où l'on en arrive à se dire des choses
cruelles, où l'on se reproche parfois violemment le
passé ?

— Non, monsieur. Pourquoi y aurait-il entre

mes maîtres des scènes de jalousie? Comme je
vous le disais tout à l'heure, monsieur le baron ne
quitte pas madame. Il ne prend, en dehors de
l'hôtel, aucune distraction.

— Est-ce l'envie qui lui en manque?

— Oh! pour cela non... Il ne se fait pas ermite
par goût. Il a été trop coureur autrefois.

— Oui, mais il est fatigué de sa dernière course,
fit observer sir Gardiner.

— Oh! à son âge, répliqua Blanche Burtin, constitué comme il parait l'être, il courrait encore s'il
trouvait une jolie occasion, quelque chose de nouveau... Il courrait, ne fût-ce que pour changer.
Pensez donc, monsieur, la même femme pendant
près de deux ans, c'est beaucoup pour lui... Mais il
ne peut pas. On le tient en laisse. Ce n'est plus un
homme, c'est un enfant. On l'accompagne lorsqu'il
sort.

— Eh bien, s'il ne sortait pas? S'il trouvait à
domicile la petite occasion dont vous parlez?

— Ah! ce serait différent. Mais, comment la
trouver?

— En cherchant bien... La princesse n'a pas de
dame ou de demoiselle de compagnie?

— Non, monsieur. Ma maîtresse déteste la société des femmes.

— Autre chose, alors... Ne m'avez-vous pas dit que vous étiez première femme de chambre ? Il y en a donc une seconde ?

— Oui, mais elle ne s'approche jamais de madame, qui souvent ne la connaît même pas. Elle se tient dans la lingerie, dans la roberie, et ne dépend guère que de moi. Je suis seule en ce moment, la dernière est partie.

— N'êtes-vous pas libre de la remplacer ?

— Si. Je cherche même quelqu'un.

— Ne cherchez plus. J'ai votre affaire... Je vous enverrai très prochainement une personne sûre.

— Très jolie, alors ? dit avec un sourire Blanche Burtin.

— Très jolie. Je vois que vous avez déjà parfaitement compris... Si, à l'intelligence, vous savez joindre une discrétion absolue, votre fortune est faite avant un mois... Vous pouvez vous retirer... Je vous ferai appeler quand j'aurai besoin de vous.

XLI

Malgré son amour, sir Gardiner avait accueilli,
sous toutes réserves les soupçons venus à l'esprit
de Mlle Bérard. Il s'était livré, sans enthousiasme,
à une enquête au sujet de la princesse Lavisine
et du baron de Mérieux. Cependant, à la suite de
sa conversation avec Blanche Burtin, ces soupçons s'affirmèrent. Ils ne reposaient plus maintenant sur des pressentiments; ils s'appuyaient sur
des apparences et même sur certains faits. Ils
sortaient du vague et prenaient un corps.

Deux points l'avaient surtout frappé : le baron
de Mérieux était à n'en pas douter l'amant de la
princesse avant la mort du prince, et cette mort
inattendue, accidentelle, semblait être arrivée bien

à propos pour amener un mariage certainement désiré par un homme ruiné, criblé de dettes. Ne pouvait-on pas, sinon en conclure, du moins se demander si le baron dont la moralité paraissait suspecte, n'avait pas provoqué plus ou moins directement la catastrophe qui devait l'enrichir?

L'autre point paraissait à sir Gardiner encore plus digne d'examen. Où passaient, à quel emploi étaient destinés les millions de la princesse Sophia, ces millions engloutis par M. de Mérieux, affirmait Blanche Burtin, qui certainement avait été sincère dans ses déclarations? En admettant que le baron eût des dettes, atteignaient-elles vraiment un chiffre de dix millions et aurait-il mis tant d'empressement à les payer? N'était-il pas permis de supposer... timidement, qu'il payait plutôt certaine mystérieuse complicité?

Décidé à résoudre le plus vite possible toutes ces questions brûlantes, d'un intérêt si grand pour lui, sir Gardiner donna suite immédiatement au projet qu'il avait conçu et dont la réalisation doit amener, dans un temps prochain, le dénouement de l'histoire que nous avons fidèlement racontée.

Dès que Blanche Burtin l'eut quitté, il se rendit

chez Léa, cette jolie fille de la rue Mosnier, aux
cheveux roux, au regard félin, à la bouche irré-
sistible. Elle avait échoué dans sa première mission auprès du magistrat qu'elle devait séduire.
Pourquoi ? Parce que, trop ardente, inhabile à se
défendre, au lieu de retarder sa chute jusqu'au
lendemain du procès en cassation, elle était tombée,
dès la veille, dans les bras de son conseiller rapporteur. Mais elle ne pècherait probablement plus
par où elle avait péché, et, du reste, ce qui était
une faute dans la première affaire n'en serait peut-
être pas une dans la seconde.

Léa, dès que sir Gardiner se présenta chez elle,
l'accueillit, comme autrefois, par les mêmes paroles :

— Comment, c'est toi, mon grand chéri ! Puis,
elle ajouta : Il y a un siècle que je ne t'ai vu...
Qu'as-tu fait pendant tout ce temps-là ?

— J'ai voyagé.

— C'est vrai, tu voyages toujours, tu cours de
monde en monde, tu ressembles au Juif-Errant.
Mais tu as plus de cinq sous dans ta poche.

— Heureusement pour moi, dit sir Gardiner, et
pour vous.

— Pour moi aussi! Est-ce que tu m'apportes un petit souvenir de tes voyages?

— Peut-être.

— Qui est-ce qui me l'apporte? L'ami?

— Si vous le voulez bien.

— Je ne le voudrais pas que ce serait la même chose... Je me souviens de mes derniers échecs auprès de toi.

Elle vint s'asseoir en face de lui, essaya de prendre un air grave, et dit :

— Qu'est-ce qui me procure l'honneur de votre visite, monsieur?

— Je viens vous demander un service.

— Je m'en doute... Un service du même genre que l'autre?

— Ils se ressemblent un peu.

— Cependant, je n'ai pas réussi autrefois?

— Vous réussirez aujourd'hui, c'est beaucoup plus facile.

— Tant mieux, car tes reproches m'ont été très sensibles.

— Avouez que je me suis conduit avec vous comme si vous n'aviez mérité que des éloges.

— Je l'avoue... Tu es charmant, et c'est un

plaisir de t'obliger... Dis-moi vite ce dont il s'agit.

— Nous sommes bien seuls?

— Parfaitement seuls.

— Personne dans la pièce voisine?

— Personne... Comme tu es méfiant! C'est donc bien grave?

— Cela peut le devenir, mais pas pour vous... Je vous ai réservé dans la pièce le rôle gai.

— J'aime mieux cela... Voyons.

— D'abord, répondez, je vous prie, à cette question : connaissez-vous le baron Charles de Mérieux?

— Le baron Charles de Mérieux! répéta-t-elle en cherchant dans ses nombreux souvenirs. Oui, je crois avoir entendu prononcer ce nom-là... Mais c'est tout.

— Vous êtes sûre que c'est tout?

— Sûre! Tu m'en demandes beaucoup... Pour être absolument sûre, il faudrait au moins voir le baron... Et encore... J'ai connu tant de monde que souvent je m'égare... Qu'est-ce qu'il fait ton M. de Mérieux?

— Il mange des millions.

— Excellent ordinaire... Très sain... Ah! Il est si riche que cela ?

— C'est sa femme qui est riche... Il a épousé la princesse russe Sophia Lavisine.

— Il fallait le dire tout de suite, s'écria Léa. J'aurais su de qui tu voulais parler... Le baron de Mérieux, parfaitement... Un joli garçon, très chic, très gentil avec les femmes... On devait me le présenter autrefois... Son mariage a tout dérangé.

— Alors il vous connaît?

— Non, c'est moi qui le connais... de vue seulement... Cette fois j'en suis sûre... Dis-moi, est-ce que c'est auprès de lui qu'il faut remplir une mission semblable à celle que tu m'avais confiée autrefois?

— Oui.

— Bravo! Ce sera plus amusant... Le conseiller rapporteur ne me disait rien, au lieu que le baron... J'y songe. Est-ce qu'il faudra lui résister comme à l'autre?

— Oh! comme à l'autre!

— C'est vrai. Je me rappelle. J'ai eu la résistance trop courte. Cependant elle a duré un

mois... Ce serait peut-être long avec M. de Mérieux.

— Rassurez-vous. Quelques jours suffiront. Le
temps de vous faire connaitre et, tout naturellement, désirer.

— Alors, c'est dit... Où le voit-on ?

— Chez lui.

— Comment, chez lui ! Puisqu'il est marié ?

— Cela n'empêche pas.

— Il me recevra tout de même ?

— Non, il vous verra.

— Je ne comprends pas... Comment pourra-t-il
me voir chez lui s'il ne me reçoit pas ?

— Vous allez comprendre... Autre question :
aimez-vous à jouer la comédie ?

— J'en raffole... Si je ne suis plus au théâtre,
c'est que cela me coûtait trop cher... Je perdais
toutes mes après-midi aux répétitions.

— Avez-vous jamais tenu l'emploi de soubrette ?

— Je n'ai guère tenu que celui-là dans des levers
de rideau.

— Eh bien ! que diriez-vous si je vous confiais
un rôle de soubrette... à la ville ?

— Ce serait drôle... J'aurais de beaux gages ?

— Des gages magnifiques. Cent louis par jour.

— Cent louis par jour ! Moi à qui mon directeur ne donnait que cent francs par mois... J'avais, il est vrai, cent cinquante francs d'amende pour mes retards quotidiens.

— Ce que je vous offre est meilleur.

— Je le reconnais... Je serai nourrie aussi ?

— Nourrie, blanchie...

— Et chauffée ?

— Chauffée certainement.

— Est-ce que je mangerai à la table des autres soubrettes, les vraies ?... Ce serait pénible... même à cent louis par jour.

— Non, je demanderai qu'on vous serve à part.

— Très bien alors... Qu'est-ce que j'aurai à faire ? J'habillerai madame ?

— Non, vous ne verrez jamais votre maîtresse... Mais vous verrez son mari.

— Le baron de Mérieux ?... J'y suis. Tu me confies la mission d'aller le séduire au domicile conjugal. C'est délicat... Et quel est ton but ? M'est-il permis de t'interroger ?

— Oui... Vous m'avez gardé le secret dans l'autre affaire et, cette fois, vous serez d'autant

16

plus discrète qu'il s'agit, ma chère Léa, si vous réussissez, non plus seulement de cent louis par jour, mais d'un titre de rente que j'aurai le plaisir de vous remettre.

— Un titre de rente ! Je pourrai faire graver sur mes cartes : « Léa, rentière de l'État, rue Mosnier. »

— Vous pourrez même acheter une maison avec le capital de cette rente et devenir propriétaire.

— Propriétaire ! Mon rêve !... Vite, de quoi s'agit-il ?

— Rappelez vos souvenirs et vous trouverez.

— Quels souvenirs ?

— Ce nom et ce titre : la princesse Lavisine, ne vous disent-ils rien ?

— Rien.

— Vous m'étonnez.

— Je t'assure.

— Cherchez bien.

— Je cherche... Attends donc... Mais le mari de cette princesse Lavisine a été assassiné il y a bientôt deux ans.

— Vous brûlez.

— C'est cela... L'assassin a été condamné aux

travaux forcés à perpétuité... Tu t'intéressais à lui...
Tu voulais faire casser l'arrêt de la Cour d'assises
et tu m'as chargée... C'était là cette fameuse mission dont je me suis si mal acquittée... Depuis je
ne t'ai plus revu ; qu'est-il arrivé ?

— Ce qui devait arriver : le condamné a été
envoyé au bagne.

— Où il est encore ?

— Sans doute.

— Tu persistes à vouloir le sauver ?

— A vouloir prouver son innocence, oui.

— Et tu m'as choisie pour t'aider à faire cette
preuve ?

— Oui.

— Alors c'est la continuation de la première
affaire ?

— Parfaitement.

Elle réfléchit un instant et dit ·

— Pourquoi m'envoyer ju.... ont dans la maison
où le crime a été commis ?

—Une fille intelligente comme ·. ..
déjà compris... Vous recueillere·.   . ie lie·
l'attentat, avec votre finesse habituc!'e, d   jei-
gnements qui ont autrefois échappé à   justice.

— Tu crois qu'au bout de deux années...

— Justement... A l'époque du crime, au moment
de l'instruction, on se tenait sur ses gardes, on
n'osait point parler... Aujourd'hui, on ne craint
plus rien, on n'a plus la même réserve et les in-
discrétions, les bavardages commencent à se pro-
duire.

— Les bavardages de qui? Des domestiques?
C'est surtout à table qu'ils causent et tu as bien
voulu me dire que je ne prendrais pas mes repas
avec eux.

— Il n'y a pas que les domestiques, fit observer
sir Gardiner.

Elle le regarda et, avec un sourire :

— Oui, il y a la maitresse... Mais tu affirmais
que je n'aurais aucun contact avec elle... Pourquoi ?

— Parce que si elle vous apercevait, elle s'em-
presserait   's mettre à la porte... Une femme
'prise d'un mari ٫ıi a la réputation d'avoir beau-
c   ٤ et facilement aimé, sans faire de dis-
            ٠le, serait absurde de garder à son
    ٠ice, s٠.   ٠on toit, une aussi jolie fille que
vou٠   ٠t la princesse est loin d'être absurde.

— Tre٠ bien. J'éviterai donc qu'elle me voie...

Comment? Je n'en sais rien... Tu as sans doute préparé cela?

— Évidemment. Vous trouverez une alliée dans la place : Blanche Burtin, la première femme de chambre, dont vous dépendrez.

— Comment! s'écria Léa, je ne serai que seconde femme de chambre, et au lieu d'avoir une princesse pour maîtresse, j'aurai sa servante?... Ah! cette fois, c'est tout à fait drôle!

Elle se mit à rire aux éclats, aussi coquettement que possible, à bouche grande ouverte, pour essayer de réveiller les souvenirs éteints de sir Gardiner. Puis, lorsqu'elle vit qu'elle en était pour ses frais, elle s'arrêta et, songeant au titre de rente, devint sérieuse.

— Donc, reprit-elle, aucun rapport de près ou de loin avec la princesse Lavisine. Seulement, quelques relations agréables avec son mari.

— C'est cela.

— Je ne demande pas mieux... Mais je ne .s pas trop ce que tu y gagneras. Quels renseignements obtiendrai-je auprès du baron de Mérieux sur l'assassinat du prince Lavisine? Que peut-il me dire?

— On ne sait pas, fit sir Gardiner.

— Ah ! vous croyez que ?... demanda-t-elle vivement.

— Je ne crois rien, je cherche.

Elle réfléchit encore et, reprenant :

— J'admets qu'il ait quelque chose à me dire ; fera-t-il donc ses confidences à une inconnue, à une femme de chambre, celle-ci lui inspirerait-elle un vif intérêt, un fort caprice ?

— Non. Le baron de Mérieux ne vous choisira pas pour confidente, mais...

— Quoi ? Je ne vois pas.

— Vous allez voir... Lorsque, par vos coquetteries, vous l'aurez tout à fait...

— Incendié, finit-elle.

— C'est cela... vous lui donnerez un rendez-vous.

— Chez moi, ici ?

— Non chez lui, dans son hôtel, sans vous déranger.

— Au domicile conjugal !... Si la princesse nous surprend ?

— Il faut justement que vous soyez surprise.

— Oh !

— Vous avez peur?

— Ma foi non ! J'ai été déjà surprise dans des circonstances semblables, et je m'en suis toujours tirée sans procès, sans vitriol... Un jour même, une femme mariée m'a dit : « Ah ! mademoiselle, combien je vous remercie, de vouloir bien me remplacer. Mais comme vous avez du courage ! »

— La princesse Lavisine ne vous dira pas cela... Je crois plutôt à une terrible scène de jalousie entre elle et le baron.

— Eh bien ?

— Eh bien, fit sir Gardiner en se levant, de cette scène, je l'espère, jaillira la vérité que je cherche depuis si longtemps.

Léa garda le silence pendant quelques secondes Elle réfléchissait à ces dernières paroles. Enfin elle leva la tête et dit :

— Oui, l'idée est bonne... De la jalousie d'une femme, surtout d'une princesse, on peut tout craindre... et tout espérer. Mais ce n'est plus un rôle de femme de chambre coquette, de séductrice que je vais jouer. Je suis tout simplement chargée, dans la poursuite d'une affaire criminelle, de remplir les fonctions d'agente de police ou d'espionne.

— Non, vous vous trompez, vous n'espionnez pas. Vous provoquez seulement une scène que d'autres seront chargés d'écouter et de redire.

— C'est cela... Tu as dit le mot. Je provoque. Je deviens une agente provocatrice.

— Vous devenez surtout rentière ou propriétaire à votre choix, et j'ajouterai pour vous décider... et cela vous décidera... que vous faites une bonne action.

— Comment?

— Sans doute. D'après ma conviction profonde, la justice a condamné un innocent. Nous avons essayé autrefois, vous et moi, de le sauver. Nous n'y sommes pas parvenus. Aujourd'hui nous tentons un nouvel effort. Si nous réussissons, n'en serez-vous pas heureuse?

— Tiens ! au fait, c'est vrai. Je rachèterai quelques-unes de mes fautes, et j'en ai un petit tas, à racheter.

— Alors, est-ce dit?

— Attends un peu... Laisse-moi compter.

Elle se mit à compter sur ses doigts.

— Cent louis par jour comme gages... Un titre de rente... Du trois pour cent, n'est-ce pas? On convertit toujours le cinq, et je n'aime pas à être convertie.

— Vous aurez du trois pour cent.

— Bien... Je ne demande pas le chiffre de la rente. Je gagnerai à te laisser décider cette question; je te connais... Donc, des gages magnifiques, un titre de rente, un joli garçon à séduire et une bonne action à faire... J'accepte.

Elle tendit sa main à sir Gardiner. Il lui serra le bout des doigts par politesse et lui demanda si elle comptait entrer bientôt en fonctions.

— Sans doute, fit-elle. Cependant j'ai des rendez-vous aujourd'hui, demain, après-demain.

— Remettez-les.

— Oui, c'est ce que j'ai de mieux à faire... Un rendez-vous en amène d'autres et je n'en finirais jamais... C'est entendu. Demain je serai libre et je me présenterai... Où ?

— A l'ancien hôtel Lavisine, parc Monceau.

— Bel immeuble. Je le connais... J'arriverai sans bruit, le plus discrètement possible.

— C'est cela, et Blanche Burtin, qui vous attend, s'empressera de vous conduire dans la pièce qu'elle vous aura préparée.

— Dans ma cellule... Je deviens, dès demain, une réclusionnaire... A propos, quelle sera ma toilette?

— Celle d'une seconde femme de chambre... Une toilette des plus simples.

— Si simple que cela?

— Il le faut... Vous ne prétendez pas, je suppose, rivaliser d'élégance avec la princesse?

— Non, mais si je suis laide?

— Vous ne pourrez pas, ma chère.

— Prends garde, tu deviens galant.

— Pour vous convaincre. La simplicité de votre mise, loin de vous nuire, vous servira certainement auprès du baron, qui doit être fatigué, rassasié du luxe de sa femme. C'est un sensuel; il aime les contrastes.

— Ah! que tu es Parisien, toi, pour un Américain!

— Tout est convenu... Je vous quitte.

— Quand te reverrai-je? Dans deux ans?

— Non, dès que vous aurez quelque chose à m'apprendre.

— Je pourrai quitter ma cellule, ma maison centrale avant que mon temps soit fini?

— Sans doute, pour me mettre au courant de ce qui se passera et recevoir de nouvelles instructions, s'il y a lieu.

Il prit congé d'elle et rentra chez lui pour écrire à Mlle Bérard. Il lui dit que l'affaire était en bonne voie et qu'il avait quelque espoir, sans entrer dans d'autres détails. Celle qu'il aimait ne devait pas, suivant lui, se mêler, même de loin, à cette nouvelle intrigue, y pénétrer trop avant et connaître les moyens employés. Il ne rougissait pas de ces moyens : le but qu'il poursuivait les autorisait, les légitimait pour ainsi dire. Mais il voulait en garder toute la responsabilité pour lui, épargner à M Bérard même l'effleurement d'une souillure.

XLIII

Huit jours s'écoulèrent, puis, un matin, sir Gardiner reçut la visite de Léa. Elle entra dans son cabinet, promena un long regard autour d'elle pour s'assurer que personne ne pouvait l'entendre, et dit:

— Eh bien ! ça y est.

— Vous avez réussi? Déjà?

— Il ne m'en fallait pas plus... Ça me disait.

— A quoi avez-vous réussi?

— A lui inspirer un de ces caprices plus violents parfois qu'un véritable amour, d'autant plus violents qu'ils ne durent pas. Ils ressemblent à un orage, un de ces orages secs qui éclatent, foudroient et passent.

— Comme vous parlez bien!

— J'ai reçu de l'instruction. Cela me revient de temps à autre.

— Vous n'êtes pas trop malheureuse dans votre nouvelle position?

— Non, merci... Le baron de Mérieux est charmant. Un peu pâle, un peu maigre, un peu fatigué, mais le regard encore ardent, la lèvre appétissante sous sa moustache fine.

— Comment êtes-vous entrée en relation avec lui?

— Oh ! c'est bien simple. Faut-il prendre depuis le commencement?

— Si vous voulez.

— J'arrive à l'hôtel Lavisine... J'avais cette toilette. Comment la trouvez-vous ?

—Très bien. Malgré sa simplicité, elle fait admirablement valoir votre taille, votre buste, vos hanches.

— N'est-ce pas ? Je me plais beaucoup là-dedans... J'arrive donc... Je demande Blanche Burtin...
Elle paraît... Laide, cette fille, mais rudement forte...
Elle me dévisage, me déshabille d'un regard et fait
un petit claquement de langue qui veut dire :
« Très réussie ; c'est tout à fait cela. Sir Gardiner
a eu la main heureuse. » Elle m'invite à la suivre...
Après avoir traversé une cour déserte, nous pre-
nons un escalier de service, où personne ne nous
rencontre... Le moment est bien choisi, tous les
gens de la maison sont à dîner... Elle ouvre une
porte, me pousse dans une grande pièce, la lingerie, et me dit : « C'est là que vous vous tiendrez
dans la journée. Le soir, vous coucherez dans ce
petit cabinet, près de la chambre que j'habite. »
Puis elle m'interroge. Elle voudrait en savoir davantage qu'elle n'en sait ; mais je trouve inutile
de la renseigner... Enfin, nous arrêtons un plan
pour le lendemain.

17

— Voyons ce lendemain.

— Dans la matinée, Blanche Burtin vient me
dire : « La princesse est dans sa salle de bains ;
elle y restera deux heures. Nous avons le temps
de circuler sans qu'elle nous voie. Suivez-moi,
vous m'aiderez à ranger le cabinet de toilette, où
M. le baron passera certainement. » J'obéis...
Nous entrons dans le cabinet de toilette... M. de
Mérieux apparaît bientôt... Il cherche sa femme.
C'est moi qu'il trouve. Il s'arrête surpris, me
regarde... Oh ! un de ces regards qui parlent... et
il s'en va.

— Il ne tarde pas à revenir ?

— Tu n'en doutes pas... Blanche Burtin, qui n'en a
pas douté non plus, est passée par discrétion dans
la chambre à coucher... Le baron s'approche de
moi : « — Vous êtes au service de ma femme, mademoiselle ? me demande-t-il. — Oui, monsieur,
depuis hier, dis-je d'une voix timide, en baissant
les yeux... tiens, comme ça. — C'est la princesse
qui vous a engagée ? — Non, monsieur, c'est
Mlle Burtin. Elle avait besoin d'une aide. Je ne
suis que seconde femme de chambre. — Vous
êtes bien jolie pour une seconde femme de cham-

bre. — Oh ! monsieur, ne me dites pas cela, vous me faites peur. — Pourquoi ? — Parce que depuis mon arrivée à Paris, il y a un mois, je n'ai pu parvenir à me placer dans une honnête maison... Les maîtres ne me font pas mauvaise figure... au contraire ; mais leurs femmes, après m'avoir regardée me disent : « Non, non, je ne veux pas de vous, vous êtes trop jolie. » Ce n'est pas ma faute cependant si je suis jolie, et ce n'est pas une raison pour qu'on m'empêche de gagner ma vie. »

Léa s'arrêta et, regardant sir Gardiner :

— Que penses-tu de ce petit dialogue ? demanda-t-elle.

— Très réussi... Quel résultat a-t-il produit ?

— Un résultat immédiat. Le baron m'a dit à voix basse : « Je serais désolé, mon enfant, de vous voir perdre votre position, et puisque vous avez peur des femmes mariées, il faut éviter qu'elles vous voient. Cela vous sera facile dans un hôtel aussi grand que celui-ci. » Il craignait déjà que la princesse m'aperçût et me forçât de déguerpir... J'avais produit mon petit effet, qui est allé depuis en augmentant.

— Je m'en doute bien.

— Le même jour, à l'heure où sa femme reçoit,
il est entré, comme par hasard, dans la lingerie...
Il y est revenu, toujours par hasard, le lendemain,
le surlendemain. Il s'est borné d'abord à me parler,
à me faire des compliments... Puis il m'a pris la
taille, a voulu m'embrasser... J'ai résisté deux
jours. Je me suis laissé faire le troisième. Rassurez-vous... des petits baisers seulement, bien in-
nocents, sur le bout des lèvres... Depuis hier, ils
ont un peu perdu de leur innocence ; les lèvres
s'entr'ouvrent... Aussi le baron mis en goût, me
supplie-t-il de lui donner un rendez-vous en dehors de la lingerie, où l'on peut entrer à chaque
instant... Je l'ai amené où tu voulais ; que faut-il
faire maintenant, monsieur mon maitre ?

— Il faut, répondit en souriant sir Gardiner,
rentrer à l'hôtel Lavisine le plus vite possible, dire
à Blanche Burtin de venir me parler aujourd'hui
même... et attendre.

— Attendre pour le rendez-vous ?

— Oui.

— J'attendrai... pas trop longtemps, n'est-ce
pas ? Je ne suis pas de marbre... Tu le sais bien,
ingrat.

XLIV

Blanche Burtin s'empressa de se rendre chez sir Gardiner.

— Vous êtes au courant, lui dit-il, dès qu'il fut seul avec elle, de ce qui se passe entre le baron de Mérieux et la personne que je vous ai envoyée ?

— Mlle Léa... elle m'a dit son nom... oui, monsieur, parfaitement.

— Croyez-vous que votre maître, un Parisien dans l'âme, ait pu la prendre sérieusement pour une femme de chambre ?

— Pourquoi pas, monsieur ?... Elle a été peut-être une vraie femme de chambre autrefois, comme beaucoup de ces dames... Seulement, elle était jolie, elle n'avait pas de scrupules et elle est devenue... autre chose ; tandis que moi...

Elle soupira et s'empressa d'ajouter :

— Du reste, elle a repris son ancien emploi, ou joué son nouveau rôle, avec beaucoup de facilité... Je lui ai donné la réplique, je l'ai soutenue... et monsieur n'y a vu que du feu... Il est un peu rouillé depuis son mariage, M. le baron ; puis il est amoureux.

— Croyez-vous réellement qu'il le soit ?

— Il a du moins la tête fort montée.

— Par une seconde femme de chambre ?

— Justement... Cela le sort des princesses... J'ajouterai que Mlle Léa est tombée dans un bon moment.

— Qu'entendez-vous par là ?

— Je veux dire que M. le baron est au vert.

— Au vert ! C'est sa femme qui l'y a mis ?

— Non, c'est lui qui y met madame. Cela revient au même au point de vue de l'abstinence.

— Et pourquoi lui inflige-t-il ces privations ?

— Pour la dompter sans doute et arriver à ses fins.

— Quelles fins ?

— Obtenir les millions dont il paraît avoir le plus grand besoin.

— Encore !

— Mon Dieu ! oui. J'ai surpris, il y a trois jours, une nouvelle scène, beaucoup plus vive que les autres, entre monsieur et madame la princesse... Madame disait : « Non, je ne signerai pas, cette fois, je ne signerai pas. » Et monsieur répondait : « Vous avez tort. C'est grave, plus grave que vous ne pensez. »

— Ah ! Et après ?

— Après, je n'ai plus entendu... Mais madame n'a pas dû signer, car depuis cette scène, monsieur le baron passe toutes ses nuits dans son apparte-ment particulier.

Sir Gardiner se leva, arpenta quelques instants le salon et revenant vers Blanche Burtin :

— Vous avez raison, fit-il, le moment est bien choisi. Nous devons agir sans retard.

— Monsieur veut dire sans doute que Mlle Léa doit accorder le rendez-vous qu'on lui demande?

— Oui, pour demain, avant que la princesse se raccommode avec son mari.

— C'est tout à fait mon avis.

— Alors, il ne s'agit plus que de fixer l'heure et le lieu... Qu'en pensez-vous ? L'heure d'abord.

— Quatre heures de l'après-midi... C'est le moment où madame sort seule, depuis quelques jours. M. le baron la verra sortir et ne se méfiera de rien.

— Si elle sort, comment pourra-t-elle surprendre le rendez-vous ?... Ne vous rappelez-vous pas ce qui a été convenu ?

— Parfaitement. Aussi madame la princesse, après être sortie ouvertement, rentrera secrètement. J'arrangerai tout cela. Monsieur peut s'en rapporter à moi pour les détails.

— Soit ! Maintenant le lieu ?

— Le cabinet de travail de monsieur le baron, au rez-de-chaussée, le cabinet où a été tué le prince Lavisine.

— Ah ! son successeur n'a pas même respecté cette pièce ?

— Il n'a respecté ni la mémoire du prince, ni sa femme, ni ses millions ; pourquoi respecterait-il le cabinet ?

— C'est juste... Comment Léa se rendra-t-elle à ce rendez-vous ? Sans se cacher ? Par la porte ordinaire ?

— Non, ce ne serait pas naturel de la part d'une

innocente, et monsieur pourrait concevoir des soupçons. Elle entrera, sans qu'on l'aperçoive, par la
porte qui communique avec un petit salon voisin
du cabinet... Je serai censée lui avoir donné l'ordre
de recoudre demain, dans cette pièce, un rideau
déchiré.

— Très bien... Et la princesse, où sera-t-elle
placée pour surprendre ce tête-à-tête?

— Dans un réduit obscur donnant sur le grand
cabinet et n'en étant séparé que par une porte vitrée
couverte d'une portière en tapisserie... J'enlèverai
un morceau de vitre, je pratiquerai une ouverture
dans la portière et, de cette cachette, Mme la princesse verra et entendra tout ce qu'elle aurait bien
voulu ne jamais ni voir, ni entendre.

— Le baron n'aura pas l'idée d'entrer dans ce
réduit?

— C'est à peine s'il en soupçonne l'existence,
et c'est moi qui ai la clef des deux portes : celle
qui donne dans le cabinet et l'autre qui ouvre sur
un corridor extérieur.

— Tout cela me paraît très bien réglé, fit sir
Gardiner... Un seul point m'embarrasse. La prin-
esse verra, entendra, soit! Mais ce n'est pas

17.

l'essentiel. Qui sera témoin de la scène qu'elle fera nécessairement à son mari ? Qui me rapportera les paroles échangées entre eux ?

— Moi, monsieur, moi... Lorsque la princesse aura quitté sa cachette, j'y entrerai à mon tour. Je prendrai sa place et... elle jouera pour moi, comme les autres jouaient pour elle.

— Un dernier mot... C'est vous qui vous chargez, n'est-ce pas, de tout préparer, d'apprendre à votre maîtresse qu'elle est trompée ?

— Oui, monsieur; je parlerai... pour son bien.

— Et le vôtre, ajouta sir Gardiner ; car votre fortune, que je gère en ce moment, augmente tous les jours.

— Je remercie beaucoup monsieur, et je m'en rapporte à lui comme il peut s'en rapporter à moi.

XLV

Le lendemain, à neuf heures du matin, la sonnette électrique qui mettait en communication les
appartements particuliers de la princesse Lavisine
avec les pièces où se tenaient d'ordinaire ses
femmes de chambre, vibra tout à coup.

— Bon signe, dit Blanche Burtin à Léa, qui,
prenant son nouveau métier au sérieux, rangeait du
linge dans une armoire.

— Pourquoi bon signe? demanda Léa.

— Vous ne comprenez pas?... Si madame se
lève à neuf heures, c'est qu'elle est agitée, nerveuse, qu'elle ne peut plus tenir dans son lit,
qu'elle est furieuse contre M. le baron qui continue à lui garder rigueur et a passé la nuit

dans sa chambre. Elle n'est pas habituée à cette solitude, et elle rage... Tenez, l'entendez-vous rager ?

En effet, la sonnerie électrique ne s'arrètait plus.

— Allez donc, fit Léa. Si elle venait ici vous chercher, elle me verrait.

— Est-ce qu'elle peut sortir de son lit sans moi ?... Cela ne lui est jamais arrivé. Elle a été tellement gâtée, celle-là !... Mais les mauvais jours sont venus... Elle va en voir de dures.

— Vous êtes décidée à parler ce matin ?

— Sans retard, lorsqu'elle sera dans son bain. Si elle était tentée de s'élancer sur moi dans un premier mouvement de colère, elle ne pourrait pas... C'est que je la connais. Elle a des violences terribles. Une vraie Russe, du sang de barbare dans les veines... Au revoir ; n'oubliez pas de donner au baron le rendez-vous convenu.

— Soyez tranquille. Si j'oubliais de le lui donner, il n'oublierait pas de me le demander.

Blanche Burtin se dirigea lentement vers la chambre de la princesse Sophia. Elle souriait en repassant le rôle qu'elle allait jouer : cette fille,

laide, sevrée d'amour, en voulait cruellement à
cette femme, laide aussi, et qui avait eu cependant
la joie de se croire aimée. Au lieu de se dire :
« Si elle n'est pas jolie, elle a un charme, une originalité que je n'ai pas... elle est bien faite et je
suis mal bâtie, » elle se disait : « C'est à ses millions qu'elle doit son bonheur. J'aurais été aimée,
moi aussi, si j'avais été riche comme elle. » Elle
la haïssait pour sa fortune, elle l'enviait de cette
envie si commune à notre époque, où tous les
pauvres veulent être riches, tous les serviteurs
veulent être maîtres. Elle la détestait aussi parce
que la princesse l'avait toujours tenue éloignée
d'elle, sans lui parler, sans lui faire aucune con-
fidence, sans paraître s'apercevoir qu'elle était
servie par une fille d'une rare intelligence. Oui,
justement, parce qu'elle n'avait jamais été aimée,
parce qu'elle se rendait compte de sa laideur,
Blanche Burtin eût été touchée d'une marque de
sympathie, d'un hommage à son esprit. Mais elle
avait toujours attendu vainement le compliment et
les bonnes paroles.

A peine fut-elle entrée dans la chambre de la
princesse Sophia que celle-ci lui dit durement :

— Où étiez-vous donc? Je vous sonne depuis une heure et vous ne venez pas.

— Je fais mille excuses à madame la princesse, dit Blanche d'une voix soumise, mais je préparais son bain et je ne pouvais entendre la sonnette électrique.

— Il est prêt, mon bain?

— Oui, madame.

— Je vais le prendre tout de suite. Aidez-moi à sortir du lit.

« Ce n'est pas ce bain-là qui la calmera beaucoup », se disait la femme de chambre pendant qu'elle aidait sa maîtresse à passer un grand peignoir de satin garni de dentelles et qu'elle chaussait ses pieds nus.

Pour se rendre dans la salle de bain, la princesse devait passer devant la chambre à coucher de son mari. La porte était entr'ouverte. Elle la poussa légèrement sans bruit et regarda. Le baron de Mérieux était éveillé. Il lisait tranquillement dans son lit. Elle fut sur le point de pousser entièrement la porte, de se glisser dans la chambre. Son amour-propre, son orgueil l'emportèrent sur son amour, sur ses désirs. Elle continua sa route.

« Je l'ai échappé belle, pensa Blanche Burtin...
S'ils s'étaient raccommodés, il eût fallu attendre...
Je n'aurais rien pu dire aujourd'hui. »

Une seconde après, la princesse entrait dans sa
salle de bain, une grande pièce, des plus luxueu-
ses. Les murs et le plafond disparaissaient sous les
glaces, non pas de grandes glaces comme on les
fait aujourd'hui, mais de petits morceaux de glaces
reliés ensemble, à la mode du siècle dernier.
Deux marches en marbre rose permettaient de
descendre dans la baignoire, ou plutôt dans un
grand bassin en argent, placé dans le parquet
qu'on avait creusé pour le recevoir. Un large
divan très bas, courait le long des glaces.

La princesse se laissa retirer son peignoir et le
dernier voile qui la couvrait, descendit les marches
de marbre et glissa ses jambes dans l'eau. Mais
aussitôt, d'une voix irritée, elle dit à sa femme
de chambre :

—Ce bain est glacé ! A quoi songez-vous donc aujourd'hui, mademoiselle? Est-ce que vous êtes folle?

Blanche Burtin se précipita sur un robinet,
l'ouvrit, laissa couler l'eau chaude pendant quelques
secondes et dit doucement :

— Je crois que madame la princesse peut entrer maintenant... Je la prie humblement de m'excuser, mais si elle savait...

— Quoi donc? demanda la princesse Sophia en plongeant tout son corps dans l'eau.

— Ah! c'est que je suis bien troublée.

— On le voit de reste... Qu'avez-vous?

— Ah! je n'ose pas... J'ai peur de faire de la peine à madame.

— Me faire de la peine! s'écria-t-elle en se redressant. Qu'est-ce que cela veut dire? Comment pouvez-vous me faire de la peine, vous!... Expliquez-vous.

Blanche Burtin debout devant le bassin où était plongée la princesse Lavisine, la dominant ainsi de toute sa hauteur, reprit :

— Si madame m'ordonne absolument de parler, je serai bien obligée de lui obéir... Cependant j'hésitais encore. Je me demandais si j'avais le droit de lui porter un coup comme celui-là.

— Hein, vous dites? Un coup! s'écria la princesse dont la poitrine tout entière sortit hors de l'eau. Un coup!... Allons, parlez! Vous savez bien que je n'aime pas attendre... De quoi s'agit-il?

— Ah ! madame ne comprendra pas, si elle ne me permet pas d'abord de lui dire que j'ai pour elle un dévouement sans bornes, un culte, un véritable culte... Tout ce qui la touche m'émeut. Je me réjouis de toutes ses joies, je souffre de toutes ses douleurs... Quand on l'offense, je suis exaspérée.

— Qui m'a donc offensée ?

Au lieu de répondre directement, Blanche Burtin continua sans se presser :

— Madame la princesse se rappelle sans doute m'avoir autorisée à prendre pour m'aider dans les travaux de couture, pour mettre en ordre la lingerie, une aide, une auxiliaire ?

— Oui... Après ?

— Je n'avais personne depuis plus d'un mois et je cherchais quelqu'un, lorsqu'il y a dix jours environ, une jeune fille s'est présentée... Elle m'a montré un bon certificat ; j'étais pressée et j'ai cru pouvoir l'arrêter... Mais, le lendemain, j'ai voulu la renvoyer.

— Pourquoi ?

— Parce qu'elle me paraissait trop jolie pour une femme de chambre.

— Trop jolie! Vous ne l'aviez donc pas regardée la veille?

— C'était le soir, la lingerie était mal éclairée.

— Eh bien, après l'avoir vue au grand jour, vous lui avez donné son compte et elle est partie?

— Non, madame la princesse. M. le baron s'est opposé à son départ.

— Mon mari! Que vient-il faire là-dedans? Il connaît mes femmes de chambre et moi je ne les connais pas!... Que me racontez-vous là?

— La vérité, madame la princesse, l'exacte vérité... M. le baron m'a dit : « Je prends cette petite sous ma protection. Je ne veux pas qu'elle s'en aille. Elle est trop jolie, elle tournerait mal. »

— Lui aussi, il la trouve jolie! De quoi se mêle-t-il? Et vous avez gardé cette créature?

— Je ne pouvais pas faire autrement. M. le baron me l'ordonnait.

— Et vous ne m'avez pas prévenue?

— M. le baron me le défendait.

— Voyons, êtes-vous à mon service ou au service de mon mari?

— J'ai eu tort, madame la princesse, je le vois bien aujourd'hui.

— Pourquoi aujourd'hui?

— Parce que...

Elle s'arrêta.

— Encore des hésitations ?... Allez-vous vous expliquer à la fin?

— Eh bien, madame, fit Blanche Burtin en s'animant comme si elle partageait l'irritation de sa maîtresse, monsieur le baron qui doit tant à madame, que madame la princesse aime tant, ne se conduit pas comme il devrait se conduire.

— Prenez garde, mademoiselle ; je ne vous permets pas de manquer de respect à mon mari.

Au lieu de baisser le ton, Blanche Burtin, au contraire, l'éleva comme si elle n'était plus maîtresse d'elle-même et s'écria :

— Il manque bien de respect à madame en osant faire la cour, ici, près d'elle, presque sous ses yeux, à cette jeune fille.

— A une femme de chambre, mon mari! C'est impossible !

Mais, à peine eut-elle protesté de la sorte, que, mordue au cœur par la jalousie, elle posa brusquement diverses questions à Blanche Burtin :

— Où la voit-il?

— Dans la lingerie, où je l'ai surpris, plusieurs fois, lui parlant à voix basse et de très près.

— A quelle heure ?

— De quatre à six heures, lorsque madame se rend au Bois.

— Et vous les laissez seuls ?

— Non, madame. Mais je crois bien qu'hier ils se sont donné un rendez-vous.

— En dehors de l'hôtel ?

— Non, madame la princesse.

— Où se sont-ils rencontrés ?

— Au rez-de-chaussée, dans le cabinet de M. le baron.

— Il a osé la faire entrer dans son cabinet ?

— Elle a dû y rester même assez longtemps, car je l'ai cherchée pendant plus d'une heure... Jamais l'idée ne me serait venue qu'elle fût là... Hélas ! comme je traversais le vestibule du rez-de-chaussée, je l'ai vue sortir du cabinet de monsieur.

— Mais c'est une infamie ! C'est une infamie ! criait la princesse. Vous mentez !

— Je préférerais mentir, répondit Blanche Burtin, dont la voix tremblait et qui paraissait aussi émue que sa maîtresse. Hélas ! madame pourra s'assurer que je dis vrai.

— M'en assurer ! Oui, je veux m'en assurer ! Comment ? Quand ?

— Oh ! dès aujourd'hui. Ils avaient l'air si contents l'un et l'autre à la suite de leur premier rendez-vous qu'ils ont dû en prendre un nouveau... C'est pourquoi j'ai cru devoir parler. Mon dévouement à Mme la princesse et ma conscience ne me permettent pas de tolérer plus longtemps un tel scandale. J'en deviendrais responsable s'il se renouvelait.

— Sortez-moi du bain, et allez me chercher cette fille... Je veux la voir !

Lorsqu'elle sortit de l'eau, la princesse Sophia Lavisine tremblait de tous ses membres, non pas de froid, mais de colère.

XLVI

— Je viens vous chercher, dit Blanche Burtin en ouvrant la pièce où se trouvait Léa. La princesse veut connaître sa rivale.

— Ah ! elle sait déjà ?

— Tout et même plus encore : elle vous croit déjà la maîtresse de son mari.

— Pourquoi lui avoir prédit l'avenir ?

— Pour la rendre encore plus jalouse et pour qu'elle n'ait pas l'idée d'empêcher le rendez-vous d'aujourd'hui... Elle aurait pu se dire : « Ils n'en sont qu'aux préliminaires, brisons là, arrêtons les frais. » Du moment que c'est chose faite et qu'elle ne peut plus rien empêcher, elle laissera recommencer pour voir par elle-même et constater le flagrant délit... Dépêchons... Elle vous attend.

— Je suis prête, fit Léa tranquille.

Tout en marchant dans le corridor à côté de Blanche Burtin, elle lui disait à voix basse :

— Le baron a profité de votre absence et du bain de sa femme pour faire un tour dans la lingerie... Tout est convenu pour quatre heures.

— Parfait !... Nous voici arrivées. Tenez-vous bien.

— Vous êtes sûre qu'elle ne va pas me jeter quelque chose à la tête ? demanda Léa dont la voix du reste ne trahissait aucune émotion.

— Elle ne peut pas. Elle n'a rien sous la main. Elle pourrait tout au plus vous éclabousser avec l'eau de son bain. Mais, rassurez-vous, je la connais. Sa colère couve : elle n'éclatera pas encore... J'entre, suivez-moi !

La princesse, enveloppée dans un grand peignoir de laine blanche, qui la couvrait de la tête aux pieds et achevait de sécher son corps moite de la chaleur du bain, était étendue sur le divan, la tête posée sur les coussins. Sans faire un mouvement, sans dire un mot, elle jeta sur Léa, dès qu'elle la vit entrer, un long regard curieux, avide, et devint plus pâle qu'elle n'était. Quant à Léa, les yeux

baissés, toute rougissante, un peu embarrassée de
sa personne, elle représentait admirablement une
femme de chambre confuse de se trouver pour la
première fois en face de sa maîtresse, une grande
dame.

— Aidez-moi à vider le bain, lui dit brusquement Blanche Burtin d'une voix aigre.

L'auxiliaire obéit, se rapprocha du bassin, prit
le bout d'une petite chaînette qu'on lui désignait
et la maintint tendue, en ligne verticale, pour permettre à la soupape de s'entr'ouvrir et à l'eau de
s'écouler.

En silence, toujours immobile, la princesse continuait à la couver des yeux et ne pouvait se défendre de la trouver jolie. Elle n'aurait peut-être pas
apprécié des traits réguliers, un visage fait sur
mesure. Elle aurait dit dédaigneusement : « C'est
froid, cela ne vit pas. » Mais comme elle avait
elle-même un nez trop large, une bouche trop
grande, des traits heurtés, elle aimait depuis
longtemps, par amour d'elle-même, les irrégula-
rités, les imperfections du visage. La grande
bouche de Léa, aux lèvres épaisses, lui rappelait
la sienne ; elle s'admirait en elle.

Tout à coup, l'idée lui vint de comparer. Elle se retourna sur le divan du côté des glaces et se regarda. Les cheveux d'abord. Le peigne de sa femme de chambre n'y avait pas encore passé, et, dans les boucles éparses, en désordre, elle aperçut de longs sillons argentés. Les yeux? Ils lui parurent plus petits qu'autrefois, plus enfoncés dans leur orbite, avec un pli naissant dans le coin. Quant à ses lèvres, elles étaient sèches, décolorées. Son teint était livide.

Avec la confiance de la femme aimée qui se croit toujours belle, toujours jeune, elle ne s'était pas aperçue qu'à la première jeunesse avait succédé la seconde, et que celle-là déclinait aussi, que ses amours désordonnées, ses ardeurs toujours assouvies, ses nuits où le plaisir remplaçait le sommeil, en la faisant vivre doublement, avaient en même temps augmenté le nombre des années vécues. Elle comprenait, elle voyait tout cela depuis que l'amour de son mari, de son amant semblait la fuir, depuis que la funeste idée lui était venue de se comparer à cette jolie créature, jeune, fraîche, luxuriante.

Mais une femme comme elle résiste avant de

18

s'avouer vaincue. Elle veut bien constater timidement une infériorité physique sur certains points, à
condition que sur d'autres, elle se reconnaisse
supérieure. « Soit ! Je suis moins jolie qu'elle,
mais je suis mieux faite, se dit la princesse
Sophia. Il n'est point de femme qui plastiquement
puisse se comparer à moi. Je suis complète, je
suis superbe. » Alors, pour se consoler des tristes
découvertes qu'elle venait de faire, pour prendre
sa revanche, elle eut l'idée de contempler ses
formes après avoir regardé ses traits ; de se voir
tout entière des pieds jusqu'à la tête, du haut
jusqu'en bas. En même temps, oubliant la femme
de chambre pour ne songer seulement qu'à la rivale, elle se disait : « Cette fille m'a trouvée laide
de visage ; je veux qu'elle me trouve splendide de
corps. »

— Otez-moi ce peignoir, ordonna-t-elle. Passez-
moi l'autre.

Blanche Burtin s'avança.

— Non, pas vous. La nouvelle, la petite... Il
faut qu'elle s'habitue à me servir si vous étiez
absente.

Léa prit docilement la chemise et le peignoir de

satin que lui tendait Blanche Burtin et s'approcha
de la princesse. Mais celle-ci, au lieu de laisser
tomber son peignoir de laine, l'avait seulement entr'ouvert et se regardait dans les glaces.

Quelle déception ! Quelle souffrance ! Ses épaules
si pleines autrefois lui parurent amaigries, sa poitrine n'avait plus la même fermeté, sa taille devenait épaisse, ses hanches ne faisaient plus saillie,
sa jambe s'était empâtée. Toutes les chairs semblaient être amollies. Elle referma précipitamment
le peignoir et elle allait se retourner lorsqu'elle
aperçut dans la glace, près d'elle, un autre corps à
côté du sien. C'était Léa qui, derrière sa maîtresse,
entraînée sans doute par l'exemple, se contemplait aussi. Pour se mieux voir, elle avait le buste
penché en avant, le cou allongé, un cou fin, blanc,
d'une pureté parfaite. Du bas de sa jupe, un peu
relevée, sortait un petit pied, bien chaussé. Ses
hanches jaillissaient sous sa jupe collante, sa taille
se cambrait, sa gorge tendue, forte, et cependant
ferme, faisait craquer le corsage. D'un regard, la
princesse l'embrassa tout entière, et, renseignée
par la rondeur et l'harmonie des contours, elle fut
obligée de reconnaître qu'elle avait devant elle un

corps admirable de femme déjà faite, restée jeune fille par la finesse des lignes, la fermeté des chairs. Sa seconde expérience n'avait pas eu plus de succès que la première ; elle ne gagnait à aucune comparaison d'aucun genre.

Elle ne doutait plus maintenant : Blanche Burtin n'avait point menti. Mis, par hasard, en présence de cette belle créature, le baron de Mérieux, revenant à ses anciennes habitudes d'amours errantes, avait dû chercher auprès d'elle, chez elle, en elle, ce qu'il ne trouvait plus chez sa femme : la jeunesse, la fraicheur. Et voilà ce qu'elle ne devait pas lui pardonner. Sa jalousie, sa colère grandissaient des tristes découvertes qu'elle venait de faire sur son compte et de l'admiration que la beauté de sa rivale lui imposait. Tout à coup, elle se retourna et, sèchement :

— Que faites-vous là plantée sur vos jambes ? demanda-t-elle à Léa. Au lieu de vous occuper de moi, vous vous regardez dans la glace.

— C'était madame la princesse que je regardais, dit Léa. Je la trouve si belle !

— Sous ce peignoir qui me couvre tout entière, n'est-ce pas ?

— Oh! tout à l'heure, il était entr'ouvert.

Cette réponse, le sourire qui l'accompagna, le timbre de cette voix qu'elle n'avait pas encore entendue frappèrent la princesse. Elle regarda de nouveau Léa, se rendit compte de quelques détails de toilette, remarqua des riens qui avaient une grande signification pour elle et se dit aussitôt : « Cette fille ne peut pas être une femme de chambre... Elle se joue de moi... Mon mari ne l'a pas rencontrée ici par hasard ; il l'a fait venir... C'est une ancienne ou une nouvelle maîtresse... Pour se rapprocher de lui, elle s'est introduite dans ma maison sous un déguisement. »

Cette pensée augmenta sa colère : elle aurait peut-être pardonné un caprice, une infidélité fortuite : elle ne pouvait admettre une trahison préméditée, audacieuse comme celle-là. Mais elle voulait être sûre... Si elle l'humiliait, cette fille arriverait peut-être à se trahir. Du reste, elle aurait du plaisir à l'humilier. Reprenant, alors, l'entretien où elle l'avait laissé :

— Je n'ai que faire de votre admiration, dit-elle d'une voix sèche. Vous êtes ici pour me servir et non pour m'admirer... Retirez ce peignoir et passez-moi l'autre.

Lorsque Léa eut obéi, la princesse vint s'asseoir sur le divan et tendit une de ses jambes pour se faire chausser.

— Voyons ! Comme vous êtes gauche ! Vous ne connaissez donc pas votre métier ? Vous faut-il un fauteuil pour vous asseoir ? Vous ne pouvez pas vous mettre à genoux ?

Sans répondre, Léa mit le genou gauche à terre, prit le pied de la princesse et le posa sur son genou droit seulement recourbé. Elle avait eu soin auparavant de relever sa jupe comme si elle voulait en faire une sorte de coussin, mais en réalité dans le but de mettre à découvert une jambe élégante, nerveuse et bien en chair.

La princesse fut encore obligée d'admirer, et c'était inutilement qu'elle se condamnait à cette souffrance : Léa ne se trahissait pas. Elle paraissait‘ au contraire, remplir avec amour ses devoirs de femme de chambre. Et, peut-être, était-elle sincère : si la princesse éprouvait du plaisir à la voir à ses genoux, de son côté elle éprouvait une sorte de jouissance à la tenir ainsi, sous son regard, dans

ses mains. Les courtisanes comme Léa, par suite
des hasards de leur carrière accidentée, ont de
fréquents contacts avec les plus grands person-
nages : princes de toutes sortes, princes du sang
et de demi-sang. Mais il est rare qu'elles effleurent,
même au passage, de vraies princesses. N'étant
pas appelées à les connaître, elles sont, par cela
même, curieuses de cet inconnu. La femme du
monde, la femme honnête, la grande dame, ont
pour elles une saveur particulière. C'est le fruit
défendu ; elles ne peuvent y goûter. Aussi, lorsque
l'occasion s'en présente, elles le contemplent avec
délices, elles le respirent de toute leur sensualité.

La princesse ne se rendait pas compte des émotions de Léa. Cependant elle se sentait mal à l'aise
auprès de cette belle créature qui l'effleurait de ses
mains blanches et fines, la regardait de son regard
profond, lui souriait de ses dents blanches et de
ses lèvres rouges. Elle frémissait à la pensée que
son mari avait pressé la veille, allait presser le soir
ce corps contre le sien, appuyer ses lèvres sur
cette bouche. Au lieu, comme elle y avait compté,
d'éprouver une jouissance à voir cette fille à ses
genoux, elle souffrait cruellement.

— Je n'ai plus besoin de vos soins, allez-vous-en ! fit-elle tout à coup.

Léa ne répondit rien et sortit souriante, en songeant au rendez-vous prochain et au coupon de rente qui lui paraissait, cette fois, bien gagné par tant de soumission.

Alors la princesse se tourna vers Blanche Burtin qui, debout près d'une croisée, avait tout entendu, tout vu, tout compris et dit d'une voix brève :

— La personne qui sort d'ici n'est pas une femme de chambre, ou du moins elle ne fait pas d'habitude ce métier... C'est une fille quelconque qui s'est introduite dans ma maison, en vous trompant ou d'accord avec vous.

— Comment ! Madame la princesse suppose !... s'écria Blanche.

— Je suppose tout... Je n'ai jamais cru à vos protestations de dévouement, à vos belles phrases... Je vous ai gardée près de moi parce que vous connaissiez votre service et que je n'aurais pas eu plus de confiance dans la personne qui vous eût remplacée... Du reste, que vous me trahissiez ou non, peu m'importe. Ce qui m'intéresse, c'est de savoir si mon mari me trompe comme vous l'affirmez, et s'il me trompe avec une femme rencontrée ici, par hasard, ou avec une maitresse qu'il a introduite dans l'hôtel... Procurez-moi le moyen d'être édifiée à ce sujet, et je vous paierai un bon prix ce genre de service.

— Du moment que Madame le prend ainsi, qu'elle doute de moi...

— Vous seriez bien sotte de faire du désintéressement, acheva la princesse Sophia. C'est mon avis et voilà chose convenue... Vous croyez, m'avez-vous dit, que le baron et cette fille se retrouveront à quatre heures dans le cabinet du rez-de-chaussée ?

— Oui, madame la princesse, je le crois.

— Eh bien, cinq cents louis pour vous si je les vois, si je les entends... Arrangez-vous comme vous voudrez, cela ne me regarde pas... Assez sur ce sujet. Suivez-moi dans mon cabinet de toilette.

Pendant qu'elle se faisait coiffer et habiller, elle ne dit plus un mot à Blanche Burtin ; elle songeait.

XLVII

Il ne l'aimait plus déjà, lui ! Lui, pour qui elle
avait tant fait, à qui elle avait tout donné ! Elle s'é-
tait donnée tout entière, elle lui avait donné tout
ce qu'elle possédait : son corps, son âme. Il lui
avait dit : « J'ai besoin de tes millions », et
elle s'était empressée de répondre sans réfléchir,
sans calculer : « Prends-les, ils sont à toi comme
le reste. » Plus tard, la semaine précédente, il lui
avait encore demandé d'autres millions, et, pour
la première fois, elle hésitait, non pas qu'elle
craignît de s'appauvrir, mais parce qu'elle voulait l'obliger à lui dire quel emploi il comptait faire
de tout cet argent ; parce qu'elle voulait l'amener à
lui confier son secret. Elle souffrait de n'avoir pas
sa confiance, son entière confiance... Il n'avait point

parlé, se bornant à répondre : « C'est grave, c'est très grave » ; et ces mots la tourmentaient. Elle était sur le point de céder, sans exiger de confidences. Elle se disait : « S'il s'éloigne de moi, s'il me montre de la froideur, s'il vit chez lui et non plus dans notre nid d'amour, c'est qu'il est tourmenté, inquiet, qu'il m'en veut. Il a peut-être raison de m'en vouloir. »

Eh bien, non, non! Pendant qu'elle le croyait triste, désolé, il caressait une belle fille sous le toit conjugal! S'il la privait, elle, sa femme, de ses baisers, c'était pour les donner plus nombreux, plus ardents à une maîtresse !

L'aimait-il, cette maîtresse? Peut-être. En tout cas, il la désirait, et c'était une injure, une indigne trahison. Pourquoi lui avoir tant de fois répété qu'elle était supérieure à toutes les autres femmes, plus séduisante, plus désirable ? Elle avait fini par le croire, et, brutalement, elle apprenait le contraire. Brutalement, elle venait d'apprendre aussi, à cause de lui, par suite de sa trahison, qu'elle n'avait plus le charme d'autrefois, qu'elle vieillissait.

Et, cependant elle l'avait tant aimé, elle l'aimai tant, qu'elle se sentait par moments portée à l'indulgence. Ah ! s'il la faisait souffrir, s'il la trompait aujourd'hui, autrefois, hier encore, il était tout à elle, rien qu'à elle, à elle seule. Elle l'entendait murmurer toujours à son oreille charmée mille protestations, mille serments. Elle le voyait ardent, passionné. Ses baisers la brûlaient encore. Le souvenir du passé, de ce passé dont elle croyait ne pouvoir douter, l'attendrissait, par instants, calmait son irritation, sa colère.

Quand elle fut habillée, l'heure du déjeuner était venue. Le baron l'attendait dans la salle à manger. Il s'empressa de marcher à sa rencontre, s'informa de ses nouvelles et lui baisa très gracieusement la main. Il continuait à rester comme la veille, comme l'avant-veille, un mari correct, seulement correct.

— Vous sortez, ma chère amie ? fit-il négligemment vers la fin du déjeuner.

— Oui, à trois heures...Quelques emplettes et un tour au bois... Je rentrerai vers six heures... Et vous ?

— Moi, je reste.

Elle sortit très ostensiblement à l'heure indiquée, se fit descendre rue de la Paix devant la porte d'un de ses fournisseurs, renvoya sa voiture sous le pré-

texte qu'elle rentrerait à pied, prit un coupé de
louage, se couvrit d'un voile épais et revint au parc
Monceau. Blanche Burtin, qui l'attendait et avait
éloigné, sous différents prétextes, les indiscrets,
lui ouvrit une petite porte particulière, s'empressa
de la guider à travers des couloirs réservés aux
gens de service et la fit entrer, enfin, dans le réduit
dont il a été question avec sir Gardiner.

Seule, dans cette pièce, la princesse, immobile,
retenant son souffle, reconnut bientôt qu'elle pourrait voir et entendre tout ce qui se passerait, tout
ce qui se dirait dans le cabinet de son mari.

Le baron, assis près de son bureau, parcourai
un livre, interrompant sa lecture à tout instant
pour consulter sa montre ou regarder la pendule.
Quatre heures sonnèrent. Il se leva, alla fermer au
verrou la porte de son cabinet, s'approcha de l'autre
porte, celle qui donnait sur le petit salon voisin,
l'ouvrit et fit un signe.

Aussitôt Léa parut. Elle s'avança, souriante,
légère, sans le moindre embarras, jetant autour
d'elle des regards curieux, plus charmante dans sa
simple toilette qu'elle ne l'avait jamais été dans
ses jours de grande élégance.

19

Lui, debout, la main appuyée sur le dossier d'un fauteuil, la suivait des yeux et paraissait charmé.

Lorsqu'elle se fut un instant promenée de meuble en meuble, de tableau, en tableau comme si elle parcourait un musée, elle s'arrêta en face de M. de Mérieux, l'enveloppa de son long regard caressant et, d'un mouvement gracieux de la tête lui fit signe de la rejoindre.

Il n'obéit pas et répéta le même signe comme pour lui dire : « Je t'attends. Viens ! C'est à toi de t'approcher. »

Mais elle, oubliant sa profession de femme de chambre pour se rappeler seulement qu'elle était femme, sans quitter sa place, se contenta de le caresser d'un regard et d'un sourire encore plus tendres. Alors vaincu, attiré, fasciné, il fit le chemin qui le séparait d'elle.

Ils se trouvaient maintenant réunis, debout, ne formant plus qu'un seul corps, placés juste en face de la petite pièce où la princesse toute frémissante les épiait.

Les mains se pressaient, les regards se confondaient, les genoux, les poitrines se touchaient, mais leurs lèvres ne se joignaient pas. Il appelait son baiser et elle appelait le sien. Ni lui, ni elle ne voulait faire les premières avances. Habiles en amour tous les deux, ils se faisaient désirer. Ces délicats, ces gourmets, retardaient le plaisir pour le mieux goûter.

Ce fut lui qui, cette fois encore, céda le premier. Il s'approcha lentement, la frôla de sa moustache, s'éloigna pour se rapprocher de nouveau, puis, brusquement, colla sa bouche sur la sienne.

Elle, la princesse Sophia, regardait toujours à travers la vitre, à travers l'ouverture pratiquée dans la tapisserie.

Elle aurait voulu s'élancer tout à coup dans le cabinet, se précipiter sur cette malheureuse, la jeter par terre, la fouler aux pieds, en lui criant, à lui : « Misérable, misérable ! » Et elle ne pouvait pas, elle n'avait pas la force, elle se sentait anéantie. De sa gorge desséchée, aucun son n'aurait pu sortir.

Ah ! quel supplice ! Si, dès que cette femme était entrée, il l'avait prise dans ses bras brutalement, bestialement, comme on prend une fille, elle aurait moins souffert. Mais, ces coquetteries d'abord échangées, ces préliminaires, ces retards, ces raffinements de volupté intelligente dont elle était témoin la torturaient, le rendaient à ses yeux mille fois plus coupable.

De quel regard il la couvait! Quel long baiser il savourait encore! Elle se souvenait de ses regards et de ses baisers d'autrefois. C'étaient les mêmes. Il ne faisait aucune différence entre elle et cette créature!

Maintenant leurs lèvres s'étaient désunies; mais il lui parlait à l'oreille, s'interrompant pour l'embrasser dans le cou, sur la nuque, et elle l'écoutait renversée dans ses bras, les yeux à moitié fermés, la bouche entr'ouverte. La princesse n'entendait pas, mais elle devinait. Elle avait entendu, elle aussi, les chaudes paroles qu'il murmurait en ce moment; elle les avait savourées, renversée aussi dans ses bras, à demi pâmée.

Tout en parlant, M. de Mérieux entraînait Léa au fond du cabinet, là-bas, près de la cheminée. Elle ne résistait pas.

Avait-elle oublié qu'on la regardait, qu'on l'épiait, que d'un moment à l'autre on pouvait s'élancer sur elle? Non. Sa jouissance se doublait du danger couru, de supplice infligé à la princesse, du plaisir de se venger de celle qui l'avait si fort humiliée le matin. Elle était curieuse aussi de savoir ce qui allait se passer, comment cela finirait, si le crime serait consommé ou si une irruption soudaine empêcherait de le commettre.

Tout à coup, le baron s'arrêta et prêta l'oreille, croyant entendre du bruit.

« Allons, elle se décide, se dit Léa. Il était temps. Mettons-nous sur nos gardes. »

Mais le bruit ne venait pas du réduit où se trouvait la princesse. Il venait de l'antichambre voisine. On frappa bientôt à la porte du cabinet.

Le baron de Mérieux ne répondit pas. Il restait à la même place, tenant toujours Léa dans ses bras.

— Si on ouvre? murmurait-elle.

— Rassure-toi, j'ai poussé le verrou.

On frappa de nouveau. Cette persistance l'effraya. Si c'était sa femme qui, rentrée plus tôt qu'elle ne l'avait dit, voulait le voir et lui parler! Alors, se penchant vers Léa :

— Retourne, lui dit-il, dans la pièce où tu attendais tout à l'heure. J'irai t'y rejoindre.

Elle obéit, courut vers la porte par laquelle elle était entrée et doucement la referma sur elle. En même temps, le baron marchait vers l'autre porte, tirait le verrou et ouvrait.

— Pourquoi n'entrez-vous pas ? demanda-t-il à un domestique qui apparut aussitôt.

— Monsieur le baron n'a pas répondu lorsque j'ai frappé.

— Au contraire, je vous ai crié d'entrer. Vous n'entendez jamais... Qu'y a-t-il ? J'avais dit que je voulais être seul.

— C'est vrai ; mais on a tant insisté que...

— Qui a insisté de cette façon ?

— Le prince Orsiloff.

Le baron tressaillit et, après un instant de réflexion :

— Faites entrer ! dit-il.

XLVIII

Après avoir donné cet ordre, M. de Mérieux se dirigea vers la porte du petit salon voisin, afin de

s'assurer qu'elle était bien fermée et que les ta-
pisseries la recouvraient tout entière. Prévoyant un
entretien orageux avec le prince Orsiloff, il prenait
des précautions contre la curiosité de Léa, sans
avoir l'idée d'en prendre contre sa femme, à qui le
hasard allait livrer ses secrets.

Le prince Orsiloff, en entrant, salua légèrement
le baron et lui dit du ton sec qui lui était habi-
tuel :

— Je regrette, monsieur, d'avoir violé la con-
signe que vous aviez donnée de ne recevoir personne ; mais je tenais absolument à vous parler...
Vous deviez bien le penser, et ces regrets expri-
més, permettez-moi de m'étonner de votre peu
d'empressement à m'admettre auprès de vous.

— C'est cependant bien naturel, monsieur, répondit le baron de Mérieux, moins calme qu'il
n'était d'habitude lorsqu'il se trouvait en présence
du prince. Si vous veniez me faire une visite ordinaire, de pure courtoisie, ma porte vous serait
grande ouverte ; mais j'ai lieu de croire que vous
vous présentez chez moi en créancier et, par prudence je m'enferme.

— Pourquoi, par prudence ?

— Parce que je redoute vos reproches.

— Vous n'êtes donc pas en mesure de payer votre dette?

— Non.

— Le jour de l'échéance est cependant passé.

— C'est vrai.

— Et vous n'avez pas les quinze millions?

— Je ne les ai pas.

— Votre femme vous les refuse?

— Absolument.

— Vous ne les avez peut-être pas demandés d'une façon assez pressante.

— Au contraire. Cette fois, on m'a opposé un refus formel.

— Et vous en êtes resté là?... Vous continuez sans doute à vivre dans les meilleurs termes avec celle qui vous expose à de graves ennuis.

— Non. Nos rapports sont des plus froids.

— Espérez-vous que cette froideur triomphera de ses résistances?

— Non, je ne l'espère pas.

— Alors, pourquoi n'employez-vous pas le système absolument opposé : celui qui vous a réussi jusqu'à ce jour?

— Parce que je ne puis plus.

— Vous ne pouvez plus? Vous m'étonnez.

— Étonnez-vous, monsieur; c'est comme cela.

Ces phrases courtes, brèves, dites d'un ton sec, mais à voix basse, s'étaient échangées devant la porte d'entrée. Tout à coup, le baron très agité quitta sa place, gagna le fond du cabinet, s'arrêta près de la petite pièce où se trouvait sa femme et se croyant plus en sûreté dans cette partie de l'appartement, certain de ne pouvoir être entendu par personne, éleva la voix. Il avait besoin de parler en toute liberté, d'exhaler les plaintes qui grondaient en lui depuis trop longtemps. Dans toute autre circonstance, il aurait peut-être gardé son sang-froid ; mais ses nerfs se ressentaient de la scène d'amour qu'il venait de jouer avec Léa et qui avait été brusquement interrompue, en pleine situation , au moment critique , avant le dénouement attendu et désiré. Les sens satisfaits procurent du calme à l'esprit, les sens seulement excités enfièvrent l'imagination, disposent à la colère.

Arrivé à la place qu'il avait choisie, il se tourna donc brusquement vers le prince, qui de son côté s'était rapproché, et lui dit violemment :

19.

— Non, je ne puis pas, je ne puis plus la tenir comme autrefois sous ma dépendance, obtenir d'elle ce que je veux... Mes discours, mes baisers, mes caresses annihilaient sa volonté. Saturée, épuisée de volupté, elle ne songeait pas à la révolte. Elle ne songeait qu'aux plaisirs de la veille, aux plaisirs prochains... Je l'avais domptée. Elle était devenue mon esclave, ma chose... Et c'est ainsi que je l'ai amenée au mariage, que plus tard je l'ai conduite à me donner les millions que vous réclamiez.

— Eh bien, maintenant? demanda le prince.

— Maintenant, je ne me sens plus capable pour la dominer d'user des mêmes moyens... Je ne puis plus jouer la comédie de l'amour qui renaît sans cesse, de la passion que rien n'apaise... Je laisse à son esprit, toujours enfiévré autrefois, le temps de se calmer... Elle réfléchit, elle juge, elle n'est plus entièrement à moi, elle est souvent à elle... Et, alors, elle repousse des demandes qui lui paraissent maintenant exagérées et folles.

— Puisque, reprit Orsiloff, vous analysez si bien toutes ces sensations, pourquoi renoncez-vous si vite à votre ancien rôle ?

— Pourquoi, s'écria M. de Mérieux, pourquoi ?
Parce que ce rôle m'est odieux... Ah ! je ne
m'étonne que d'une chose, c'est de l'avoir joué si
longtemps... Mais, vous le savez bien, je ne l'ai
jamais aimée cette femme... Elle m'a plu quelques
jours peut-être... La nouveauté !... Ensuite, je l'ai
trouvée ce qu'elle est vraiment, laide, oui, laide...
Je n'étais pas habitué à des femmes comme celle-
là... J'avais été gâté... C'est à force d'imagination,
de volonté que j'arrivais à la tromper... Elle se
croyait aimée, c'est une autre que j'aimais auprès
d'elle... Je fermais les yeux et je revoyais par la
pensée quelque belle créature qui m'avait autrefois enfiévré... Elle bénéficiait de mes souvenirs...
Elle a commis la faute de ne pas me laisser les re-
nouveler, de me garder auprès d'elle, toujours
auprès d'elle, et les anciennes images, les souvenirs se sont effacés... Je ne vois plus les autres, je
ne vois qu'elle... Cela ne me suffit pas... Je ne puis
plus jouer mon rôle, je ne puis plus... J'y renonce.

— Vraiment ! fit le prince Orsiloff... Mais moi
je ne renonce pas aux quinze millions.

Il s'était encore rapproché du baron de Mérieux,
et droit devant lui, le regardant bien en face :

— En vérité, monsieur, reprit-il, je crois que vous n'avez pas compris la portée, la gravité de l'engagement pris avec un homme tel que moi... Vous pensez qu'il vous suffira de dire : « Je ne puis plus tenir ma parole, je ne puis pas m'excuser, arrangez-vous comme vous l'entendrez. » Allons donc ! Vous avez su donner des preuves d'amour à votre femme lorsqu'il s'agissait de l'épouser, vous saurez lui en donner de nouvelles quand il s'agit de vous acquitter envers moi.

M. de Mérieux répliqua vivement :

— Je me suis acquitté depuis longtemps. Je vous ai donné dix millions. Je trouve que c'est assez... Qu'avez-vous fait après tout ? Vous êtes venu me dire : « Il existe à Paris une femme puissamment riche. Devenez son amant afin de l'épouser lorsqu'elle sera veuve. » C'était un simple renseignement cela, et je l'ai payé ce qu'il valait.

— C'est possible, mais j'ai fait plus que de vous donner un renseignement.

— Qu'avez-vous fait ?

— Je vous ai aidé à vous marier.

— En me prêtant cinq cent mille francs. Je vous les ai rendus.

— Je ne parle pas de cela... Je parle de la mort du prince

— C'est le hasard qui nous a servis.

— Vous croyez au hasard, vous? Au hasard qui vient ainsi, en temps opportun, accomplir l'œuvre désirée. Vous n'y avez jamais cru un instant. Vous avez feint d'y croire, voilà tout.

— Alors, si ce n'est pas le hasard...

— C'est moi.

— Vous !

— Oui, moi ! J'ai tué le prince Lavisine pour vous permettre d'épouser sa veuve et d'être riche.

— Oh! fit le baron de Mérieux en se reculant.

Le prince Orsiloff le rejoignit et, lui mettant la main sur l'épaule :

— Ne jouez donc pas l'étonnement... Il y a un crime entre nous. Vous en avez profité, je veux en profiter à mon tour... Vous n'êtes pas seulement mon débiteur, vous êtes mon complice, et je viens réclamer ma part dans le produit du crime.

— C'est faux, c'est faux ! Je ne suis pas votre complice.

— Alors pourquoi m'avez-vous déjà donné dix

millions ? Pour un simple renseignement ? A qui le ferez-vous croire ? Aux juges ?

— J'avais peur de vos menaces.

— Mes menaces ? Oui, parce que vous saviez que j'avais tué l'autre et que vous trembliez d'être tué comme lui, à cette place peut-être, dans ce cabinet, devant ce bureau... Eh bien, la situation n'est pas changée. Vous êtes sous le coup des mêmes menaces.

Dans leurs orbites profonds, les yeux du prince brillaient ; mais il avait dit toutes ces choses terribles d'une voix calme, avec son inaltérable sang-froid. A l'entendre, à le voir, on sentait bien que ses menaces ne seraient pas vaines.

— J'admets, fit le baron de Mérieux après un instant de silence, que j'arrive à vaincre toutes mes répugnances, à redevenir l'amant de cette femme dont je ne voulais plus, à reprendre mon empire sur elle, à obtenir, pour vous les donner, ces quinze millions. Après ? Qu'est-ce qui me prouve que vous n'en demanderez pas d'autres, que vous n'exigerez pas les derniers débris d'une fortune qui m'a coûté si cher ?

— Ma parole, monsieur. Je me suis bien contenté de la vôtre, lorsque vous m'avez dit : « Nous partagerons. Je vous donnerai la moitié de cette fortune. » La parole d'un prince Orsiloff vaut bien celle d'un baron de Mérieux... Je frappe, je tue, mais je ne mens pas.

Il se recueillit quelques secondes et ajouta :

— Du reste, votre dette payée, vous n'aurez plus lieu de me craindre, je serai entre les mains de la justice.

— Vous ?

— Oui, moi... J'irai me dénoncer comme le véritable, le seul meurtrier du prince Lavisine.

— Vous ferez cela ! Pourquoi ?

— Pourquoi ? Vous me demandez pourquoi ? Au fait, vous n'avez jamais songé à celui qui a été condamné à ma place, à notre place... J'ai toujours songé à lui, moi. J'ai toujours compté lui faire rendre, dès que je le pourrais, la liberté, l'honneur... Mon but atteint, mon œuvre accomplie, je ferai bon marché de ma vie, et, devenu inutile aux autres, j'irai dire : « Je suis le coupable. »

— Quel homme êtes-vous donc, monsieur ?

— Demandez-moi plutôt quelle idée je poursuis, quelle idée je représente ; et si vous pouviez me

comprendre, je vous répondrais... Car je ne crains
pas vos dénonciations. Vous savez bien que si je
suis prêt à punir un débiteur intraitable, je punirai
plus vite encore, plus sûrement, un dénonciateur
et un traître... J'ai dit... Pour la dernière fois, je
vous demande si vous tiendrez vos engagements,
si vous payerez votre dette ?

— Oui, murmura M. de Mérieux.

Le prince Orsiloff sortit aussitôt.

Le baron se promena quelques instants, agité,
fiévreux, puis se souvenant tout à coup de Léa qui
l'attendait peut-être encore dans la pièce voisine,
il courut la chercher. Il pensait sans doute qu'elle
apporterait une heureuse diversion à ses ennuis,
qu'elle calmerait ses nerfs.

Elle entra. Ils reprirent leur scène d'amour où
ils l'avaient laissée et l'achevèrent.

Alors, la princesse Lavisine sortit de la pièce où
elle avait tout entendu, tout vu, monta chez elle et
écrivit deux lettres : la première au prince Orsiloff,
la seconde au procureur de la République.

XLIX

Après sa visite au baron de Mérieux, le prince Orsiloff rentra chez lui. Malgré la fortune considérable que lui attribuaient ses compatriotes, il occupait dans le faubourg Saint-Honoré un modeste appartement situé au troisième étage, et meublé des plus simplement. Dans la chambre à coucher, un lit en fer, une véritable couchette de soldat, et quelques armes appendues au mur. Dans le salon, transformé en cabinet de travail, une table-bureau, des chaises et une grande bibliothèque en chêne. Si on s'approchait de ses rayons, on voyait au premier rang : l'*Histoire de la civilisation*, de Buckle, *Force et Matière*, de Louis Büchner, *Que faire ?* le livre célèbre du révolutionnaire russe Tcherniscewski et tous les ouvrages d'Alexandre Herzen, le grand précurseur du nihilisme : *Lettres sur l'étude de la nature. A qui la faute? Avant et après la tempête,* le *Docteur Krupof.*

Cette bibliothèque ne ressemblait pas à beaucoup de meubles du même genre, que leurs propriétaires n'ouvrent jamais. A peine le prince Orsiloff fut-il entré dans son cabinet, qu'il s'approcha de ses livres aimés, en feuilleta plusieurs et finit par prendre sur un rayon un volume de la collection de *Terre et Liberté,* le journal clandestin nihiliste. Il en posa un volume sur son bureau, fit quelques recherches et eut bientôt sous les yeux les lignes suivantes : « En répandant la terreur autour « de lui, notre parti ébranlera l'ancien système « gouvernemental et en fera crouler l'édifice. Chaque « balle que nous envoyons à nos ennemis est une « étincelle électrique qui produit des tremblements « et jette l'épouvante. C'est en vengeant la mort « de leurs associés que les membres du parti ré- « volutionnaire peuvent devenir une force bien « soudée, compacte et utile. » Cette élucubration d'un *nihiliste sanguinaire,* suivant une expression nouvelle, au lieu de révolter la conscience du prince Orsiloff, parut au contraire lui convenir. Il avait sans doute trouvé dans ces lignes ce qu'il cherchait, une approbation de sa conduite passée, un encouragement à poursuivre ses projets.

Sa lecture fut interrompue par l'arrivée d'un de ses compatriotes qui, pour tout le monde, remplissait auprès de lui les fonctions de secrétaire, mais qui était plutôt un ami, un confident intime, un autre lui-même. Il pouvait avoir une trentaine d'années, et malgré sa barbe blonde et ses yeux bleus, paraissait énergique, résolu.

— Que veux-tu, Yvan ? demanda le prince.

— Père (terme de respect très usité en Russie), on vient d'apporter cette lettre pour toi. On lit sur l'enveloppe : « Important et pressé. »

— Donne, fit Orsiloff en tendant la main.

Il décacheta et lut à haute voix, afin d'indiquer sans doute à Yvan qu'il n'avait pas de secrets pour lui :

« Une personne qui vous veut du bien croit
« devoir vous avertir que le baron de Mérieux a
« déposé aujourd'hui une plainte contre vous. Il
« vous accuse d'être le meurtrier du prince Lavi
« sine. Prenez vos précautions. »

Le prince relut ces lignes, et dit à Yvan d'une voix très calme :

— Qui m'a écrit cette lettre ? D'où vient-elle ?
Je l'ignore. Mais ce qu'elle contient doit être vrai.

— Tu crois qu'il a osé? dit Yvan.

— Oui. La peur lui aura donné cette audace.
Il s'est dit après mon départ : « Je ne pourrai
jamais m'acquitter de ma dette envers lui, et pour
me mettre à l'abri de ses menaces, je n'ai qu'un
moyen, c'est de le dénoncer. Entre les mains de
la justice, il ne pourra plus m'atteindre. » Calcul
bien faux. Prisonnier, je commanderai toujours
et d'autres m'obéiront.

— Moi, par exemple, fit Yvan aussi tranquille
que le prince... Tu m'ordonnes sans doute de
frapper ?

— Oui, répondit Orsiloff après quelques instants
de réflexion. Depuis le jour où cet homme a signé
le pacte que je lui proposais, et s'est engagé à
me remettre les millions qui nous sont nécessaires
pour le triomphe de nos idées, il est devenu
notre complice, notre agent, notre affilié... Il nous
trahit, ses révélations peuvent nous nuire, il doit
disparaître.

Il se leva et d'une voix grave ajouta :

— Au nom du *Comité exécutif* dont je suis

l'unique représentant ici, qui m'a délégué tous ses pouvoirs, je prononce la sentence de mort du baron Charles de Mérieux, j'ordonne qu'il soit *justicié*.

— Tu seras obéi... Je me charge du *hazn* (châtiment et non par meurtre, du verbe *haznir*, qui signifie punir, et ne doit pas être confondu avec le mot tuer).

— Tu frapperas dès que je serai arrêté, reprit le prince Orsiloff, et tu partiras pour la Russie rejoindre nos frères. Tu leur diras que j'ai tout donné à notre cause : mon temps, mon travail, ma fortune entière, que je lui donne aujourd'hui ma vie.

— Pourquoi ne pars-tu pas avec moi ? Il en est temps encore.

— Non, je ne veux pas partir. Il faut que mon procès ait lieu, que j'élève la voix pour faire connaître à tous le nom du parti auquel je suis attaché, sur quels principes il repose, en vertu de quelle idée, de quel droit il frappe ses ennemis. J'affirmerai ainsi son existence, sa force, et je l'aurai servi jusqu'à la dernière heure . . . .

. . . . , ...

Dans la soirée, le procureur de la République lui

même et un juge d'instruction se transportèrent chez le prince Orsiloff pour l'interroger. Ses réponses, ses aveux furent tellement précis, qu'un mandat d'amener fut immédiatement lancé contre lui.

L

Sir Gardiner fut très désappointé lorsque Blanche Burtin vint lui apprendre que la princesse Lavisine avait assisté, sans les interrompre, aux scènes d'amour jouées devant elle, et qu'elle n'avait même pas protesté à l'heure du dénouement, un dénouement brutal cependant.

En effet, il ne pouvait se douter qu'aux yeux de la princesse, cette trahison dernière disparaissait, s'effaçait devant les trahisons passées. N'avait-elle

pas appris, par les confidences du baron au prince
Orsiloff, que non seulement on ne l'aimait pas, mais
qu'on ne l'avait aimée à aucun moment, qu'elle déplaisait dès le premier jour, qu'on n'en voulait qu'à
sa fortune, qu'on lui avait toujours menti, odieu-
sement menti !

Quelquefois, le bonheur d'une femme s'écroule
tout à coup. Elle souffre, c'est terrible ! Mais ses premières souffrances apaisées, l'âcreté de la douleur
diminuée, elle se souvient des plaisirs et des joies
disparus, elle les revoit, elle revit en eux et se dit :
« Comme c'était beau, alors, comme c'était bon !
Comme il m'aimait l'ingrat ! » Eh bien, non, elle
n'avait pas même cette consolation. Le passé s'était
écroulé aussi. Il n'en restait rien, rien que des men-
songes, de longues perfidies, des hontes... un
crime !

Alors, cette femme cruellement offensée, dont l'orgueil, le cœur, la chair avaient été meurtris, pro-
fanés, salis; cette femme, Parisienne par l'éduca-
tion, mais encore à demi sauvage par le sang, pas-
sionnée, matérielle à l'excès, soumise à l'homme
qui la flatte du geste et de la voix, prête à lécher
une main caressante, mais prête aussi à mordre le

bras qui la frappe, n'avait plus songé qu'à se venger sur l'heure, sans perdre une minute, d'une façon terrible!

Et, cette vengeance, elle n'avait même pas à la chercher. C'était le prince Orsiloff qui la lui fournirait, qui la vengerait. Il avait dit à son complice : « Je vous tuerai si vous me trahissez. » Il s'agissait de lui faire croire qu'il était trahi. C'est pourquoi la princesse avait écrit deux lettres : la première au procureur de la République pour dénoncer Orsiloff comme meurtrier, et la seconde au prince pour lui dire : « On t'a dénoncé. »

Si Hanley Gardiner s'était douté de tout cela, au lieu d'être désappointé, il se serait réjoui. Que voulait-il? Apprendre à la princesse qu'on la trompait? Elle l'avait vu elle-même, et elle apprenait du même coup qu'elle avait toujours été trahie. Obtenir des révélations sur le crime d'autrefois, éclairer la justice? Celle-ci venait d'être éclairée directement et agissait déjà. Grâce à l'intrigue imaginée, au plan suivi, sir Gardiner obtenait des effets inattendus, immédiats, superbes!

LI

Charles de Mérieux, après son entretien avec le prince Orsiloff et son tête-à-tête avec Léa, resta seul. Il avait besoin de se recueillir, de voir clair dans son jeu fort embrouillé à l'heure présente, d'imaginer quelque bon coup de maître qui lui fît gagner la partie. On vint lui annoncer que le dîner était servi. Il répondit que, souffrant, il ne se mettrait pas à table.

Vers neuf heures, au moment où le prince Orsiloff était arrêté, il eut l'idée de sortir un instant, de prendre l'air, afin d'avoir l'esprit plus libre.

Il sortit, mais il ne rentra pas.

Ce fut son cadavre qu'on rapporta dans l'hôtel, vers minuit.

Le second mari de la princesse Sophia Lavisine

était mort comme le premier, de mort violente, d'un coup de poignard dans le cœur.

LII

Sir Gardiner apprit à la fois, le lendemain matin, l'arrestation du prince Orsiloff et la mort du baron de Mérieux. En homme pratique, il ne perdit pas son temps à rechercher comment ces événements s'étaient produits, à quelle cause il les fallait attribuer, qui les avait provoqués. Il profita seulement de ses relations, usa de son influence pour être bien informé, pénétrer les mystères de l'instruction.

Il apprit ainsi que le prince Orsiloff mettait autant de soin à établir sa culpabilité qu'il en avait mis autrefois à écarter tous les soupçons. Comme ses aveux, bien nets cependant, ne pouvaient

suffire à la justice, il les fortifiait de preuves maté-
rielles, des plus claires. Il discutait, en même temps,
toutes les preuves qu'on croyait avoir recueillies
contre le premier accusé, et les détruisait l'une
après l'autre. Enfin il rendait éclatante l'innocence
de Bérard.

Quant au mobile du crime, il s'empressa de le
faire connaître : il avait *justicié* le prince russe
Lavisine, parce que celui-ci s'était montré l'ennemi
acharné, le persécuteur de son parti. Il avait voulu,
en même temps, que la grande fortune du prince
pût aider à la prospérité de ce parti, répandre ses
idées, augmenter ses moyens d'action, soulager ses
misères. Il expliqua très nettement la combinaison
qu'il avait imaginée et par laquelle vingt-cinq millions devaient revenir non pas à lui, mais aux siens.

Il dit aussi avoir ordonné la mort du baron de
Mérieux, pour punir ce complice de sa trahison.

Le procès eut lieu. On l'écouta, on le laissa
parler. Mais la conscience des jurés, de la Cour et
de l'auditoire parla plus haut que lui : l'assassinat,
quel qu'en soit le motif, ne pourra jamais se justifier.

Le prince Orsiloff fut condamné à mort.

LIII

Alors, une voix s'éleva : celle de la presse. Elle demandait la revision du premier procès, en s'appuyant sur l'article 443 du Code d'instruction criminelle ainsi conçu :

« La revision pourra être demandée en matière
« criminelle ou correctionnelle... lorsque après
« une condamnation pour crime ou délit, un nou-
« vel arrêt ou jugement aura condamné pour le
« même fait un autre accusé, et que les deux
« condamnations ne pouvant se concilier, leur con-
« tradiction sera la preuve de l'innocence de l'un
« ou de l'autre accusé. »

De leur côté, les journaux américains de sir Gardiner, traduits aussitôt par les journaux français, s'empressèrent de faire remarquer qu'aux

Etats-Unis, on n'avait jamais cru à la culpabilité de Bérard. Ils mirent un peu de malice et d'orgueil à reproduire leurs anciens articles, ainsi que la dépêche envoyée par leur rédacteur en chef au sortir de la Cour d'assises. Enfin, renseignés par sir Hanley Gardiner, ils apprirent aux Parisiens que Jean Bérard, qu'on croyait mort, s'était sauvé de l'ile Nou, habitait New-York avec sa fille et allait se rendre en France pour être jugé à nouveau.

En effet, le ministre de la justice, obéissant à la loi, chargea bientôt le procureur général à la cour de cassation de dénoncer à cette cour les deux arrêts, dont le premier condamnait Jean Bérard et le second le prince Orsiloff pour le même crime.

La Cour de cassation, section criminelle, « après avoir vérifié que les deux condamnations ne pouvaient se concilier, cassa les deux arrêts, et renvoya les deux accusés devant une nouvelle juridiction. »

Les débats s'ouvrirent à Rouen. Bérard revenu d'Amérique quinze jours avant la session des assises et qui s'était aussitôt constitué prisonnier, ne se livra point à des récriminations inutiles. Il se montra calme, digne, véritablement grand. Le

20.

ministère public, au lieu de faire un réquisitoire contre lui, plaida sa cause avec éloquence et il fut acquitté aux applaudissements de l'auditoire.

La justice reconnaissait son erreur, mais n'en supportait pas les conséquences. Cependant les jurisconsultes les plus autorisés se sont prononcés sur cette question et Faustin Hélie a écrit ces lignes : « La loi doit-elle accorder une indemnité au condamné qu'une fatale erreur a voué à la peine et qui a subi une injuste souffrance ? Cette proposition a été écartée. Cependant, est-ce que la justice elle-même, c'est-à-dire la société de laquelle elle émane et au nom de laquelle elle est rendue, n'est pas responsable du mal qu'elle a involontairement causé ? Est-ce que le sentiment d'équité, qui gémit de ce mal, n'exige pas que ce qui est réparable encore soit autant que possible réparé ? Suffit-il de faire cesser le supplice, ne faut-il pas guérir les plaies ? Quelles difficultés aurait causées la faculté laissée au juge qui prononce la revision de fixer une somme qui serait allouée, au nom de l'État, au condamné dont l'innocence serait reconnue ? »

L'arrêt qui acquittait l'un des accusés condamnait l'autre, le prince Orsiloff, aux travaux forcés á perpétuité. Le jury ému, cette fois, de le voir défendre énergiquement Bérard et lui demander pardon du préjudice souffert, des douleurs endurées, crut devoir accorder des circonstances atténuantes.

Le prince ne profita pas de cet adoucissement de peine. Yvan, son compatriote, revenu de Russie, obtint de le voir dans sa prison, et en lui donnant le baiser de paix, lui glissa dans la bouche un petit tube qui contenait un poison violent. Orsiloff brisa le tube entre ses dents et mourut quelques heures après.

LIV

La princesse Sophia Lavisine a quitté la France. Elle s'est retirée, en Russie près de Moscou, dans le

monastère de la Trinité (Troïtzki monaster). C'est
du reste un couvent très mondain qui ne ressemble
en aucune façon à la plupart de nos communautés
religieuses.

Comme le désirait Mlle Bérard, son mariage avec
sir William Hanley-Gardiner a été célébré à Paris,
avec une grand solennité. Lorsqu'elle s'est avancée
dans l'église au bras de son père, plus belle que
jamais, rayonnante de joie et de fierté, triom-
phante, un long frémissement a parcouru la foule.

Sir Gardiner, sa femme et Bérard, ces trois amis
que la mort seule pourra séparer, vivent ensemble
tantôt à Paris, tantôt à New-York, tantôt sur leur
yacht.

Ils se sont inquiétés d'Armand Fortier et de Marcelle Hébert, par curiosité et aussi... pourquoi ne
pas le dire... par sympathie. Les nouvelles reçues
de Nouméa leur ont appris que ces deux transportés
sont mariés et paraissent s'aimer à... la fureur.
Après toutes leurs épreuves, ils se devaient bien
cela. Leur exploitation agricole prospère, et Fortier ne tardera pas à obtenir sa libération. Elle est
demandée par le directeur de l'administration pénitentiaire, en récompense de traits de dévouement:

au péril de sa vie, et abusant comme toujours de sa force, le forçat-colon a sauvé deux hommes dans un incendie. Autrefois il en avait tué deux : c'est une compensation.

Léa est devenue rentière de l'État. Elle se mariera sans doute. Il faut bien faire une

FIN.

Paris. — Soc. d'imp. PUAL DUPONT, 41, rue J.-J.-Rousseau. (Cl.) 65.10.83.

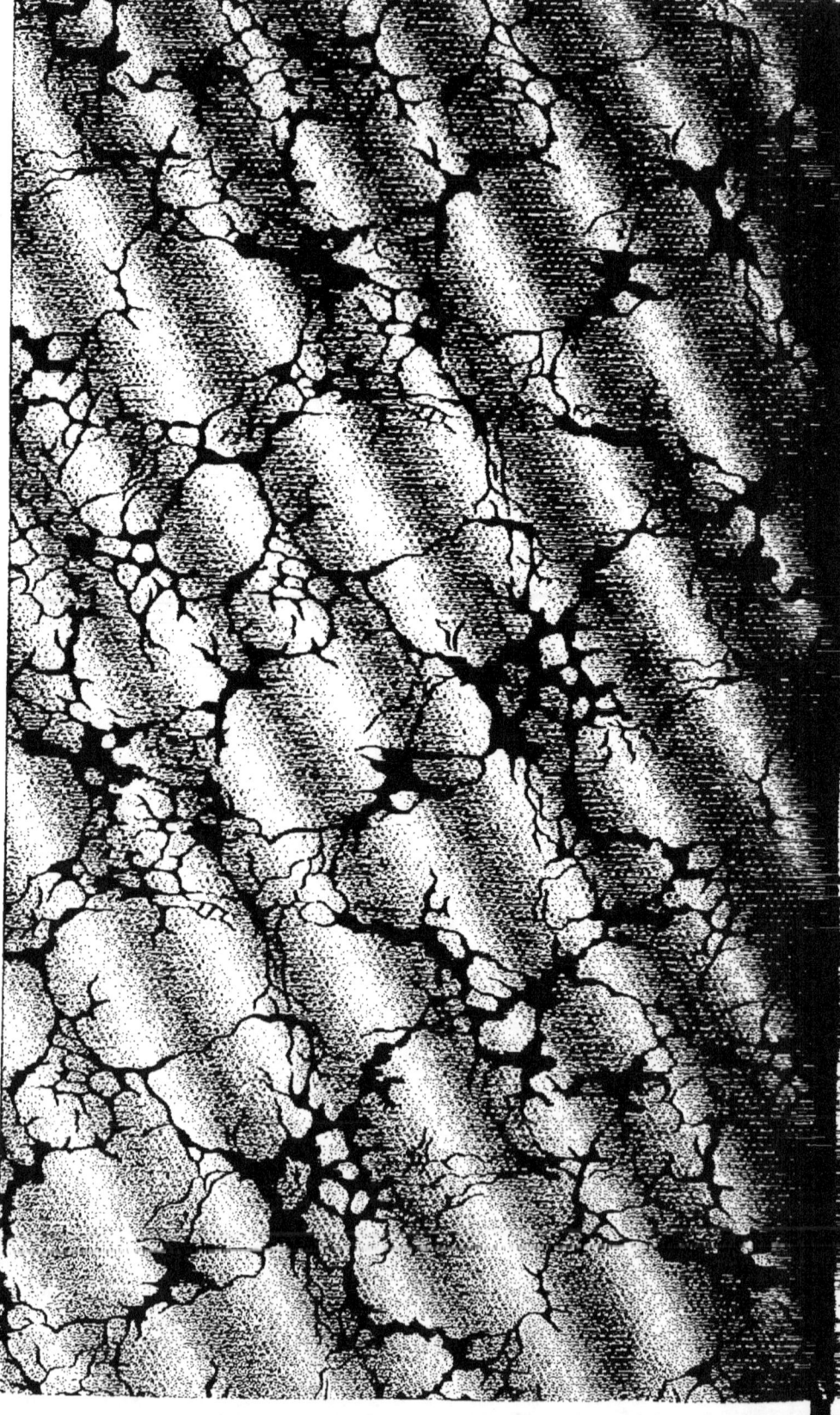

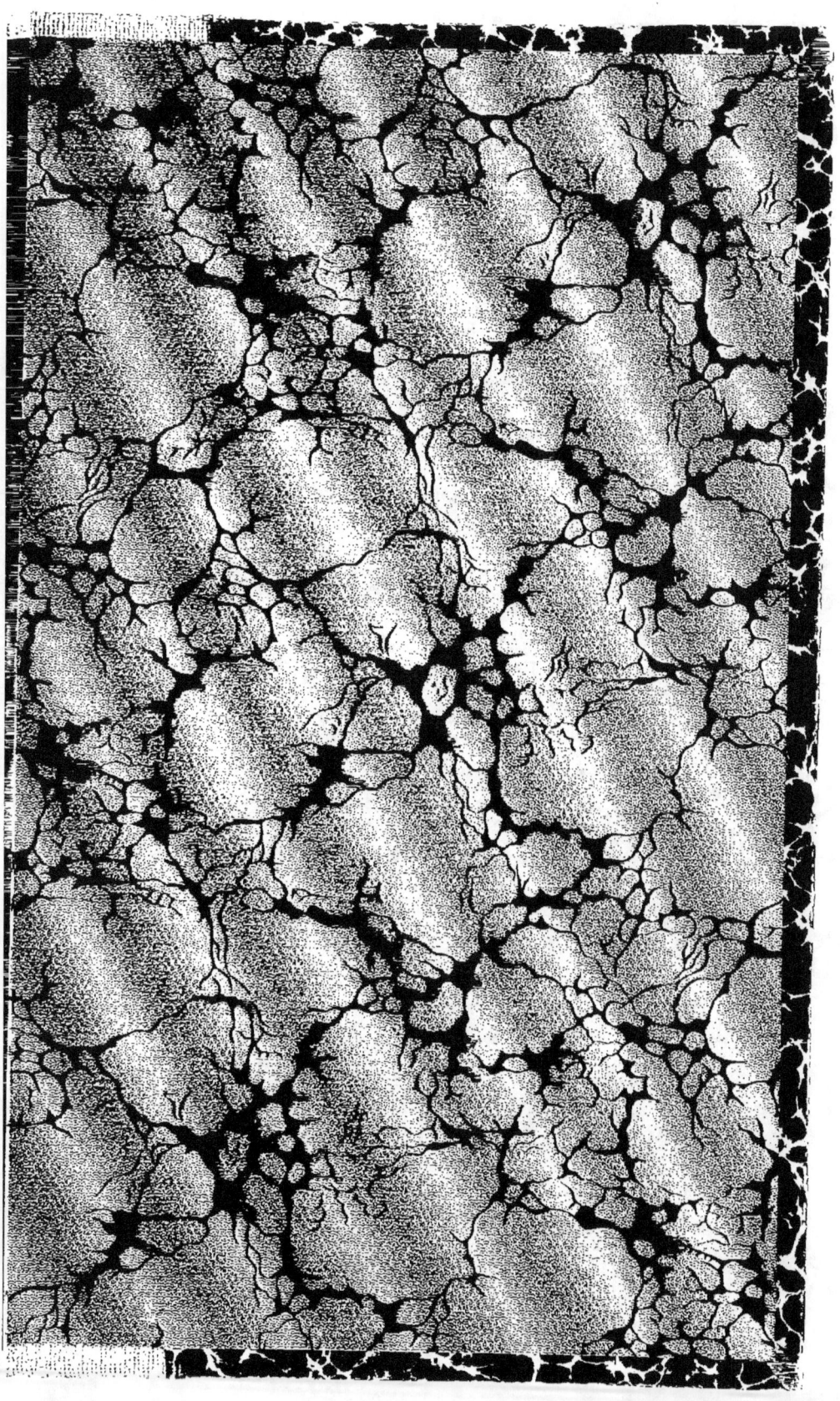

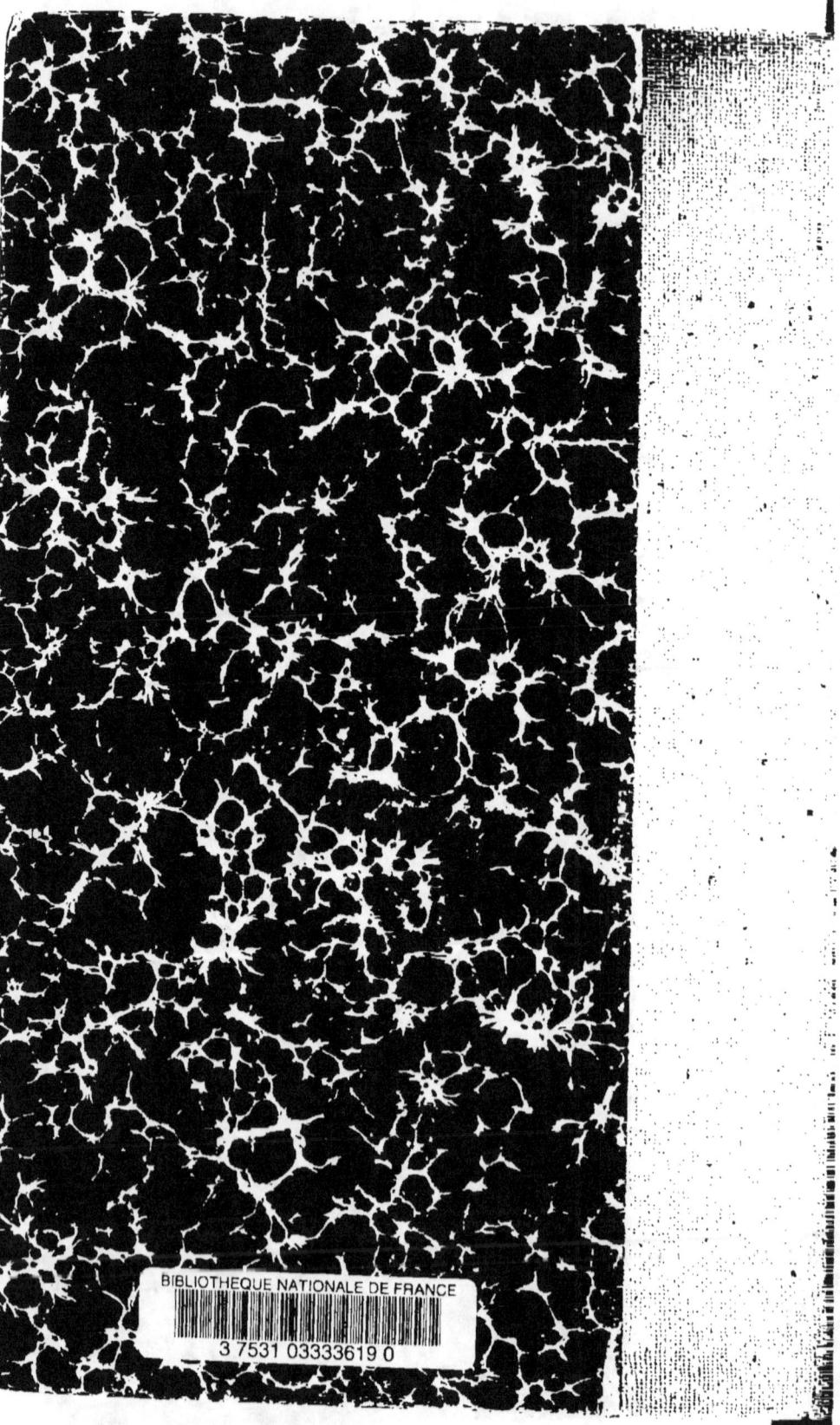

BIBLIOTHEQUE NATIONALE DE FRANCE

3 7531 03333619 0

www.ingramcontent.com/pod-product-compliance
Lightning Source LLC
Chambersburg PA
CBHW050323030726
47505CB00003B/832